Margarita,
está linda la mar

Sergio Ramírez

Margarita, está linda la mar

ALFAGUARA

Papel certificado por el Forest Stewardship Council®

Primera edición en este formato: diciembre de 2017

© 1998, Sergio Ramírez
© 1998, 2017, Penguin Random House Grupo Editorial, S. A. U.
Travessera de Gràcia, 47-49. 08021 Barcelona

© Diseño: Penguin Random House Grupo Editorial, inspirado en un diseño original de Enric Satué

Printed in Spain – Impreso en España

ISBN: 978-84-204-3337-0
Depósito legal: B-8651-2017

Impreso en Unigraf, Móstoles (Madrid)

AL33370

Penguin
Random House
Grupo Editorial

A Mercedes Estrada

Éste es, pues, el mejor día para esta proclama:
«si alguno de vosotros mata a Diágoras el tirano,
recibirá un talento. Y también lo recibirá el que
mate a algún tirano muerto». Queremos en este
momento proclamar también esto: «si alguno de
vosotros mata a Filócrates el gorrionero, recibirá
un talento, y cuatro si lo trae aquí vivo, porque
ensarta pinzones y los vende a razón de siete por
óbolo y porque infla a los tordos y los expone y los
maltrata; y porque les mete a los mirlos sus propias
plumas en las narices; y porque del mismo modo
tortura a las palomas y las tiene encerradas y las
obliga a hacer de señuelos, presas en una red».

ARISTÓFANES, *Las aves*

Primera parte

El retorno a la tierra natal

El Capitán Agustín Prío terminaba de ajustarse la corbata de mariposa de los días festivos, que le daba un aire de referee de boxeo, cuando el treno de las sirenas que crecía hasta llenar el aposento puso una llamarada turbia en el espejo. Se asomó al balcón y un repentino soplo de aire tibio pareció empujarlo de nuevo hacia dentro. Al otro lado de la plaza, parvadas de campesinos desprevenidos huían de la embestida de las motocicletas Harley-Davidson que atronaban bajo el fuego del sol abriendo paso a la caravana que ya se detenía frente a la catedral, mientras los manifestantes seguían bajando de las jaulas de transportar algodón y de los volquetes anaranjados del Ministerio de Fomento y Obras Públicas, recibían de manos de los caporales los cartelones que chorreaban anilina, los enarbolaban o se cubrían con ellos la cabeza, detrás de sus pasos las mujeres, los críos prendidos de sus pechos magros y de la mano los grandecitos, e iban a perderse entre los demás comarcanos igualmente desorientados y la gente llegada a pie de los barrios con sus gorras rojas, y marchantas nalgonas, fresqueras ensombreradas, barrenderos municipales de zapatones, maestras de escuela bajo sus sombrillas, reclutas rapados, empleados públicos de corbatas lánguidas.

Y ahora, portazos en sucesión, carreras de los guardaespaldas vestidos de casimir negro cocinándose en la resolana, la corona de subametralladoras Thompson ya en torno a la limosina blindada, también de color negro funeral, y bajaba Somoza, traje de palm-beach blanco, el pitillo de plata prendido entre sus dientes, alzaba el sombrero panamá para saludar a los manifestantes que desperdigaban de lejos sus aplausos, un primer chillido alcanzaba su oído, ¡que viva el perromacho, jodido!, y se elevaba la respuesta en una ola cavernosa que el Capitán Prío oía estallar desde el balcón, tras Somoza la Primera Dama, vestido de seda verde botella bordado en verde más profundo, casquete verde tierno sobre su peinado de bucles, el velillo pendiente del casquete sobre el rostro maquillado, subían a prisa las gradas del atrio entre la valla de soldados y guardaespaldas, el obispo de León esperándolos en la puerta mayor de la catedral. Y lo último que el Capitán Prío vio desde su atalaya fue el relumbrar de los flashes porque ahora la comitiva avanzaba por el pasillo central de la nave desierta vigilada en cada palmo por los soldados.

La corona de lirios de papel crepé y rosas de trapo aguardaba asentada en su trípode al pie de la estatua de San Pablo, frente a la tumba custodiada por un león de cemento que lloraba, la melena abatida sobre el escudo también de cemento. La Primera Dama, atormentada por el corsé que reprimía sus carnes, se acercó al oído de su consorte que por respeto al lugar había entregado el pitillo de plata a su edecán, el coronel (GN) Abelardo Lira, el Lucky Strike aún a medio consumir. A Somoza, ralo de cabello, doble la papada, numerosas las pecas color de tabaco en la nariz y las mejillas, también lo atormentaba un corsé que reprimía sus carnes, el corsé de peso liviano tejido en hilo de acero que le había enviado

Edgar J. Hoover, con su tarjeta personal, por mano de Sartorius Van Wynckle.

No se alcanzaba a oírla. Pero presumo, Capitán, que no estaría recordándole al marido que quien reposa bajo el peso del león doliente fue despojado de su cerebro la misma noche de su muerte, un enojoso asunto de familia. Por el contrario, es mucho más probable que su pensamiento volara hacia los versos que le escribiera un día en su abanico de niña:

La perla nueva, la frase escrita,
Por la celeste luz infinita,
Darán un día su resplandor;
¡ay, Salvadora, Salvadorita,
no mates nunca tu ruiseñor!

El ruiseñor, bien cebado, asintió y sonrió. El orfebre Segismundo, uno de los contertulios de la mesa maldita, que se reúnen por vieja tradición al otro lado, en la Casa Prío —desde uno de cuyos balcones el Capitán Prío se asomaba a la plaza— aunque ya lo supiera preguntaría, confianzudo, si le estuviera permitido: ¿cuándo fue eso, Salvadorita?

Ese entremetimiento es imposible. Por tanto, dejo que el rostro de la Primera Dama, maquillado sin piedad y avejentado con menos piedad, se mire por su cuenta en el veloz espejo de las aguas del tiempo; que el caer invisible de una piedra agite en ondas la transparente superficie para que ella recobre en el fondo la imagen en temblor de la niña de diez años, vestida de organdí igual que su hermana Margarita, sus sombreros de paja italiana con dos cintas bajando a sus espaldas; que se vea sentada en la barca mecida por el oleaje, donde una parte de ustedes debe apresurarse en buscar lugar.

Es la mañana del 27 de octubre de 1907 y de lejos se avizora ya el Pacific Mail, a cuya cubierta otros de ustedes harían bien en subir, pues allí llega aquel que yace bajo el león de cemento, en su retorno a la tierra natal:

El *steamer* pone proa hacia la bahía de Corinto cuando el cielo del amanecer finge ante los ojos del pasajero una floresta incendiada. Asido al raíl de la cubierta, se había apostado desde antes del alba en el costado de estribor, ansioso por descubrir los relieves de la costa que empezaron a iluminarse con tonalidades grises; y al palidecer las constelaciones, descubrió en la lontananza los volcanes de la cordillera de los Maribios que divisara por vez primera desde el mar al alejarse rumbo a Chile en otro amanecer ya lejano.

Se había vestido con incierta parsimonia bajo el débil foco eléctrico del camarote, eligiendo el traje de seda blanca de treinta luises cortado a la medida por su sastre del Faubourg Saint Honoré, Maurice Vanccopenolle; una corbata azul pálido fijada por una perla gris y la gorra de *sportman* a rayas. El bigote y la pera, cuidados por el esmero de las tijeras de peluquería que guarda en su *nécessaire* de viaje, cierran el rostro hinchado, de coloraciones tumefactas.

La resaca del cognac Martell de dos estrellas comprado a los marineros holandeses, y que a pico de botella bebió solitario hasta después de medianoche en el camarote, caliente como una hornalla, agujerea todavía su cráneo, el mareo aguzado por el olor a brea y la revuelta vaharada de desperdicios de cocina que el viento salino arrastra por el puente desde las escotillas de popa.

Cuando el vatímetro indica la profundidad de treinta codos, los carboneros reciben desde el puente una orden del contramaestre a través de la bocina portátil, y abandonando las palas dejan de alimentar las hornacinas de las calderas. Los émbolos desmayan en su incesante ir y venir, y el humo de la chimenea cobra un negro intenso al flaquear las máquinas antes de apagarse. El silbato suena entonces por tres veces, como el mugido de una res en el degolladero. La cadena de gruesos eslabones salta por la escotilla del costado de proa arrastrando el ancla, y cuando los garfios tocan fondo en el lecho arenoso del estuario, el Pacific Mail se agita encabritado, cambiando muy pronto sus broncos vaivenes en un suave balanceo.

En uno de los promontorios de la isla del Cardón se advierte un breve fogonazo seguido de una diminuta humareda. El cañón Hotwitzer servido por dos artilleros descalzos, de casacas azules, retumba entre las breñas ardidas desperdigando en la atmósfera calinosa sus ecos, y las gaviotas vuelan asustadas alejándose hacia los manglares.

Unas barcas que hunden las quillas en el espumarajo teñido de violeta y grana, las velas de lona recogidas en los mástiles, se acercan bogando a pulso de remo, gobernadas desde el timón de popa por marineros descamisados. El viajero se inclina sobre el raíl, atraído por los llamados entusiastas que suben de las barcas, a sus espaldas la bombarda rojo cobrizo del ventilador de las calderas moviéndose perezosamente en dirección al viento; y con la gorra en alto devuelve los saludos a los caballeros que alzan sus bastones, instrumentos de cuerda y sombreros, y a las damas que bajo sus sombrillas de minardí gritan simulando espanto ante los vaivenes del oleaje.

Erguido en la quilla de la barca capitana, el sabio Louis Henri Debayle procura guardar el equilibrio al tiempo que despliega enérgicos ademanes con su sombrero panamá, como si fuera una bandera de señales, y anima al obispo, Monseñor Simeón Pereira y Castellón, que se bambolea temeroso a su lado, a erguirse también. El obispo Simeón se atreve apenas a soltarse de la borda para elevar su bonete, la sotana y el manteo empapados por el agua revuelta, pero al fin despega un tanto las nalgas del travesaño y grita con todas sus fuerzas: ¡Viva el príncipe de los cisnes, señores!

Las salvas de la batería siguen atronando, y las barcas maniobran para colocarse de costado junto al casco del *steamer* carcomido a lampazaros por la broma marina. Los marineros de cubierta, despreocupados de los cañonazos y del griterío, disponen la jaula metálica sujeta por un cable, y una vez que el pasajero ha entrado en ella la hacen descender, manipulando a brazo el torno de la polea. La jaula, suspendida del brazo de la grúa, gira en vueltas completas mientras él aprieta los ojos y se agarra desvalido a los barrotes, como una fiera enferma. Ha contado hasta ahora quince cañonazos. Las mujeres le disparan puñados de flores que rebotan en los barrotes antes de caer al agua. El sabio Debayle logra atrapar la jaula en una de sus vueltas, y destrabando el cerrojo lo ayuda a resbalar por la borda de la barca capitana. Las flores encuentran ahora su blanco y lo golpean, tersas y leves, en el pecho y en la barba.

Busca acomodo en el travesaño junto a Casimira —esposa del sabio Debayle—, que lo besa en ambas mejillas y hace que lo besen también sus hijas, Salvadorita y Margarita, y recibe un abrazo apresu-

rado del obispo Simeón. Suenan arpegios de bando-
lines en trémolo sostenido, y desde la barca vecina,
una mujer alta y morena, de tupidas cejas encontradas
y diadema en la frente, junta las manos para recitar
versos de él que los vientos del pacífico dispersan y se
llevan lejos:

> *Como al fletar mi barca con destino a Citeres*
> *saludara a las olas, contestaron las olas*
> *con un saludo alegre de voces de mujeres...*

Vuelve la cabeza hacia la mujer, y concentra-
do, sigue la declamación con movimientos de los
labios.

—Parece una imagen de Beardsley —dice
para sí—. Nieve, carbón y ceniza.

—Es mi sobrina, Eulalia —le susurra Casimira.

—¿Casada? —le pregunta él, también en un
susurro, y la estocada de su aliento la hace fruncir la
nariz.

—¡Rubén Darío, el incorregible! —ríe ella,
complaciente—. Casada, y muy casada...

La batería cesa de disparar. Las barcas bogan
ahora entre las islas por el paso del estuario, dejando
tras de sí un reguero de flores revueltas en la estela
de espuma. Él, cegado por los fuegos del cielo matu-
tino, entrecierra los ojos abotagados.

La travesía desde Panamá en el Pacific Mail,
una nave de carga con unos pocos camarotes de pasajeros, ha sido un tormento infernal, un barco de
sórdidos bandidos, malandrines más que marineros,
y el capitán, un luterano colérico de Leiden, predicador de la Biblia en mal español, y para colmo, abste-

mio, con quien se vio obligado a compartir la mesa, él y el hacendado salvadoreño don Leandro de Sola y su hija Clelia los únicos pasajeros, la niña raquítica y perfumada a todas horas de esencias demasiado embriagantes que le reclamaba escribirle versos en su álbum, y hasta en las servilletas de la miserable cena, siempre potajes de col como en un hospicio.

Qué diferencia el viaje entre Cherbourg y New York en el imponente buque La Provence de la Compagnie Générale Transatlantique, el valet napolitano atento tras sus pasos, la mesa del gentil capitán, monsieur Daumier, donde todas las noches tuvo un puesto de honor, vinos del Rhône y de Chinon, cosecha soberbia de 1903, la orquesta de cámara desde la tarde en el proscenio del comedor estucado de guarniciones frutales, los imponentes bodegones flamencos en los paneles tapizados de rica seda florentina y las arañas de cristal de Bohème que multiplicaban en sus guindajos su esplendor ebúrneo, el discreto tráfago femenino, sartas de perlas de Bassora cayendo entre los rizos sobre las frentes marmóreas, un golpe mágico y distraído de los abanicos en los labios para invitar al *flirt*...

Y antes, el coche pullman del express que lo llevó desde París hasta Cherbourg, la copiosa y grata celebración con sus íntimos en el restaurant de la Gare-Saint-Lazare la noche de la partida, protegiéndolo todos de *La Maligna*, temerosos de que se apareciera de pronto a cumplir su amenaza de lanzarle al rostro el oscuro frasquito de vitriolo que empuñaba siempre en la mano enguantada. Se había presentado a última hora ya cuando él estaba buen seguro en el coche-cama, y tras los visillos la vio discutir en el andén con Julio Sedano, su secretario particular, que le cerraba el paso, un verdadero *copain*, Sedano. Y la vio volverse un instante hacia su ventanilla del coche pullman, vio el fulgor luciferino de sus ojos verdes...

—¡*La Maligna*, qué nombre! —ríe Casimira—. ¿Ya sabes? Ha vuelto a Nicaragua antes que tú, y te espera en Corinto, *mon pauvre ami*, dicen que muy arrepentida.

—¿Cómo? —palidece él—. Si se quedó en París... tenía un trabajo en el taller de sombreros de Madame Garnier...

—No sé... es lo que he oído decir que ella cuenta... te entretenías tú en New York, y ella, delante de tus pasos... —vuelve Casimira a reír.

Y el surtidor de su risa cantarina está diciendo muchas cosas. No tengo trato con ella. Una mujer vulgar y pendenciera propia de un taller de sombreros, que lleva estola de armiño bajo el sol tropical, ¿qué tengo que ver yo con semejante gentuza?

La Maligna, de vuelta. ¿Para qué seguir contando nada? Entretenido en New York, sí... un cabaret llamado el One, Two, Three donde pagó amores a una hetaira dominicana con un soneto... luego el puerto de Colón en Panamá, las grúas de las obras del canal contra el cielo de pizarra, los campamentos que bullían de razas, chinos y negros en mezcolanza, mosquitos incubados en las miasmas, calor de brea y olor a creosota, *toilet-rooms* para blancos y para negros por aparte: el progreso yanki, la sabiduría aséptica. Y finalmente, los horrores del Pacific Mail.

Veloces, las barcas atraviesan la tumbazón remontando la cresta de las olas y alcanzan la playa en la que revienta con ímpetu desmayado la marea.

Los marineros se lanzan al agua para arrastrar las barcas haciéndolas correr sobre los troncos rollizos que sirven de rodelas, y una vez varadas, toman a los pasajeros en brazos para depositarlos en el suave espejo de la costa, al pie de la duna hirviente.

Y cuando pone pie en la arena, bajo los penachos de los cocoteros descubre una abigarrada multitud que contiene a duras penas sus gritos y rompe al fin en alegres y encendidos vítores al tiempo que la banda de los Supremos Poderes empieza a tocar la marcha *Welcome* compuesta para la ocasión por su director, el maestro Saturnino Ramos. Los músicos, de todas las edades y estaturas, uniformados de guerreras azules, se aplican a las llaves y soplan en las boquillas de sus instrumentos sin apartar del recién llegado los ojos curiosos. Entonces, un niño descalzo se desprende de la multitud y viene a su encuentro, la mata de pelo hirsuto suelta a la brisa marina, aguantando con supremo esfuerzo el pabellón de Nicaragua que tremola con desafiante energía en una lanza de hoja romboidal asentada en una medialuna.

Aturdido, acierta a sacudir la arena pegajosa de las perneras de sus pantalones mientras busca temeroso el rostro de *La Maligna*, pero ella no está, y en nada ingrato puede pensar ahora que la multitud se adelanta y acude en tropel sonoro a rodearlo, y los gritos, los hurras exaltados y las dianas del oleaje que apagan la música, sólo le dejan oír los broncos resoplidos del helicón de cobre bruñido que relampaguea copiando los oros del sol, y siente de pronto sus brazos cargados de ramos que mojan la seda de su traje, manojos, canastas de flores y de frutos que va recibiendo con corteses inclinaciones de cabeza y dejando en manos de sus íntimos mientras trata de ascender por la duna, enjugándose con el pañuelo de batista el sudor que brota de su frente y de su cuello, abriéndose paso entre tantos devotos que se apretujan a su alrededor porque quieren palparlo, tocar su ropa, besar sus manos, adelante el niño de la mata chiriza de pelo que lleva el pabellón de Nicaragua, y los músicos de la banda de los Supremos Poderes en la retaguardia del desfile, esforzándose en mantener su paso marcial porque sus pies se hunden en la arena suelta.

El obispo Simeón, que torna a gritar una y otra vez ¡Viva el príncipe de los cisnes! y el sabio Debayle, altivo y circunspecto, marchan a sus costados tratando de defenderlo del acoso entusiasta; y pregunta al sabio Debayle, mohíno pero feliz, qué significa toda aquella locura. Y con sonrisa contenida, repasando su bigote, el otro le responde que eso no es nada aún, en León será la formidable hecatombe.

—¡Mi domingo de ramos, monseñor! —se vuelve hacia el obispo Simeón.

—¡Tu Roma y tu Jerusalén! —se apresura el obispo Simeón a emparejarse, recogiéndose la sotana, porque lo dejan atrás los rudos empujones.

Llegan, por fin, a la empalizada que rodea el huerto del Hotel Lupone sembrado de mangos, icacos y cocoteros. El caserón de madera encalada deja asomar sus balcones entre la verdura, y encima de los encajes de la mansarda se eleva la torrecilla coronada por una veleta de fierro. Al otro lado de la calle enlodada por las lluvias, donde los cerdos buscan desperdicios, aguarda dentro de la nave de la estación el tren expreso que tiene ya enganchado el vagón presidencial puesto a disposición por el general José Santos Zelaya, la locomotora enflorada. Los soldados de la guarnición del puerto contienen a la multitud con los fusiles a bayoneta calada para permitir la entrada de la comitiva al hotel, donde va a celebrarse el desayuno de bienvenida.

En el comedor, mesas dispares han sido juntadas en escuadra, cubiertas por manteles almidonados que Casimira ha traído consigo de León, y hay sobre los manteles floreros de porcelana pintados con escenas de caza, Diana desnuda y sus lebreles surgiendo de un boscaje umbrío. En los tabiques han claveteado palmas de cocoteros, entretejidas de rosas.

El nutrido acompañamiento no cabe en las mesas, y muchos de los caballeros, entre ellos el comandante del puerto, erguido en sus botas que huelen a betún, deben permanecer de pie detrás de los comensales que ocupan silletas de junco, taburetes, bancas y sillones mecedores, todo prestado a las habitaciones y a las demás estancias del hotel que lucen desiertas. El viajero al centro, el sabio Debayle y el obispo Simeón siempre a sus flancos, ocupan un sofá de mimbre. Casimira y sus dos niñas, su sobrina Eulalia, los rodean en cercana vecindad.

Toast. El sabio Debayle se pone de pie para brindar, improvisando un breve discurso. No hubo forma de enfriar la champaña, y tibia en las copas, desmayan sus burbujas. Rubén apura la suya, sediento, y vuelve a llenarla. El sabio Debayle, al terminar sus palabras, lo mira con suave reproche.

¡*Merde!* Ya me estás previniendo sobre la bebida, ¡qué manía! —le dice, la copa al borde de los labios oscuros.

—Te espera León, tu León —tercia con tacto Casimira, mientras atrae a su regazo a las dos niñas, que aburridas, quieren abandonar sus asientos—. Te reclaman en Managua, en todas partes, pero no te dejaremos tan fácilmente partir de León...

Él extrae con brusquedad su pañuelo de batista del bolsillo de la chaqueta, maltratada ahora por tantos apretujamientos, y se seca los labios. Las gruesas aletas de su nariz se distienden, anchos los cartílagos en la base, potentes los orificios; y sus ojos, en los que fulgura una chispa aventada por su respiración, se clavan en Eulalia. Le alcanza la copa con gesto imperioso, para que se la llene, y ella accede solícita. Pero la botella está vacía.

Entonces se acerca por delante de la mesa el niño descalzo, el de la mata de pelo, con una nueva botella, sosteniéndola con esfuerzo como si le pesara igual que la bandera. El sabio Debayle, con ademán resignado, quita la envoltura de estaño del gollete para descorcharla, y vuelve el torso, precavido de no mojar a nadie cuando surja el chorro de espuma. Ante el nuevo estallido del tapón, hay aplausos. Condescendiente, se pone de pie, para servirle él mismo al viajero.

—No, tú no —lo rechaza él, clavando de nuevo sus ojos en Eulalia.

El sabio Debayle deja la botella sobre la mesa y vuelve a sentarse, incómodo. Eulalia rodea el sofá y tomando la botella, vierte de manera impecable la champaña en la copa.

—¿Y tu marido? —le pregunta, asiéndola bruscamente del brazo.

—Su marido es inválido —se adelanta a responder el sabio Debayle—. Fractura irreparable del sacro.

—Si quedó inválido es porque tú, seguramente, lo trataste. Una más de tus víctimas —se ríe Rubén, sin soltar el brazo de Eulalia.

El sabio Debayle, desconcertado, propone un nuevo brindis. La botella circula por la mesa y pronto queda también vacía.

—Me gusta cómo declamas. ¡Citeres! ¡La isla de Afrodita pintada por Watteau! Pero me gusta más tu silencio —la suelta por fin—. ¡Más champaña!

Eulalia vuelve a su sitio. Y cuando el niño aparece con otra botella, él lo alcanza por encima de la mesa y lo agarra por la manga de la camisa de popelina.

—Y tú, ¿cómo te llamas? —le pregunta.

El niño sólo acierta a mirarse los pies descalzos. El sabio Debayle, impaciente, le informa que se llama Quirón.

—¿Quirón? —la asombrada interrogación de Rubén queda vibrando en el ambiente caluroso.

—¿Recuerdas la edición de *Prosas profanas* que me enviaste desde París? —le pregunta el obispo Simeón.

—Me acuerdo mucho —le responde—. La edición argentina de 1896. Era mi propio ejemplar. Me quedé sin ninguno.

—Me lo decías en tu carta que me llegó con el libro. Pues allí me maravillé por primera vez con tu Coloquio de los Centauros. Y así nació Quirón, con tu poema, y con el siglo —el obispo Simeón, sonriente, extiende la mano en la que luce su anillo episcopal, para indicarle a Quirón que se acerque. El niño obedece.

—¿Quién es, entonces, su padre? —pregunta Rubén al obispo Simeón.

Hay un silencio extraño. Pero al cabo de un momento, el obispo Simeón vuelve a sonreír.

—Un día, a ti solo, voy a contarte la historia de Quirón el centauro —le dice.

—Quirón el centauro —dice Rubén—. *La gloria inmarcesible de las Musas hermosas...*

Bebe otra vez, y se limpia la boca con la manga de la chaqueta, olvidado ya de su pañuelo de batista.

—*...y el triunfo del terrible misterio de las cosas...* —responde Eulalia desde su sitio.

Alza la copa hacia ella. Luego, llama a Quirón con voz grave. El obispo Simeón le habla al niño al oído y lo empuja suavemente hacia Rubén. Deja a un lado la copa vacía, se pone de pie y le toma la cabeza con ambas manos.

El niño quiere retroceder pero las manos lo retienen implacables, apretándolo cada vez más. Un sordo rumor de caracolas va llenando su cráneo, y tanto lo aturde aquel ruido que rueda desvanecido.

Casimira da un grito, que apenas puede contener llevándose las manos a la boca, y Margarita acude a esconderse en su regazo. Salvadorita llora de susto. Rubén se vuelve a sentar. Eulalia, cejijunta, lo contempla con sonrisa impávida. Acude el obispo Simeón, se arrodilla y sopla al niño con su bonete; el sabio Debayle se levanta también, disgustado, y envía al tren por su maletín.

Cuando el niño, reanimado por las sales de amoniaco se sienta en el piso, no llora, no hay ningún susto en sus ojos.

—Ahora, sufre la quemadura, Quirón. El numen está en tu cráneo —le dice Rubén con lengua remorosa.

Casi nadie lo escucha decir, nadie pone atención a su sentencia, porque las miradas van hacia la puerta. *La Maligna*. Eulalia es la primera que la ha descubierto. Y ahora la ve él, su delgada silueta morena recortada en el rescoldo de luz de la puerta. Es el mismo traje gris perla que llevaba cuando se despidieron, tras una riña triste, bajo el emparrado de La Pagode, en Camaret-sur-Mer, en Brest, el último verano. La misma sombrilla, el mismo sombrero con el airón de plumas. Sus ojos verdes están desafiándolo desde hace ratos. No ha hablado aún, pero cuando lo haga, sabe que la saliva va a saltar en tenue surtidor de las comisuras de sus labios. Su hermano Andrés Murillo, vestido de negro como un enterrador, se ha quedado unos pasos tras ella.

La contera de la sombrilla plegada apunta a Eulalia en medio de los ojos, como un arma mortal, allí donde se encuentran en un nudo oscuro sus cejas espesas. Y los concurrentes quedan congelados en sus gestos como bajo un resplandor de magnesio.

—¿Quién es esa puta? —dice al fin, colérica.

—¿Y qué hizo entonces Rubén? —pregunta Norberto. Norberto parece siempre recién bañado. Debajo de la papada, la medallita que cuelga de una cadena, entra en la pelambre del pecho. En la muñeca lleva una esclava con sus iniciales. Va vestido de lino blanco, pantalón y camisa. Su pelo reluce de brillantina Yardley.

—Apartó el sofá que le estorbaba y fue en busca de ella, tan solícito, con los brazos abiertos, llevado por pasitos serviles —dice el orfebre Segismundo, calado con un sombrero tirolés de pluma enhiesta. Se ha puesto de pie para imitar los pasos de Rubén en pos de *La Maligna*, y desde las otras mesas, los parroquianos que aún quedan a esa hora lo observan de reojo, con diversión.

—Así fue— dice el Capitán Prío; y corto de estatura como es, se alza en la silla para aventar hacia arriba el humo de su cigarrillo que se deshace en encajes—. Quiso besarla, pero sólo alcanzó a rozarle la mejilla porque ella quitó el rostro con gesto de asco, reprendiéndolo: apenas amanece, ya estás oliendo a licor. ¿No te da vergüenza?

—No preste oídos a invenciones, maestro —le dice Erwin al orfebre Segismundo—. Rosario Murillo ni siquiera había regresado a Nicaragua. Llegó en otro barco, una semana más tarde, también desde Panamá. Ese barco era el Bernardo O'Higgins, de bandera chilena.

Erwin luce una gorra vasca. Se atropella al hablar, tartamudeando. Lampiño y sonrosado como el bebé feliz de Mennen, parece demasiado grande para la mesa. Sus uñas muestran la huella de la tinta de imprenta.

—Yo creo que no hay invención, mi amigo, aquí está anotado todo —dice el orfebre Segismundo, y va a revisar el cuaderno de Rigoberto—. Se lo llevó, muy manso. No tenía voluntad alguna. Bien podía lucir rienda y bocado, como el cisne de Lohengrín.

—El divino abisintio le había destruido el ánimo —dice el Capitán Prío, con desconsuelo, mirando los encajes de humo que van disipándose en el cielo raso.

—Me atengo a mis datos —dice entonces Rigoberto, revisando una página de su cuaderno—. El Bernardo O'Higgins llegó a Corinto el 25 de octubre para cargar cedro real, ipecacuana y café. Ella fue recibida por su hermano Andrés Murillo. Se quedaron alojados en el Hotel Lupone, cuartos números cinco, y siete, decididos a esperar el arribo de Rubén. La Comandancia del puerto pagó la cuenta, por órdenes del Supremo Gobierno.

Rigoberto es ese muchacho moreno, espigadito, pelo ensortijado y bigote tupido encima de los labios carnosos, que ha estado comiendo sorbete de tutti frutti. Ya lleva dos copas.

—Muy natural, en todo caso, que se quedara a esperarlo en el puerto, si eran marido y mujer —dice Erwin.

—¿También era natural que le quisiera lanzar vitriolo en la cara? —dice Norberto.

—Por eso la llamaba *La Maligna* —dice Rigoberto—. En París le secuestró los sueldos de cónsul, doscientos cuarenta francos. Quiso embargarle los muebles, su juego de escritorio Luis XIV, que constaba de mesa y *secretaire*, noventa francos; y su piano Pleyel de media caja, quinientos francos, su mayor tesoro.

—Y lo hacía cargar con cuentas de modistas, y hasta la factura de un atomizador de medicina bucal para la halitosis envió a cobrarle, dos francos —dice el Capitán Prío que ha rodeado la mesa para leer también del cuaderno de Rigoberto.

—Eso de que se le pueda traspasar a un niño el numen de las musas con sólo apretarle la cabeza, me parece una grave exageración —dice entonces Erwin.

—Ninguna exageración— dice el Capitán Prío—. El niño rodó por los suelos, prendido en calentura. El sabio Debayle lo estuvo tratando por meses. Sufría una especie de paludismo mental.

—¿Quién puede tener evidencia de ese disparate? —le dice Erwin.

—Aquí está el testimonio del maestro filarmónico Saturnino Ramos, que como director de la banda de los Supremos Poderes fue admitido al desayuno —dice Rigoberto, presentándole a Erwin una hoja doblada que ha sacado de entre las páginas del cuaderno.

—El maestro Saturnino es el peor testigo que podías buscar —dice Erwin, atropellando las palabras—. Ya ciego de tan viejo, le ha dado por silbar todo el día en la calle marchas fúnebres que va componiendo en su cabeza.

—Muy cierto. Es como si siempre se anduviera orinando en los pantalones —dice Norberto.

—Tomen en cuenta que Rubén estaba ebrio. Un hombre en estado de ebriedad puede ser capaz de cualquier sinrazón, como esa del numen —dice el orfebre Segismundo.

—Entonces, para no caer en la sinrazón, no se tome ese otro trago —le dice Norberto.

—Yo bebo, pero nunca me embriago —le dice el orfebre Segismundo, el mentón en alto.

—El cisne bebía por timidez. Un ser inseguro, atormentado. Esa mujer que lo acosaba no podía llamarse esposa —dice el Capitán Prío.

—*La Maligna* —dice el orfebre Segismundo—. Hasta la cara quería deformarle con ácido corrosivo. Y él, un hombre tan galante. Un príncipe.

—Un príncipe que siempre le debía al sastre. El uniforme para presentar credenciales ante el rey Alfonso, Vanccopenolle se negó a enviárselo a Madrid por falta de pago. Tuvo que ir con uno prestado. ¿O miento? —dice Erwin pidiendo la aprobación de Rigoberto.

—No hablemos de los que se dan gustos caros, joyas y esas cosas, y quedan debiendo —dice el orfebre Segismundo mirando con divertida reprensión a Norberto.

—No era su culpa. No le pagaban sus sueldos. Tuvo que abandonar la corte de Madrid, para no seguir pasando por un embajador indigente —dice el Capitán Prío—. Ya ni los cocheros de la calle de Serrano le fiaban la carrera.

—¿Y en ese barco La Provence venía, de verdad, en primera clase? —le pregunta Norberto a Rigoberto.

—Claro —dice Rigoberto—. Tengo un libro biográfico donde aparece fotografiado el boleto.

—Pero ni una sola vez fue invitado a la mesa del capitán —dice Erwin—. Se pasó encerrado, bebiendo. Los pasajeros del camarote vecino, unos tales Mister and Missis Delaney, de New Haven, presentaron una queja formal ante el sobrecargo por los alaridos que no los dejaban dormir.

—Delirium tremens —dice el Capitán Prío.

—¿De dónde sacaste eso? —le dice Rigoberto a Erwin.

—Fuentes fidedignas —le dice Erwin—. Yo también investigo la vida del panida.

—Y ese Sedano mexicano, un malandrín era —dice el Capitán Prío—. Le robaba, lo engañaba, vendía en su nombre los derechos de los libros. Un estafador.

—Lo fusilaron en Francia en el diecisiete —dice Rigoberto.

—¿Y lo fusilaron por estafador? —dice Norberto.

—Si por eso fusilaran, ya este país estaría despoblado, mi amigo —dice el orfebre Segismundo, suspirando.

—Nadie lo ha fusilado —dice Erwin.

—Lo fusilaron por espía de los alemanes —dice Rigoberto—. Resultó agente de la red secreta de la Mata Hari.

—Era hijo furtivo de Maximiliano de Austria. Tenía su misma barba rubia partida en dos alas —dice el Capitán Prío.

—Cuánta mentira —dice Erwin y se ríe moviendo la cabeza, compasivo, como si perdonara el embuste.

—Aquí está en mi cuaderno, si querés verlo —le dice Rigoberto, resentido—. Juzgado en corte marcial y fusilado en Neuilly, el 17 de noviembre de 1917.

—Te creo, mañana me lo enseñás —le dice Erwin, ajustándose la boina—. Ahora tengo que ir a corregir unas pruebas. Ya me agarró la noche.

—Somoza va a ser vecino suyo, Capitán. Se va hospedar en el Palacio Municipal —dijo Rigoberto metiendo su cuaderno en el cartapacio para irse también. Era un cartapacio de plástico, imitación de cuero de lagarto

—Ya vi que están desalojando todos los escritorios y los archivadores de las oficinas, en camiones —dijo el Capitán Prío.

—Son órdenes de Van Wynckle —dijo Norberto—. Van a sacar hasta la caja de hierro de la agencia del Banco Nicaragüense que funciona abajo.

—Es un gran desprecio para doña Casimira que tiene un mes de estar pintando la casa para recibir a su yerno —dijo el Capitán Prío.

—¿Quién es ese Van Wynckle? —preguntó el orfebre Segismundo.

—Un experto que mandaron los gringos para que se haga cargo de la seguridad de Somoza —dijo Erwin, poniéndose de pie.

—Hasta un chaleco blindado le trajo de regalo a Somoza, de parte de Eisenhower —dijo Norberto.

—Más bien ese chaleco se lo mandó Edgar Hoover, el jefe del FBI —dijo Rigoberto—. El blindaje es de acero tejido en malla, y viene forrado en nylon lavable. Pesa un kilo doscientos gramos, y resiste proyectiles cuarenticinco magnum.

—Eso no lo andés apuntando en tu libreta —le dijo el Capitán Prío, bajando la voz.

—Son cosas que salen en las revistas —dijo Rigoberto, encogiéndose de hombros.

—Ahora Somoza va a andar al último grito de la moda, fachento con su chaleco nuevo —dijo Norberto.

—¡Esos búfalos dientes de plata! —clamó a las alturas el orfebre Segismundo abriendo los brazos—. ¡Padrinos de semejante gángster que sin tener culo se ha cagado en todo Nicaragua!

—¿Cómo es eso de que no tiene culo Somoza? —dijo Norberto y se rió, cerciorándose primero de que por la calle no pasaba nadie.

—Se lo quitaron en la clínica Oschner de Nueva Orleans, y nunca se lo volvieron a poner —dijo el orfebre Segismundo.

—A usted la pasión política lo lleva a inventar grandes calumnias como ésa —le dijo Erwin.

—¿Calumnias? —dijo el orfebre Segismundo—. Caga por la barriga, mi amigo, por medio de una válvula de goma. Lo que pasa es que es un secreto de estado.

—Un secreto de estado que sólo en esta mesa se conoce —dijo Norberto.

—Qué triste —dijo el Capitán Prío mirando la brasa de su cigarrillo—. Tantos reales, y no poder defecar a gusto, sentado en su inodoro de oro macizo.

—Eso se llama colestectomía —dijo Rigoberto volviendo a sacar su cuaderno, pero no había nada escrito en la página que consultó—. Supresión del tracto rectal y formación del ano artificial por el método de Charles Richet.

Con temblor de estrellas y horror de cataclismo

Marte se acercaba otra vez a la Tierra envuelto en un resplandor de sangre. Al anochecer del jueves 6 de septiembre de 1956, cuando La Salvadorita soltaba amarras en el puerto de La Unión para atravesar el golfo de Fonseca rumbo a Nicaragua, triste de fulgores había despuntado ya por encima del promontorio decapitado del volcán Cosigüina. Los relámpagos se encendían en el cielo turbio como las ramas del árbol calcinado del Bien y el Mal, descargándose en deslumbres silenciosos sobre los contornos de la Isla del Tigre.

El motor Caterpillar recalentaba los tablones de la cubierta manchados de aceite donde los pasajeros sin sitio en las bancas que parecían venir de una iglesia abandonada, buscaban extender sus colchas y perrajes entre las arpillas de cajas de productos salvadoreños —confecciones de tricot, platos plásticos y santos de yeso—. Otros colgaban sus hamacas de alquiler en los travesaños de la borda, preparándose para las seis horas de travesía hasta Puerto Morazán. La Salvadorita, agobiada por el peso, cabeceaba con bríos sofrenados, hundiendo el tajamar entre las espumas revueltas.

—¿Quién habrá sido ese niño tan famoso? —se oyó de pronto una voz de pregonera alzándose por encima del ruido del motor.

El dedo ensortijado de la marchanta, una mujer de gran nalgatorio y brazos rollizos, señaló la cabeza de una estatua de mármol, apenas visible entre los pliegues del capote ahulado que la cubría. La estatua iba colocada de pie, sostenida en su pedestal, al centro de la cubierta, bajo la única bujía que brillaba en el techo encerrada en una celda de alambre.

Un hombre pequeño se abrazaba a ella para protegerla, no tanto de los rudos bamboleos del oleaje que crecía a medida que las luces del puerto de La Unión iban perdiéndose en la distancia, sino de la vulgaridad, que, ya se ve, comenzaba a amenazarla. Tan niño en su tamaño como la estatua misma, podía tener cincuenta años, y vestía de lino blanco, un traje bolsudo y arrugado, la corbata negra colgándole sobre la portañuela. La marchanta, al acercarse a la luz de la bujía, lo reconoció.

—¡Ay, si es el doctor Baltasar Cisne, el gran abogado prestamista! —dijo, siempre a grandes voces, y quiso envolverlo en un abrazo, pero él la rechazó, pelando sus dientes caballunos en sonrisa de desdén.

—¡Señora Catalina Baldelomar, tenga más respeto! —le dijo él, ya sin ninguna sonrisa, cuando vio sus intenciones de quitarle el capote a la estatua. Pero ella no se detuvo.

—Algo notable hizo este niño, porque también era un niño cabezón. ¡Vean qué cabeza! Los cabezones, siempre son lumbreras —dijo, con alborozo.

Libre del capote la cabeza, bajo la luz de la bujía podían entreverse los rasgos severos del rostro, la mirada profunda bajo las cejas contraídas, la boca esponjada en un gesto adusto.

—¿Lumbreras? Lumbreras, pero para pegar lumbre. Yo conocí en León a un cipote cabezón que le pegó fuego a su casa, sólo porque lo habían regañado por estarse pajeando encerrado en el excusado, y dejó a toda su familia en la orfandad de la calle —se oyó decir.

Era la voz melodiosa, de película cinematográfica, de un jugador de gallos, el bigotito fino y un rulo en la frente bajo el sombrero charro bordado de arabescos. Terminaba de asegurar, de cuclillas, las jaulas de sus animales, ayudado por un muchacho albino que parecía refulgir como una llama de tiza. Luego se acercó, haciendo sonar las espuelas, la chispa del cigarrillo en la boca. Traía, cogida por el gollete, una botella de ron Cuscatleco.

—A quién se le ocurre calzar espuelas dentro de un barco —dijo, con ínfulas, la marchanta Catalina Baldelomar.

—A mí —le susurró la voz artística del charro—. ¿Hay alguna ofensa?

Ella arrugó el ceño para advertir mejor sus facciones, ahora que lo alcanzaba el resplandor de la bujía. En el pómulo izquierdo exhibía la ingrata huella de una pedrada recibida en la trifulca con que había terminado la pelea estelar de gallos en Sonsonate.

—¡Ideay, pero si es *Jorge Negrete*! —se admiró.

—Para lo que usted guste mandar —dijo *Jorge Negrete*, y se tocó el ala del sombrero. Después dio un trago, se limpió la boca, y le ofreció la botella.

—Gracias, Jorge —dijo ella, y miró a su alrededor, orgullosa. Bebió, arrugando la cara y fingiendo ascos, y le devolvió la botella a su dueño.

—Tal vez este niño, aunque no tenga edad para beber, quiere su trago —dijo *Jorge Negrete* y fue hacia la estatua con la intención de ponerle la botella en la boca.

—¡Parece mentira en un dariano como usted, don Olinto Poveda! —le dijo el doctor Baltasar Cisne, apartando la botella.

Hastiado ya, decidió proceder de una vez a retirar el capote, que dobló respetuosamente, y la estatua se reveló por completo. Los pasajeros, arremolinados, contemplaban al pequeño personaje en uniforme de gala, el bicornio coronado por un airón de plumas bajo el brazo, la pechera de la casaca bordada de olivos, el espadín al cinto. La estatua era, efectivamente, del tamaño de un niño.

—¡Ajá, es un niño mariscal! —dijo entonces la marchanta Catalina Baldelomar. ¿En qué batalla habrá peleado?

—¡Ningún mariscal, señores, ningún niño tampoco! ¡Frente a ustedes está Rubén Darío! —dijo un muchacho moreno de bigote frondoso y labios gruesos, que había depositado a sus pies una valijita de cartón comprimido, de chapas herrumbradas.

—¡Bienvenido Granda en persona, el bigote que canta! —le dijo la marchanta Catalina Baldelomar, mirándolo de pies a cabeza— ¿Anda también aquí la orquesta de La Sonora Matancera, Bienvenido?

El doctor Baltasar Cisne, preparado ya para hacer él mismo la revelación sobre la identidad de la estatua, mostró su disgusto ante la intervención de Bienvenido Granda.

—¡Rubén Darío! ¿Qué iba a saber yo que eras vos, viéndote tan chiquito? ¡Semejante gigante! —dijo *Jorge Negrete*.

—¡Usted lo sabía perfectamente, déjese de perfidias! —le dijo el doctor Baltasar Cisne.

—De saberlo, jamás me hubiera atrevido a ofrecerle trago —dijo *Jorge Negrete*—. Quién quita y agarra de nuevo una de aquellas papalinas de París, cuando amanecía dormido en las aceras de los majestuosos bulevares.

—No me denuncie, que voy huyendo, de incógnito —le dijo Bienvenido Granda, en un susurro, a la marchanta Catalina Baldelomar.

—¿Qué trastada hiciste? —le preguntó ella, ya cómplice.

—¡No le da pena repetir esos embustes del vulgo sobre Rubén Darío! —le dijo el doctor Baltasar Cisne a *Jorge Negrete*.

—Usted conoce bien, doctor, mi devoción dariana —le dijo *Jorge Negrete* al doctor Baltasar Cisne—. Pero que bebía Rubén Darío para inspirarse, quién lo va a negar.

—Me robé del colegio de las monjas escolapias a una muchacha de las catorce familias de linaje, y me echaron a la policía secreta encima —le dijo Bienvenido Granda a la marchanta Catalina Baldelomar.

—¿Y los músicos de *La Sonora*, qué se hicieron? —le preguntó ella.

—Buscando cómo agarrarme a mí, los metieron presos a todos en San Salvador —dijo él—. Dicha que *Los Churumbeles de España*, que aquí vienen en el barco, me ampararon. Y le señaló a Juan Legido, de chaquetín, tacones altos y sombrero andaluz, que se había acercado a admirar la estatua.

—No se nota esa devoción —le dijo el doctor Baltasar Cisne a *Jorge Negrete*.

—Se va a ver muy extraño que vos cantés canciones tropicales con *Los Churumbeles de España* que más bien son de castañuelas —le dijo la marchanta Catalina Baldelomar a Bienvenido Granda.

—¡Claro que soy su devoto! —dijo *Jorge Negrete*—. Él bebió, yo bebo.

—¡Rubén Darío!, ¡quién iba a pensarlo! ¿nunca creció, entonces? —dijo la marchanta Catalina Baldelomar volteándose hacia el doctor Baltasar Cisne—. Con razón le dicen el poeta niño.

Y se inclinó, curiosa, palmoteando con cariño maternal la gran cabeza que ya el doctor Baltasar Cisne se disponía a cubrir, otra vez, con el capote.

Tómbolas, suscripciones, rifas, kermesses, veladas líricas. Nada era suficiente para alcanzar el precio que la *Casa Poloni e figlio* cobraba por una estatua de mármol de Rubén Darío en tamaño natural; los escultores, tras estudiar las diversas fotografías remitidas a Carrara, habían recomendado esculpirlo en su uniforme de embajador ante la corte de Alfonso XIII.

El tamaño definitivo fue decidido, al fin, tras un nutrido cruce de correspondencia entre el propio doctor Baltasar Cisne, presidente de la Guardia de Honor Dariana e il signor Cesare Poloni, quien por razones de precio siempre proponía disminuciones paulatinas, que de haber continuado hubieran terminado por reducir al aeda a una vil miniatura, un bibelot más propio de la consola del salón de una Madame Pompadour que de la majestad de un parque, según los razonamientos del doctor Baltasar Cisne en sus cartas; pues la estatua había estado siempre destinada a ser erigida en el parquecito de pocas bancas y escasos árboles frente a la iglesia de San Francisco, en León, donde Rubén Darío oía misa de niño.

Abandonada a la intemperie por largos meses en los patios de la aduana del puerto de La Unión,

El Salvador, donde había sido desembarcada por un grosero error de los estibadores, pues las marcas del cajoncito de pino señalaban claramente el puerto de Corinto, Nicaragua, como su destino final, la estatua había sido rematada por falta de reclamo en pública subasta y adquirida por don Manlio Argueta, propietario de la sorbetería Los mil sabores del cacique Atlacatl, ubicada en la Avenida Independencia de San Salvador, donde el doctor Baltasar Cisne al fin la encontró, gracias a una circunstancia casual.

La estatua adornaba la entrada del establecimiento. Y bastó una ligera mirada de aquel Bienvenido Granda, el bigote que canta, para comprobar que se trataba de Rubén Darío; y se lo comentó, entre divertido y dolido, a Cordelio Selva, con el que se había dado cita en la sorbetería, algo así como: dónde vino a parar el gran panida, etc. Y Cordelio le comentó, a su vez, que siendo así, la búsqueda del presidente de la Guardia de Honor, había llegado a su fin.

Porque el doctor Baltasar Cisne paraba en Casa Dinamarca donde se alojaba por entonces Cordelio, errabundo habitante de pensiones de agentes viajeros y estudiantes; y al sentarse a la mesa del desayuno una de tantas mañanas, había podido escuchar las quejas de su vecino comensal acerca de sus infructuosas y cansadas averiguaciones de un mes, gastando en anuncios en las radios y en los periódicos y en recompensar falsas pistas, recorriendo a pie la Colonia Escalón para asomarse a los jardines enrejados de las mansiones de pórticos dóricos y visitando los mausoleos del cementerio, lugares probables de destino para la estatua, ya fuera para adornar una fuente o la tumba de un infante.

Acompañaron los dos un sábado al doctor Baltasar Cisne, feliz y agradecido, a su entrevista con don Manlio, a quien hubo que pagar un módico rescate, facilitada la transacción por el hecho propicio de que se trataba de un dariano entusiasta, que sabía de memoria *¿Recuerdas que querías ser una Margarita Gautier? Fijo en mi mente tu extraño rostro está, cuando cenamos juntos, en la primera cita, en una noche alegre que nunca volverá...* pero quien jamás imaginó que la estatua infantil adquirida en el remate aduanero de mercancías abandonadas, fuera la del príncipe de las letras castellanas, como les explicó, sumamente apenado, mientras los regalaba con una copa de sorbete de mamey, exclusividad de la casa y que Bienvenido Granda alabó, obteniendo una repetición.

—¡El poeta andaluz más grande de este siglo y los venideros, gloria de la madre patria! —se oyó decir a Juan Legido, que se había alejado ya en busca de su hamaca después de admirar la estatua.

—¿La madre patria? —el doctor Baltasar Cisne agitó los cortos brazos, como aspas mutiladas, pidiendo auxilio. —¡No les bastó con el oro de la conquista, ahora quieren también robarse a Rubén!

—Pues sí, señor, Rubén Darío nació en Sevilla, Plaza de la Santa Cruz, para más señas —insistió Juan Legido y se dio vuelta de espaldas en su hamaca.

El célebre luchador Manfredo Casaya, mejor conocido en los cuadriláteros como *El León de Nemea*, que buscaba el sueño sobre los tablones de la cubierta, se levantó. Fue a orinar por la borda muy calmadamente, y con la misma calma se acercó en busca del cantante, agachándose para atravesar el enjambre de cuerdas que sostenían las hamacas, como si se dispusiera a entrar al ring. Desnudo de la cintura para arriba, la hirsuta cabellera le daba un aspecto terrible. Y más terrible aún, una navaja de barbero que relampagueaba en su mano.

—Repita conmigo —le ordenó a Juan Legido—: «Rubén Darío nació en el humilde poblado de Metapa, después Chocoyos, y hoy Ciudad Darío, departamento de Matagalpa, República de Nicaragua, el 18 de enero de 1867. Fueron sus padres don Domingo García y doña Rosa Sarmiento...»

Juan Legido, desaconsejado del peligro que corría, se colocó boca arriba en la hamaca y se cubrió el rostro con el sombrero orlado de borlas.

El León de Nemea le apartó con la navaja el sombrero, que rodó dócil por el suelo; lo cogió por el cuello del chaquetín, y le acercó la navaja al pescuezo.

—Repita lo que le ordené —le dijo.

Bienvenido Granda, que miraba de lejos la escena, recogió su valijita de cartón y se apresuró en acercarse. Los demás churumbeles acudieron también en un revuelo de sombras.

—Oiga, se queda nicaragüense Rubén Darío y ya está; pero guarde usted esa navaja que puede haber sangre sin necesidad —le pidió Mario Rey, el otro cantante estelar de la orquesta.

El León de Nemea, sin atender aquella voz conciliadora, repasó la hoja de la navaja en la palma de la mano, como si se dispusiera a afeitar a Juan Legido, que aprovechó para sentarse de un brinco en la hamaca.

—Por última vez: ¿Lo va a repetir o no? —le dijo.

—Manfredo, le estás dirigiendo la palabra nada menos que a Juan Legido —le dijo Bienvenido

Granda al luchador, tomándolo del brazo—. ¿Qué nunca lo has oído cantar *El gitano señorón*?

—Pues lo que soy yo, me retracto, cojones, no faltaba más —concedió la voz acobardada de Juan Legido.

—¿Juan Legido? —se asombró *El León de Nemea*, guardándose, presuroso, la navaja.

—El mismo, allí lo tenés enfrente —sonrió Bienvenido Granda—. Y aquí están también Mario Rey y Pepe Marcos. Todos estos que ves son churumbeles legítimos.

El León de Nemea los miró con asombrada alegría.

—Si hasta las lágrimas se me han salido, a mí, que soy tan rudo, oyéndolo a usted cantar *Dos Cruces* —le dijo—. ¿Porqué no me canta *Dos Cruces*?

—Eso será en la función del sábado, en León —le dijo Juan Legido, que terminó por levantarse de la hamaca, y prudentemente se alejó hacia un costado de la borda para fumar un cigarrillo que tardó en encender.

El León de Nemea se había presentado un día a Casa Dinamarca, ofreciéndose ante Cordelio para subir al encordado bajo un precio módico, de suerte que las jugosas ganancias de la pelea pudieran servir para la causa de la libertad, según le sopló al oído, con talante misterioso. Venía de México, donde había dejado tendidos en la lona de la Arena Tepito, velada tras velada, a sus adversarios.

Cordelio, arisco al principio, pero necesitado de fondos para la causa de la libertad, terminó por convencerse. Sólo le faltaba el contrincante. Y ése fue *El Diablo Rojo*, que si ganaba se llevaba la mitad de las entradas como bolsa. Pero, ¿cómo iba a perder *El León de Nemea*? Era de reírse ante la sola ocurrencia.

El Gran Maestro Masón Segismundo Mestayer, orfebre de oficio y nunca jamás casado, desterrado en San Salvador, compartía cuarto en Casa Dinamarca con Cordelio. Una tarde en León había salido a la puerta de su joyería Perlas de Bassora al paso de la caravana de Somoza, la mano en alto haciendo la señal de la guatusa, y así la mantuvo a pesar de que le llovían ya los culatazos; y con la mano en alto, como si su brazo fuera el de un santo de palo, lo subieron, muy ensangrentado, al jeep militar. Hombre de porte altivo y modales caballerosos, siempre atento a complacer a las damas, se ufanaba del tamaño de su dotación y del inagotable poder de la misma, con la naturalidad de quien habla de una inflamación de las amígdalas.

Cordelio le encomendó la misión de arrancarle un préstamo de quinientos colones a *La Bella Cupida* para montar la pelea. Viuda o solterona, no se sabe, muy millonaria, eso sí se sabía bien, y famosa por su insaciable sed carnal, comprobado, vivía sola en los Planes de Renderos, en una mansión construida en lo alto de un barranco, con torreones y almenas, el castillo defendido por un foso que mandó a llenar de caimanes tras un pleito ganado a la municipalidad que se oponía por razones de peligro público.

Los viejos zapatos bien lustrados, su traje de cáñamo enviado a la *dry-cleaning* tras una rápida colecta, y despojado del sombrerito tirolés para no perturbar su estampa de *dandy*, fue despachado al castillo de los caimanes una noche, en taxi. Y a la mañana siguiente, regresó cantando victoria, aunque tembleque de piernas y con un algo de demacrado en el semblante.

—Le quité el rigio por lo menos para un mes —les había dicho desde la acera, enseñándoles el cheque del Banco Hipotecario firmado por *La Bella Cupida*.

Y se montó la pelea, el gimnasio El Salvador del Mundo reventando de gente. *El Diablo Rojo*, que olía a azufre, subió con capa y tridente al entarimado; *El León de Nemea*, cubierto apenas por una piel de león que Cordelio había comprado a una partida de cazadores del Guascorán, mal curtida, olía a carroña.

Dejó *El Diablo Rojo* en su esquina capa y tridente, y con paso muy seguro y profesional, antes de que el referee hubiera siquiera advertido a los contrincantes las reglas de la lucha, fue en busca de *El León de Nemea* que, desapercibido, rugía con grandes alardes, golpeándose a manotazos el pecho; lo agarró por la melena, lo hizo girar por los aires como si fuera un triste molinete, y tras aterrizarlo en la lona se le montó encima a horcajadas, aplicándole una llave mortal que lo hizo gritar con aullidos desesperados pidiendo que se lo quitaran de encima, y obligado a declarar a grandes voces, a cada vuelta de torniquete en brazos y piernas, como si se tratara de un interrogatorio policíaco, que él nunca en su vida había peleado, y que si se hacía pasar por luchador era por la necesidad del hambre; con lo cual llovieron sobre el entarimado los cojines, las silletas y las botellas, mientras Cordelio, el promotor, y el orfebre Segismundo, tesorero de la fugaz empresa, lo sacaban del gimnasio para llevarlo al servicio de emergencias del Hospital Rosales donde fue cosido y entablillado.

Bienvenido Granda regresó en la oscuridad al lado de Juan Legido, quien al advertirlo, le tendió gentilmente la mano.

—Hombre, muchas gracias le doy. Si no es por usted, ese animal me acuchilla —le dijo.

—Los nicaragüenses son muy celosos de sus glorias nacionales —le dijo él, sonriendo.

—Por celos de una mujer, pues si que vale la pena matar a cuchillo. Pero por un poeta... —Juan Legido tiró la colilla de su cigarrillo al agua.

—Yo, a cambio, le quería pedir un favor —le dijo Bienvenido Granda, y puso en el piso su valijita que parecía la de un barbero a domicilio.

—No faltaba más —le dijo Juan Legido.

—Un amigo mío cogería el cielo con las manos si le pudiera poner a su novia una serenata con *Los Churumbeles de España* —le dijo Bienvenido Granda.

—¿Y no es eso peligroso? —preguntó, con cautela, Juan Legido—. Digo, si el padre de la niña no será un chiflado que salga a la calle con otra navaja en la mano.

—El padre es un caballero respetable y comedido. Allí lo tiene —le dijo, y le señaló al doctor Baltasar Cisne, que dormitaba sentado a plan, abrazado a la estatua—. Ella se llama Zela, *La Mora Zela*.

—Entonces, délo por hecho. Búsqueme en el Hotel América el sábado —le dijo Juan Legido—. ¿Y su nombre? ¿cuál es su nombre, si me perdona?

—Bienvenido —le dijo Bienvenido Granda, y recogió su valijita.

La calma había retornado a la cubierta. Y ya se encaminaba Bienvenido Granda en busca de un lugar para acostarse, cuando de pronto, alguien que avanzaba entre los cuerpos apretujados se subió a un cajón, muy cerca de la estatua, y abrió una gruesa Biblia, sosteniendo el equilibrio entre los estremecimientos de La Salvadorita.

La bujía del cobertizo alumbraba de amarillo su cara afilada, de pómulos saltones. Llevaba el pelo rasurado arriba de las orejas, una sombra azulada en lugar de las patillas.

—¡Marte se acerca de nuevo a la Tierra! —gritó.

—¿Qué le pasa a Cordelio? —le preguntó, sobresaltado, el doctor Baltasar Cisne a Bienvenido Granda que había encontrado sitio al lado suyo.

—Sepa Judas —le respondió.

—Por los clavos del Cristo de los gitanos, ¿qué no se podrá dormir? —se quejó desde su hamaca Mario Rey.

—¡Usted se me calla, churumbel! —le advirtió la voz canora de *Jorge Negrete*, con falso enojo.

Desde el rincón de la jaula de los gallos, donde intercambiaba la botella de ron Cuscatleco con la marchanta Catalina Baldelomar, sentada ella sobre sus cajas de mercancía, se oyó llegar la risa de los dos. El muchacho albino dormía recostado en las jaulas, con una toalla envolviéndole la cabeza para que su fulgor blanco no despertara a los gallos.

—¡Marte, heraldo de tribulaciones! —Cordelio agitaba la Biblia encima de su cabeza, señalando al cielo—. ¡El planeta funesto se acerca en su visita de cada veinte años, desde que se le vio por primera vez en los tiempos de Sarón, Rey de Asiria!

—¿Desde cuándo Cordelio se volvió predicador? —le preguntó el doctor Baltasar Cisne a Bienvenido Granda.

—Se volvió predicador en el exilio, para poder ganarse la vida —le contestó.

—¿Y cree que por predicador no lo van a echar preso al poner pie en Nicaragua? —dijo el doctor Baltasar Cisne—. En *Novedades* lo viven acusando de conspiraciones para asesinar al general Somoza.

—Ahora es un hombre pacífico, dedicado a su apostolado evangélico —le dijo Bienvenido Granda—. Antes, cuando era católico, es que llevaba una vida corrompida, de guaro y mujeres.

—¡Que se acuerden los dictadores, los sátrapas y tiranuelos, del rey Senaquerib, el impío y soberbio, exterminado por el fuego del cielo, anunciado por el planeta Marte! —seguía Cordelio desde el cajón.

—Qué se va a estar componiendo, oílo —le dijo, con miedo en la voz, el doctor Baltasar Cisne.

—Desde aquí se ve Marte, es aquella estrella rojiza —dijo *El León de Nemea* señalando hacia el cielo. Luego, se incorporó, y caminó hasta la barandilla donde Juan Legido seguía abstraído, fumando.

Juan Legido se sobresaltó. Pero al ver a *El León de Nemea* que le sonreía, amigable, con toda su boca desdentada, pues en la pelea estelar *El Diablo Rojo* le había volado los dientes delanteros, se tranquilizó, y le ofreció un cigarrillo que el otro aceptó, aunque para guardárselo en el bolsillo en que tenía la navaja.

—Yo no fumo, pero nunca desprecio nada —le dijo.

—Debe usted ser un luchador muy fiero —le dijo Juan Legido.

—Una pelea nada más he perdido en mi vida —le respondió *El León de Nemea*—. Y eso porque me vistieron con una piel de león mal curtida, y del tufo tan insoportable, más tenía ganas de vomitar que de pelear.

—«¡Oh, tú, la estrella a quien llaman Nergal! —Cordelio consultaba su Biblia—. Tú eres el terror, el pánico, la que inspiras esplendores»...así exclamó frente al cadáver abrasado de su padre Senaquerib, el heredero de la tiranía, Sumassuquín.

—¡Pásenle un trago al pastor! —se alzó otra vez la voz de *Jorge Negrete*.

De mano en mano, la botella de ron Cuscatleco llegó hasta Cordelio. Entre rechiflas, se la ofrecieron.

—¿Y este muchacho? —preguntó la marchanta Catalina Baldelomar —¿qué le sucedió que no tiene del todo color?

—Este Tirso, mi sobrino —le dijo *Jorge Negrete*—, nació así porque el santo Mardoqueo echó una maldición.

—Así se cumplió la palabra del profeta Isaías —Cordelio se agachó, desde lo alto de su tribuna, para aceptar la botella—: «Yavé hará retroceder diez grados de sombra el reloj de Ajaz, y se agitará el firmamento en una tormenta de llamas que exterminará al tirano».

—¿El santo Mardoqueo echaba maldiciones? —dijo, extrañada, la marchanta Catalina Baldelomar.

—Fue su única maldición, en tiempos del yanki —dijo *Jorge Negrete*—: que todas las mujeres que se metieran con los marines buscando hijos rubios, más bien esos hijos les iban a salir desteñidos. ¿Va a beber el pastor, o no? ¡Si no, que me devuelva la botella!

Cordelio dio un largo trago.

—Tornó a acercarse Marte, y los muros del templo se derrumbaron sobre la cabeza del rey Ozías, el opresor, tal como lo había anunciado el profeta Amós. Porque Ozías había desobedecido a Jehová que le ordenaba dar pan y libertad a su pueblo oprimido...

Y volvió a beber.

—Allí tenés a tu pastor abstemio —dijo el doctor Baltasar Cisne, y tocó con el codo a Bienvenido Granda.

—Que se acuerden de Marte los faraones soberbios, cocodrilos de fauces prodigiosas que por donde quiera que van quedan los humildes diciendo: «¡por aquí pasó!» —Cordelio dio otro trago, ahora lento—. ¡Los sátrapas, que como los reyes caldeos, ponen su planta sobre el vencido después de sacarle los ojos! ¡los que reducen a los pueblos, sin acordarse que un día el fuego divino los convertirá en pavesas!

—Y este Tirso, entonces, ¿es hijo de algún marino de la intervención? —preguntó, intrigada, la marchanta Catalina Baldelomar.

—Se metió mi hermana Eufrasia Poveda con uno de esos chelotes del destacamento Pendleton ya casi cuando se iban de Nicaragua, la preñó, y salió el pobre Tirso tan sin color, que alumbra —dijo *Jorge Negrete*—. ¡Ideay, pastor, te me estás acabando la botella! ¿Qué religión es ésa, la tuya?

Cordelio midió la botella a trasluz, y comprobó que estaba casi vacía. Entonces, la devolvió a la cadena de manos que se alzaban, reclamándola.

—Pobre niño, desvestido debe ser como una luciérnaga —dijo la marchanta Catalina Baldelomar mirando dormir a Tirso el albino.

—¡Que se cuiden los voraces que poseyendo rebaños, arrebatan al pobre su única ovejita! ¿Quién te ha dicho, lobo, que la república es tuya? —ahora Cordelio elevaba más la voz—. ¡Tiembla en tu trono, tiembla en tu madriguera! ¡Ya se acerca Marte, el de la corona de sangre, vengador de los cielos! ¡Tus días, sátrapa, están contados! Amén.

—Nada de arrepentido lo veo —se volvió a quejar el doctor Baltasar Cisne—. Es una prédica de doble sentido.

—Tiene razón. Voy a hablar con él. Cuídeme la valija, que ya vuelvo —le dijo Bienvenido Granda.

Cordelio ya se había bajado del cajón y ahora se oía su risa en la oscuridad, entremezclada con las risas de *Jorge Negrete* y la marchanta Catalina Baldelomar.

—Qué valijita más miniatura —dijo para sí el doctor Baltasar Cisne, rozándola apenas.

—No hablemos de miniaturas que usted mismo se mete en ese saco —se oyó la voz de *El León de Nemea*, que había llegado a gatas hasta allí, y seguía a gatas, y parecía mirar, más que hablar, desde su boca desdentada. El doctor Baltasar Cisne no quiso rebajarse a responderle.

—¿Qué tánto andará Rigoberto en esa valijita? —dijo entonces *El León de Nemea*.

La vista de ambos se fijó entonces en la valijita de cartón comprimido y chapas herrumbradas donde a duras penas alcanzaba una mudada, camisa y pantalón, un par de chinelas de hule, un rastrillo Guillette, un vasito de loción Mennen a medio usar, un cepillo de dientes de cerdas desvencijadas, un tubo de pasta dentífrica Kolynos, arrugado de tanto apretarlo; y acunado entre los pañuelos, los calcetines y los calzoncillos que le hacían un nido cálido, el animalito ñato, pavonado de negro, dormido con respiración sosegada.

Prodigios se han visto

Desde su atalaya, aún sin catalejo, el Capitán Prío podía abarcar una vista completa de la Plaza Jerez y su alrededor en aquella mañana de bullicio. La plaza, en sí misma, velada por un vaho tenue como si se cocinara a fuego lento, mostraba poco de notable: bancas de cemento, los laureles de la india podados en redondo, y la estatua del general Máximo Jerez, prócer liberal y padrino de bautismo de Rubén Darío, que daba la espalda a la catedral por viejas razones de enemistad jacobina; a partir de la catedral, en el sentido de las manecillas del reloj, el Palacio Episcopal, el Colegio de la Asunción, el Teatro González, el Cuartel Departamental de la Guardia Nacional; y pasando por la Casa Prío, la Librería Recalde, el Palacio Municipal —que alojaba al Club Social de León, la sucursal del Banco Nicaragüense y el restaurante El Sesteo—; y al otro lado de la calle, regresando a la catedral, la ferretería La Rambla.

Ahora, siendo las diez de la mañana, Somoza, el sombrero panamá otra vez en alto, la boquilla de plata prensada entre los dientes, atravesaba en diagonal la plaza para dirigirse al Teatro González, rodeado de sus guardaespaldas (el bulto de sus pistolas automáticas debajo de los faldones de los sacos negros), seguido de los oficiales de la guardia presidencial (quepis, uniformes relucientes de plancha, las corbatas negras metidas en la abotonadura de las camisas, anteojos oscuros Ray-Ban, las carteritas de los anteojos al cinto), los miembros de la Junta Nacional y Legal del Partido Liberal Nacionalista (PLN), (anchas corbatas floreadas y trajes de casimir a rayas, bolsudos sacos de lino, y gran diversidad de sombreros). El cortejo avanzaba, perceptible a los ojos del Capitán Prío como las ondulaciones de un apurado reptil que se abría paso entre banderas de trapo rojo, cartelones de papel kaki, sombreros de palma, sombrillas, gorras. Un reptil con una cola enhiesta: Sartorius Van Wynckle, que sobresalía por su estatura y su extraña delgadez.

El Capitán Prío no podía apreciarlo tan de cerca, pero voy en su auxilio: vestido de lino hueso muy martajado, la corbata de mariposa, un tanto ladeada, por mal puesta parecía copiar su modo de andar en sesgo, avanzando antes que el cuerpo la mirada vigilante de sus ojos celestes que se diluían bajo los lentes sin marco; los tirantes de goma se acusaban por debajo de los faldones sueltos del saco, al vuelo en el apuro de la marcha forzada, el bolsillo de la camisa cargado de lapiceros, los grandes zapatos martajando inclementes a más de algún desprevenido de la apretada comitiva, la víctima más probable de sus machucones el teniente (GN) Anastasio Morales (Moralitos), pegado a su lado porque tiene instrucciones que recibir, el almidón de su uniforme tronando a cada paso.

Moralitos era el segundo al mando en la Oficina de Seguridad Nacional (OSN) que se estaba creando bajo la supervisión de Van Wynckle, y que a fata todavía de instalaciones adecuadas funcionaba en el pequeño cuarto de costura en la culata de la Casa Presidencial en la loma de Tiscapa, un escritorio para Wynckle con dos teléfonos, y un pupitre escolar con tapadera para cada uno de los tres oficiales aprendices, los mismos pupitres que en un tiempo utilizaron Luis (El Bueno) Lilliam (La Coronada) y Anastasio (El Malo) para sus tareas escolares.

Como pueden deducir, Moralitos, que era nacido en el barrio del Calvario de León, llevaba el nombre Anastasio en homenaje a Somoza, su padrino de bautizo cuando apenas despuntaba en el poder. Recién egresado de la Academia Militar, Moralitos había pasado un curso de inteligencia en la Escuela de las Américas de Fort Gulick, zona del canal de Panamá, donde Van Wynckle había sido su instructor. Tenía sólo veinticuatro años, aunque acusaba una incipiente calvicie que le dejaba ya una tonsura en la mollera; y sus labios tensos bajo el bigote, los ojos desvelados en su cara de cachorro bulldog, como si siempre le faltara el sueño, demostraban celo, y ganas de aprender el oficio.

Ingresó Somoza al Teatro González con su cortejo. El Capitán Prío podía escuchar en el radio Grundig encendido abajo, en el salón, la algarabía dentro del teatro subiendo por encima de la voz del locutor de la Gran Cadena Liberal, a pesar de que ahora gritaba, obligado a abandonar su entonación declamatoria, imitación de Manuel Bernal. Los manifestantes se desbandaron, abatiendo los cartelones y banderas; y en filas que pronto se volvieron tumulto, recibían los nacatamales y raciones de aguardiente repartidos desde la plataforma de los camiones. Las mujeres que amamantaban en soledad a sus críos sentadas en las cunetas, veían de lejos la rebatiña.

Y mientras Somoza subía ahora al escenario, según explicaba el locutor con fervoroso entusiasmo, la Primera Dama salía con su séquito de la casa paterna, en el costado norte de la catedral, para abordar la limosina y dirigirse, en un breve trayecto, a la antigua Maison de Santé. El Capitán Prío, que vigilaba el discreto revuelo en la puerta, consultó otra vez su reloj de leontina comprobando que había permanecido escasos cinco minutos adentro. Pero ya volvería a la hora del almuerzo; un almuerzo íntimo, de pocos invitados, de acuerdo al programa aparecido en los periódicos.

La Maison de Santé, alejada un tanto de la culata de la catedral, no entraba ya en la mira del Capitán Prío. Pero sigan ustedes conmigo a la Primera Dama, acompáñenla al atravesar los corredores tan ruinosos de la casa que ella muy devotamente quería convertir en museo, una sombra húmeda nada más en el sitio de honor donde estuvo el retrato de su antepasado Stendhal, matojos de higuerilla y tempate desbordando en triste exuberancia los parterres del jardín, el zacate creciendo entre raudales de sol en el quirófano que había perdido ya el techo, allí donde llevó a cabo el sabio Debayle sus mentadas operaciones.

El único inquilino de la Maison de Santé estaba ausente al momento de la visita. Se le podría encontrar deambulando a esas horas por las galerías del Mercado Municipal, a una cuadra de distancia, en busca de su almuerzo, siempre un libro bajo el brazo, la gran mata de pelo, entreverada de canas, sobresaliendo encima de sus orejas como una macetera; o subido, quizás, a las alturas del frontispicio de la catedral. Las torres macizas están amarradas a la nave central por dos soportales, sostenido cada uno por una pareja de atlantes; de cada soportal cuelga una campana, y debajo de una de esas campanas, donde no hay ningún parapeto, Quirón acostumbraba sentarse a leer. Pero todavía no estaba allí; de lo contrario, el Capitán Prío ya lo habría visto, inconfundible aún de lejos porque siempre vestía de blanco.

¿Lo recordaría ella si se lo hubiera encontrado en uno de esos corredores de mosaicos alternados en negro y verde como un tablero de ajedrez, a los que él sacaba brillo con el lampazo impregnado de carbolina? Un criadito de su padre, el que le servía la champaña, enterraba los fetos, ordenaba los instrumentos quirúrgicos. Se llama Quirón, señora, como Quirón el centauro, maestro de Esculapio. Rubén le transmitió una vez, con sus manos, el numen. ¿Rubén? ¿Rubén Darío? ¿Rubén Darío le transmitió qué? ¿en Corinto? ¿qué locura es ésa? ¿se desmayó? ¿sales de amoniaco? ¿cuándo? No ando yo creyendo en santos que orinan.

Ahora habían llegado al último traspatio, más allá de lo que fue el pabellón oculto de los tísicos y de los locos, donde se abría, tras una reja, la escalinata de piedra cantera para bajar a la morgue. Y mientras ella se quejaba ante la esposa del alcalde municipal de León, quien la acompañaba en la visita, del deplorable estado de la edificación, cuánto irá a costar esto, un dineral, querrá Tacho su marido que es tan agarrado dar el presupuesto, y había un ingeniero del Ministerio de Fomento y Obras Públicas, de corbata y mangas cortas, que sudaba copiosamente y la seguía libreta en mano, los ecos de sus pasos iban convirtiéndose en voces, voces que parecían emanaciones de las paredes rotas. ¿Oía el Capitán Prío desde su atalaya? No, está demasiado lejos y el radio Grundig, además, seguía encendido a todo volumen. ¿Oye Quirón? Quirón lo oye siempre todo, para eso tiene el oído sideral de los centauros. Y si no es suficiente, yo también oigo:

Hoy es 18 de noviembre de 1907. Los cipreses del jardín en sombras, por el que deambula una pareja de pavorreales, se estremecen con los invisibles soplos de brisa que presagian la lluvia. Quirón saca brillo con el lampazo al mosaico de los corredores.

Rubén y el sabio Debayle acaban de retratarse. Todavía siguen en el jardín las dos mecedoras maqueadas, de delicados contornos, recortando su fina negrura de azabache contra la verdura del follaje. Entre los frágiles arcos de los balancines, los pavorreales picotean las motas de trigo reventado, regadas como una estela de espuma sobre la hierba. El maestro Josué Cisneros se ha ido ya por la puerta de cristales esmerilados que da a la sala de espera de la consulta, cargando su trípode y los dos cajones claveteados donde guarda la cámara Lumington, las placas, los frascos de ferrocianuro de potasio y los polvos de magnesio.

Rubén está sentado en el corredor, en el extremo de un sofá de junco de tres cuerpos, un libro empastado a la española entre sus manos, a su lado una mesita cubierta de un tapete de croché que cae en puntas, y sobre ella una botella de cognac y una copa. Viste de alpaca beige, la corbata azul marino fijada por la infaltable perla gris. En el mismo sofá, se muestran en desorden las fotografías del recibimiento triunfal, que el maestro Cisneros le entregara al llegar:

Corre el pueblo hacia la plazoleta de la estación. Un hormiguero endomingado asalta alegremente los andenes y lo secuestra al verlo aparecer en la puerta del carro, alzándolo en hombros para llevarlo hasta la berlina descubierta. Desenganchan los caballos en un arranque de júbilo. Una cuadrilla de artesanos se pega al tiro arrastrando el carruaje entre banderas y estandartes. Palmas festoneadas de cadenas de papel de la china en las aceras colmadas de gente. Arcos triunfales adornados de frutas y pájaros disecados, rellenos de aserrín, en muda vinglería. Rueda el carruaje sobre una alfombra de trigo reventado teñido de malva, oro y jacinto figurando cisnes, faunos y pegasos. Desde los arcos triunfales se abren granadas de cartón para descargar una lluvia de volantes con sus primeros versos de niño que la gente se disputa con encono como billetes premiados de una lotería.

Reclinado en el sofá, las piernas muy abiertas dejan percibir la protuberancia del vientre, tan notable como su formidable cabeza. A sus espaldas, en la albura de la pared encalada, destaca la litografía del retrato de Stendhal en uniforme de cónsul, pintado por Valeri Silvestro. El sabio Debayle, vestido de grueso paño negro, se pasea, preocupado, cerca de él, las manos trenzadas a la espalda, parloteando en francés; las suelta, y sin dejar de caminar, describe con ellas un amplio arco delante de sí. Una sombra oscurece su amplia frente.

El General Selvano Quirino se había empeñado en cambiar el color de sus ojos porque quería tenerlos azules. Lo llamaban *El Presidente Chiquito* tanto por el poder que en todo occidente, León y Chinandega, le diera el general presidente José Santos Zelaya, como por su exigua figura; un indio subtiava de tan probado arrojo que Garibaldi, bajo cuyo mando había peleado en la campaña del Piamonte, llegó a decir de él en un despacho militar que *di piccolo non avea altro che la statura*. De Italia había traído la costumbre de llevar una vanidad en su salbeque de campaña para acicalarse en el espejito las hebras del bigote que salpicaban cada lado de su boca.

La operación tuvo resultados funestos. Se quedó ciego y murió al poco tiempo, después de hacer a lomo de mula un recorrido de adiós por sus fundos de Santos Lugares, que sin tener él hijos heredó a su hermana Galatea Quirino, *Nuestra Señora de los Campos*. Y muy poderosa también ella, ha iniciado un escandaloso pleito judicial contra el sabio Debayle.

—Pero, dime, ¿por qué te empeñaste en una operación tan estúpida? —lo interroga malicioso Rubén, apartando los ojos del libro.

—Se empeñó él, porque aunque gamonal, se sentía de menos —el sabio Debayle habla sin volverse, asomándose al cielo de lluvia—; y no fue una operación estúpida, Rubén.

—Tan estúpida como la que practicaste a tu sobrino, el inventor Godofredo —le dice Rubén, y deja el libro abierto reposar sobre el vientre.

—Tampoco fue mi culpa —el sabio Debayle se acerca, apresurando su paso—. Los fabricantes de Detroit enviaron el sacro de acero inoxidable con la medida equivocada.

—Por soberbia, por afán de fama, serías capaz de coserle un doble pene en las ingles a un pobre impotente —Rubén ríe, moviendo acompasadamente la cabeza.

—Para el cambio de color de los ojos seguí paso a paso el método de Von Gralfe —el sabio Debayle se detiene muy cerca de Rubén—. Utilicé la pinza de Kalt para extraer el cristalino, inyecté una solución de azul de metileno. Lavé el saco lacrimal con sublimado, al uno por tres mil...

—¡Qué soberana burrada! —Rubén cierra el libro con un leve golpe—. ¿Te entró la morriña del trópico? Aquí, la estupidez se vuelve una enfermedad contagiosa. ¡Tú, un alumno de Pean, que aprendiste cómo se opera de etiqueta, de guantes blancos, con las condecoraciones en la pechera, para ser aplaudido en los quirófanos como Gino Tagliaferri es aplaudido en La Ópera de París!

—Ninguna burrada, Rubén —el sabio Debayle agita las manos—. Es un procedimiento científico... en París, en el Hotel Dieu...

—En París ya estarías en las ergástulas de La Défense —Rubén se esfuerza en aparecer severo—. ¿Y qué quieres de mí?

—Tu gestión ante el presidente Zelaya, para que termine ese proceso inicuo —el sabio Debayle se sienta, desvalido, en el sofá, al lado de Rubén—. Mi prestigio está quedando en jirones. A ti, Zelaya no puede negarte nada.

—¡Mi gestión! ¡Me ha negado dos veces la audiencia que le he pedido! Lo aconsejan contra mí, le dicen que no soy más que un ebrio inclaudicable —una vena azul se repinta en su sien derecha, y tiemblan las aletas de su nariz.

—Tú eres una gloria de este país —el sabio Debayle le palmotea afectuosamente la rodilla—. Te darán tus credenciales de embajador ante la Corte de Madrid. Es un hecho.

—¡Un hecho tan cierto como que te condenarán a ti a trabajos forzados por dejar ciego a un hombre! —Rubén vuelve a su libro, sin acabar de sosegarse—. ¿Quién se atreverá tocar a alguien de tu alcurnia? Sigue, sigue en tus carnicerías. Yo no voy a mover un dedo por ti.

—Recibí un telegrama de ella —el sabio Debayle lo mira, midiendo el golpe.

Rubén se espanta.

—¡*La Maligna*! ¿Qué quiere ahora? Le di en presencia de su hermano todo lo que tenía, cinco mil francos en letras, para que no se bajara del tren en León y siguiera viaje a Managua.

—Más dinero. Quiere otros cinco mil francos y concede finalmente el divorcio —el sabio Debayle cruza las brazos.

—¡Cinco mil francos más! ¡Esa loca! ¿De dónde voy a sacarlos? —el libro parece no tener sosiego en sus manos.

—Amenaza con regresar y hacerte un escándalo —el sabio Debayle presiona la rodilla de Rubén—. Yo te aconsejo negociar.

—¿Negociar? ¿Tú me darás los cinco mil francos? —Rubén se encabrita y el libro está a punto de volar por los aires.

—Todo es hablar con Zelaya —el sabio Debayle aumenta la presión de su mano.

—¿Voy a ir yo a pedirle dinero al presidente Zelaya para darlo a esa mujer? —ahora sí, el libro vuela, y el sabio Debayle va a recogerlo.

—Un adelanto de tus sueldos de embajador —le dice devolviéndole el libro.

—¿Mis sueldos? ¡Si no quieren nombrarme, y hablas ya de adelantos! —ríe, despectivo, Rubén.

—No tienes otro remedio, más que pedir otra vez esa audiencia —se encoge de hombros el sabio Debayle, y regresa a su paseo.

—Sí. Y de paso gestiono tu caso con Zelaya —lo escruta Rubén, cuando el otro se ha vuelto.

—Ella vendrá y te hará sufrir —el sabio Debayle se encoge de nuevo de hombros—; ya conoces sus celos. Es capaz de lanzarle a Eulalia en el rostro su famoso frasco de vitriolo.

—¡Sería una infamia! —se exalta Rubén.

—Hay que evitar que se consume esa infamia —el sabio Debayle extiende las manos en ademán de detener a la hechora.

—Ella, *La Maligna*. Ella, la tormenta negra —musita Rubén, las piernas muy abiertas y la cabeza abatida.

—¿Entonces? —sonríe el sabio Debayle con triunfante cautela.

—Entonces habrá dos en la cárcel, tú por cegar a un anciano, y ella por deformar el rostro a una dama —Rubén toma la copa y bebe en un solo impulso.

Y sin prestarle más atención al sabio Debayle, fija los ojos por encima del libro en los movimientos de Quirón, que empuja diligentemente el lampazo sobre las baldosas.

—Ven, acércate —le ordena.

Quirón no se mueve, las manos aferradas al lampazo.

—Acércate, no temas —Rubén repite la orden, con un ademán remoroso de la mano.

Una enfermera de largo mandil a rayas celestes, tocada con una cofia, atraviesa el corredor llevando una bandeja de medicamentos. El sabio Debayle la detiene para preguntarle algo. De lejos, los dos son como piezas colocadas en el tablero de ajedrez del piso. Luego, la mujer desaparece tras la mampara forrada de manta blanca que oculta los interiores de una de las habitaciones del pensionado.

Quirón está ya frente a Rubén, el lampazo en la mano. El sabio Debayle consulta su reloj, y mira al cielo nublado. La sesión solemne del Ateneo de León, en homenaje a Rubén, espera.

—El obispo Simeón arderá ya en deseos de iniciar su pieza oratoria en salutación tuya —el sabio Debayle guarda el reloj.

—¿Sabes leer? —le pregunta Rubén a Quirón.

Quirón niega, agitando la mata de pelo.

—Yo te enseñaré —el aliento de viejas uvas maceradas invade las narices del niño.

Apura un sorbo de cognac, pone la copa en la mesita y sienta al niño en sus rodillas, volviendo a la primera página del libro con tapas de jaspes rosa y amarillo, el mismo que ha estado leyendo desde su salida de Cherbourg: *Historia General y Natural de las Indias, islas y tierra-firme del mar océano*, del capitán Gonzalo Fernández de Oviedo y Valdés.

—Se nos hace tarde, debemos irnos —el sabio Debayle va por los sombreros de ambos que cuelgan de la ramazón de unos cuernos de venado en la pared.

—Ve tú, y saluda a la augusta concurrencia de mi parte —Rubén, sin apartar a Quirón de su regazo, alcanza la botella de cognac.

—Deja, ya jugarás otra vez a maestro de párvulos —el sabio Debayle viene con el sombrero de Rubén y trata de colocárselo en la cabeza.

—¡Vete a la misma mierda! —Rubén rechaza el sombrero de un manotazo.

—¡Rubén! ¡no te permito...! —el sombrero ha rodado a los pies del sabio Debayle.

—Tú, y tu caterva de zafios confianzudos me tienen hastiado con sus declamaciones y discursos —Rubén espanta al sabio Debayle con movimientos de los brazos, el libro en la mano.

—El obispo Simeón no te perdonará nunca... —quiere seguir argumentando el sabio Debayle, mientras retrocede.

—¡No me jodás más! —estalla Rubén, y apartando bruscamente al niño, se incorpora, con ademán de lanzarle el libro a la cabeza.

—¿Y a Eulalia, que va a declamar en tu honor, qué le digo? —el sabio Debayle tiembla de ira—. ¡Qué hazaña más gentil! ¡Cortejar a la mujer de un inválido!

—¡Inválido por tu culpa! Y no te metas en mi vida privada. ¡Mejor ocúpate de comprar a los jueces! ¡Ojos azules! ¡Qué sandez!

El sabio Debayle desaparece tras la puerta de cristal esmerilado que se cierra con un golpe de estruendo. Rubén bebe apuradamente un trago más de cognac, acomoda otra vez a Quirón sobre sus piernas, vuelve al libro, y con el dedo índice señala una línea, recorriéndola despacio.

—Vamos a leer sobre Pedrarias Dávila, el *furor domini*, que fue el que trajo por primera vez los chanchos a Nicaragua —la gran cabeza de Rubén se abate en el espaldar del sofá—. Un conquistador que se hizo poderoso criando chanchos. Éste es un país bueno para engordar chanchos.

—¿Qué quiere decir *furor domini*? —le pregunta Quirón. Nunca antes, hasta ahora, había escuchado su voz, que suena como un caramillo lejano entre las frondas del bosque de Pan.

—La furia de Dios. Cuando Dios se arrecha, le manda a los pueblos un criador de chanchos. Y los criadores de chanchos no entienden de poetas, sólo de manteca y de tocino. Las musas, Quirón, nada tienen que ver con los chicharrones —Rubén bebe otra copa y el cognac tiñe de ámbar oscuro sus labios.

El viento arrecia en el jardín en sombras y voltea las dos mecedoras vacías. Huyen los pavorreales. Retumba un trueno poderoso y los argentados chorros de lluvia empiezan a caer en torrente bullicioso desde los aleros con un sonido alegre de voces de mujeres.

—¿Quién estaba allí filmando esa película? —dice Erwin mientras Rigoberto cierra el cuaderno.

—Son reconstrucciones históricas —dice el Capitán Prío—. No hay que dudar de ellas.

—¿Será cierto que Quirón se volvió un lector profundo? —dice Norberto.

—Por lo menos anda cargando siempre libros pesados, de esos de letrita menuda para dar sueño —dice Erwin.

—Que lo diga Rigoberto, que ha sido su alumno distinguido —dice el Capitán Prío.

—¿También te cogió la cabeza entre las manos para traspasarte el numen sagrado? —le dice Erwin.

—A mí no —dice Rigoberto—. Yo sólo soy un poeta aficionado. Pero me ha dado a conocer grandes libros.

—Un profesor mudo, jamás se ha visto —dice Norberto. —Pues si anda Quirón encaramado en el techo de la catedral, es que por lo menos ha leído la novela del jorobado de París —dice el orfebre Segismundo.

—Eso sí —dice el Capitán Prío—. Apenas aprendió a leer se fue directo a Víctor Hugo. En el banquete de despedida a Rubén, en la casa del sabio Debayle, asombró a los comensales recitando *La Leyenda de los Siglos*, y en francés.

—¿Y ese infundio de que el sabio Debayle era descendiente de Stendhal? —le dice Erwin a Rigoberto.

—Henri Beyle era el verdadero nombre de Stendhal —dice Rigoberto volviendo a su cuaderno—: De Beyle, Debayle.

—¡Entonces, ahora resulta que Somoza está emparentado con el autor de *El Rojo y el Negro*! ¡La mierda revuelta con la gloria! —exclama el orfebre Segismundo.

—¿Y qué vino a hacer Stendhal a Nicaragua? —dice Erwin.

—Fue capataz en las plantaciones de cacao del valle de Menier, en Nandaime —dice el Capitán Prío—. De allí sacaron su fortuna los Menier, los reyes del chocolate en Francia.

—Está equivocado, Capitán —le dice Rigoberto—. Fue un hijo de Stendhal, amancebado con una mulata de la Martinica, el que vino a dar a Nicaragua de capataz. Aquí se quedó, y aquí tuvo su descendencia con la mulata.

—Sin duda, el hijo de Stendhal y la mulata vinieron en el mismo barco con Giuseppe Garibaldi —dice Erwin.

—Garibaldi llegó en 1851 al puerto de San Juan del Norte, a bordo del Prometeo —dice Rigoberto. El hijo de Stendhal y la mulata, una década antes.

—Garibaldi se hospedó en la casa que fue del doctor Darbishire, en la Calle Real —dice el Capitán Prío—. El general Selvano Quirino, siendo muchacho, salía con él a cazar conejos.

—¿Sólo a eso vino Garibaldi, a cazar conejos? —dice Norberto.

—Andaba en asuntos de comercio, con un amigo suyo, Francesco Carpaneto —dice Rigoberto—. Pusieron en León una fábrica de velas de cebo.

—Y cazando conejos con Garibaldi por los montes de León, Selvano Quirino fue a dar al Piamonte —dice Erwin.

—También fue héroe de la batalla de Catania —dice Rigoberto—. De la campaña de Sicilia volvió coronel.

—Y con un baúl de reales para hacerse terrateniente, de seguro —dice el orfebre Segismundo.

—De allá lo único que trajo fue un clavicordio que le obsequió el rey Víctor Manuel en premio a sus servicios —dice Rigoberto—. Los reales los hizo, aquí, con Zelaya, después de la revolución liberal. Zelaya lo ascendió a general.

—Yo ni siquiera creo que haya existido ese Selvano Quirino —dice Erwin.

—Existió, cómo no —dice el Capitán Prío; y con la mano describe un gran territorio en la distancia—. Dueño de grandes heredades, desde el golfo de Fonseca, hasta el lago de Managua. La llanura entera, del volcán Cosigüina al volcán Momotombo.

—Déjelo que dude, Capitán —dice Rigoberto—. Como no ha estado al lado mío cuando consulto libros, subrayo, copio, hasta altas horas de la madrugada, tiene razón de ser incrédulo. Así es la ignorancia.

—Santos Lugares, que fueron peleados en la Guerra Santa —dice Norberto—. *La Luz Terrenal* heredó Cafarnaún cuando murió *Nuestra Señora de los Campos* atropellada por una carreta.

—Allí te hiciste próspero algodonero, alquilándole a ella esas tierras —le dice Erwin—. Tan próspero que todavía te anda persiguiendo el banco.

—Cuando te casés con *La Mora Zela*, esas tierras pasarán a tu poder —le dice el Capitán Prío, dándole palmadas entusiastas en el hombro—. *La Luz Terrenal* se lo va a dejar todo a tu suegra, *La Rosa Niña*.

—Explique bien esos parentescos, Capitán —le pide Norberto, acomodándose mejor en la silleta.

—Tuvo tres hijos el fuerte comerciante Goliath —dice el Capitán Prío, muy didáctico—: el santo Mardoqueo, Eulalia, madre de *La Rosa Niña*, y *La Luz Terrenal*.

—Entonces la famosa Eulalia de las cejas encontradas vendrá siendo abuela política de éste —dice el orfebre Segismundo señalando a Norberto.

—Así es. Y también va a emparentar Norberto con el santo Mardoqueo —dice el Capitán Prío.

—Y a lo mejor con Rubén Darío, si es que el panida preñó a Eulalia —dice Norberto mirándolos a todos con gran orgullo.

—Nada de eso. *La Rosa Niña* es hija de Godofredo el paralítico —dice Erwin.

—Godofredo quedó impotente desde que se cayó del caballo —dice Rigoberto—. Por lo tanto, te lo confirmo: *La Mora Zela* es nieta de Rubén.

—Esos amores sucedieron allá arriba, en el mismo aposento donde yo duermo —dijo el Capitán Prío.

—Pues a lo mejor entre las sábanas encuentra algo de numen, Capitán —le dijo el orfebre Segismundo.

—O algún vello púbico, que en todo caso sería herencia mía —dijo Norberto.

—El impotente era Rubén. Nunca pudo haber preñado a Eulalia —dijo Erwin—. Para los días de su viaje triunfal a Nicaragua, el licor le había consumido toda su potencia viril.

—Para mí la impotencia es una experiencia absolutamente extraña —dijo el orfebre Segismundo, con suficiencia.

—Si no, que lo diga *La Bella Cupida* —dijo Erwin.

—¿Cómo es que ha llegado hasta aquí noticia de ese episodio? —preguntó el orfebre Segismundo, muy complacido.

—La segunda parte es la mejor, cuando lo mandaron a usted a buscar reales para montar la Judea —le dijo Norberto—. Allí sí que la lagarta esa lo dejó sin huevos.

—Lo que soy yo, no les he contado nada de esa desgracia —dijo Rigoberto, y miró con aire de súplica al orfebre Segismundo.

—Este jovencito —dijo el orfebre Segismundo y tomó por el brazo a Norberto—, ¿no es el que se entretiene llevándole serenatas a varones licenciosos?

—No me hablen de ninguna serenata, porque puede haber malas consecuencias —dijo Norberto, y mordió la medallita que le colgaba del cuello, mirando a Rigoberto.

—Milagro no le ha encargado a usted el anillo de compromiso para el mancebo —le dijo Erwin al orfebre Segismundo y se dio aire con la boina vasca.

—No sigan revolviendo el agua que yo ya le pedí perdón —dijo Rigoberto, e hizo que escribía en su cuaderno mientras miraba de reojo a Norberto.

Tan sentimental y tan divino

Cuando La Salvadorita se acercaba a medianoche a Puerto Morazán, navegando uno de los brazos del Estero Real, Marte brillaba ya arriba de la invisible cadena volcánica de Los Maribios. Las luces desperdigadas podían contarse desde la borda de La Salvadorita, que remecida por el oleaje oscuro buscaba el costado del muellecito encaramado sobre horcones dispares, mientras el motor Caterpillar palpitaba derramando desde la popa su olor a diesel quemado.

Sobre una loma, en una punta de la herradura del estuario, brillaban los focos del cuartel de la Guardia Nacional, una construcción de paneles prefabricados, de las donadas por el programa Punto IV de Truman para escuelas rurales. Más abajo, sembrada sobre pilotes al borde de las miasmas dejadas por las crecidas de la marea, la bodega de la aduana, y en el otro extremo de la herradura, delante de los manglares, el galerón abierto del bar-restaurante La Bartola, una especie de embarcación anclada en tierra firme; igual que en La Salvadorita, se podía dormir allí en hamacas colgadas de los travesaños, en el suelo de tambo, o juntando dos de las mesas con sobres de latón que anunciaban la Cerveza Victoria. Y desperdigados junto a las dunas, los ranchos de los pescadores y estibadores, el parpadeo de los candiles entre los resquicios de la caña brava.

El sargento Domitilo Paniagua, requeneto, y pelo de cerdas rebeldes, como de puercoespín, alumbraba con su foco de mano las caras de los pasajeros a medida que atravesaban el tablón de cedro real que servía de pasarela entre la lancha y el muelle. Un raso armado de un fusil Garand, gorra de barquillo en la cabeza, vigilaba, soñoliento, a sus espaldas.

Muy pendiente de sus cuentas, sólo apartaba el foco cuando ya le habían entregado el emolumento por cada bulto de mercancía, y el documento de viaje: permisos de vecindad que él mismo expedía a los comerciantes, rompiéndolos una vez recibidos como la manera más rotunda de invalidarlos; y los pasaportes, que una vez colectados todos se llevaría al cuartel para enlistarlos en la máquina Remington y estamparles el sello de entrada.

Más tarde, cuando los pasajeros ya dormían en el galerón de La Bartola, su foco de pilas volvió a brillar y fue deteniéndose, otra vez, en las caras. Devolvía los pasaportes. Los churumbeles, disgustados, gruñeron. Ante el deslumbre del foco *El León de Nemea* se restregó los ojos, agitando las crenchas de su melena. El doctor Baltasar Cisne, en cambio, un poco más alejado porque no quería la vecindad de Cordelio, siguió roncando, con la boca abierta, un hilillo de saliva bajando por su mentón sin rasurar, y costó despertarlo.

El foco se detuvo, por fin, en la cara de Rigoberto, que parpadeó, encandilado. Permanecía despierto, recostado al tabique, la valijita de cartón comprimido en su regazo. Cordelio, a su lado, tampoco dormía.

El sargento Domitilo Paniagua les hizo una señal con el foco para que lo siguieran, y llegaron tras él hasta el borde de la duna lamida por la tumbazón que se revolvía en la oscurana.

—¿De dónde vienen ustedes? —preguntó con tono muy hosco.

—¿Yo? De San Salvador. El pastor no sé, no lo conozco —dijo Rigoberto, depositando en la arena su valijita.

—Ni mierda, venían juntos —lo atajó el sargento Domitilo Paniagua—. Los vieron tomando cervezas en La Unión. Si quieren más señas, en el bar La Cucharita.

—Bueno, para decirle la verdad, sargento, lo conozco y no lo conozco —Rigoberto buscó el consentimiento de Cordelio, que asintió.

—¿Cómo es eso? ¿Me has visto cara de baboso? —dijo el sargento Domitilo Paniagua.

—Nos encontramos de casualidad, buscando cada uno por su lado a Rubén Darío que se había perdido —dijo Rigoberto.

—¿Rubén Darío se había perdido? —se extrañó el sargento Domitilo Paniagua.

—Se lo habían robado. Y él fue quien lo descubrió —dijo Cordelio señalando a Rigoberto.

—¿Lo descubrió dónde? —siguió interesado el sargento Domitilo Paniagua.

—En una sorbetería, lo tenían de adorno —dijo Cordelio.

—¿De adorno? ¿Quiere decir que lo tenían allí empleado, sin hacer nada? —dijo el sargento Domitilo Paniagua.

—Ni más ni menos —respondió Rigoberto.

—Los poetas son todos unos vagos —sentenció el sargento Domitilo Paniagua—. ¿Y en eso andabas vos en San Salvador?

—No, yo más bien andaba tras el famoso luchador Manfredo Casaya para entrevistarlo. Soy periodista —le dijo Rigoberto.

—Periodista, sí. Ya lo vi en tu pasaporte —le dijo el sargento Domitilo Paniagua, con desconfianza.

—Es cierto, me andaba entrevistando a mí —se oyó a *El León de Nemea*, enronquecido por el sueño, que salía de la oscuridad más desgreñado que nunca.

—Usted, vuelva a acostarse —le ordenó el sargento Domitilo Paniagua, alumbrándolo muy de cerca con el foco—. Este interrogatorio es secreto.

El sargento Domitilo Paniagua se desatendió de *El León de Nemea*, como si al quitarle el foco de encima, el otro se hubiera ido; y detuvo el haz de luz en la cara de Cordelio.

—Y vos, dicen que sos pastor protestante —lo recorrió de pies a cabeza con el foco.

Por toda respuesta, Cordelio apretó la Biblia contra el pecho y agachó la cabeza. El sargento Domitilo Paniagua se sacó de la bolsa trasera del pantalón los pasaportes de ambos. Ayudándose con el foco revisó las páginas del pasaporte de Cordelio.

—¿Vos sos hondureño? —le preguntó.

—Josías Arburola Reina, venido al mundo, por la gracia de Jehová mi Señor, en Comayagua —dijo Cordelio, sin alzar la cabeza—. Predico por toda la selva del Chamalecón, desde San Juan de Ulúa hasta Chalatenango. Por penitencia, sólo me alimento de miel silvestre.

—¿Miel silvestre? Yo te siento tufo a guaro —le dijo el sargento Domitilo Paniagua, olisqueándolo.

—Miel silvestre fermentada —dijo Rigoberto.

—Se hizo protestante después que se lavó las manos —se entremetió, otra vez, *El León de Nemea* desde la oscuridad.

—¿Cómo que se lavó las manos? —le preguntó el sargento Domitilo Paniagua, y el otro se acercó, ya confianzudo.

—Claro, porque en la Judea que representaron en San Salvador, él fue Poncio Pilato —dijo *El León de Nemea*.

Aquel había sido un magno acontecimiento. Tras el fracaso de la pelea de lucha libre, se le había ocurrido a Cordelio montar para semana santa una representación de *El Mártir del Gólgota*, según la obra de Manuel Pérez Escrich, donde los actores principales iban a ser los mismos exiliados.

El orfebre Segismundo recibió de nuevo el encargo de procurar el financiamiento de la empresa, y aunque le costó a Cordelio convencerlo, porque pese a sus vigores ya sabía él a qué atenerse con aquella energúmena del placer, fue otra vez a dar a los brazos de *La Bella Cupida*.

Todos se amotinaron para despedirlo en la puerta de Casa Dinamarca, y otra vez partió, entalcado, perfumado de Yardley, relucientes los zapatos como espejos cuarteados; pero ahora ya no en taxi, sino en el Chrysler dorado que lo esperaba a la puerta de la pensión. *La Bella Cupida*, notificada de la visita, enviaba por él. Un chofer de saco, corbata y quepis negros, como si se tratara más bien de una carroza fúnebre, le abría la portezuela.

La Bella Cupida, ahora sí, lo hizo pedazos. Regresó una semana después, las rodillas en carne viva, los ijares atormentados, las espaldas cruzadas de arañazos. Hasta de sangre en la orina empezó a padecer.

—Aquí vengo moribundo, hermanos —les dijo mientras lo sacaban entre todos del Chrysler dorado y lo conducían a su lecho, lo desnudaban, le ponían su pijama y lo arropaban—. Yo creo que aquella vez la agarré enferma, o quién sabe qué, porque me soltó tras apenas una jornada, y logré regresar maldolido y debilitado, pero en pie. Ahora, después de la primera noche, cuando amaneció, creí que la había liquidado para siempre. Habían sido siete embestidas, una tras otra. ¡A qué horas me ufané delante de ella! Eso no era más que un ensayo de mierda, me dijo, tras una vil carcajada. Y a partir de ese momento me agarró de su cuenta: me ordeñó de pie, contra las paredes, en cuclillas dentro de la tina de porcelana llena de agua caliente, sentados sobre el retrete, en las escaleras, en los sillones Madame Rocamier de la sala, en el reclinatorio de su capilla, en la cocina, en el puro piso, sobre las piedras del jardín. Sólo le faltó echarme, ya inservible, al foso de los caimanes para que me hartaran.

Pero traía un cheque de mil colones. Y debidamente anunciado el espectáculo por todo San Salvador, ensayados y disfrazados con sus túnicas judías y arreos de centuriones romanos, los exiliados aguardaron en vano a que el público se presentara en las graderías del Estadio Flor Blanca aquel viernes santo, metidos en los vestidores de los equipos, que les servían de camerinos, y que el sol que pegaba afuera había convertido en verdaderos hornos de panadería. A las cuatro, Cordelio decidió, sin más remedio, suspender la función, dejando las cruces del Monte Calvario sembradas en la grama del campo de fútbol; y del restante del cheque de *La Bella Cupida* tomó para alquilar una baronesa que transportó al elenco al balneario de Jiquilillo.

Recalaron en la cantina Atlacalito bajo una ramada, ante el asombro y aún la indignación de los borrachos en calzoneta de baño que ocupaban las otras mesas y no entendían aquella visión de túnicas nazarenas y turbantes fariseos rodeando a un Jesús que trastabillaba cada vez que se levantaba a orinar. Pero el sábado de gloria, apareció el orfebre Segismundo, convaleciente todavía, a avisarles que para la segunda función, que nadie se había acordado de suspender, el estadio estaba lleno, y todavía a las colas en las taquillas no se les veía fin.

—Yo hice el papel de Judas Iscariote, porque el director italiano que contrataron necesitaba a alguien de aspecto feroz —dijo *El León de Nemea*.

—Tengo preso a un italiano que también es artista de las tablas —dijo el sargento Domitilo Paniagua.

—¿Y cómo se llama ese italiano? —le preguntó, cauteloso, Rigoberto.

El sargento Domitilo Paniagua alumbró un tercer pasaporte que se había sacado del bolsillo.

—Se llama Lucio Ranucci —dijo, deletreando con dificultad.

—¡Es el mismo! —dijo *El León de Nemea* que se había acercado a ver la fotografía del pasaporte—. Magnífico que lo haya echado preso, sargento. Por nada me ahorca de verdad con la cuerda de Judas en un ensayo.

—¿Y a qué se debe que esté preso? —le preguntó Rigoberto, siempre cauteloso.

—Cuando iba a sellarle su pasaporte, me apercaté que murmuraba: «gracias a Dios que me voy para siempre de este país de mierda» —dijo, con enojo renovado, el sargento Domitilo Paniagua—. Allí lo tengo en la bartolina, por irrespeto a la patria, al maricón ése.

—Ningún maricón, sargento —le dijo Cordelio—. Se cogió a todas las mujeres de Jerusalén, entre ensayo y ensayo.

—Y todos esos reales que ganaron en la Judea, ¿para qué los ocuparon? —preguntó el sargento Domitilo Paniagua.

—De reales, a mí nunca me dieron cuenta —dijo *El León de Nemea.*

—Sirvieron para comprar el animalito negro —dijo Cordelio.

—¿Cómo? —pregunto, extrañado, el sargento Domitilo Paniagua.

—Tengo una cría de zopilotes de raza, que son caros —dijo Cordelio—. Además de la miel silvestre, me gusta comer zopilote.

—Eso sí es una gran cochinada —dijo el sargento Domitilo Paniagua, poniendo cara de asco.

—Si uno deja que los zopilotes coman animales muertos, sargento. Pero si uno los cría desde chiquitos, y les da su maicito en el piquito, es una carne muy aseada —dijo Cordelio.

—¿Y qué tenías que ver vos en Judeas, si sos protestante? —le preguntó entonces el sargento Domitilo Paniagua.

—Todavía no me había convertido a la verdadera fe —le dijo Cordelio—. Cuando vi tantos desenfrenos del italiano con las mujeres de Jerusalén, se me abrieron los ojos del espíritu.

—Pues al italiano lo habían contratado aquí de director del cuadro dramático de la Radio Mundial, y no sé si habrá tenido tiempo de desmandarse con las artistas —dijo el sargento Domitilo Paniagua—. Lo corrieron porque no quiso dirigir *El Derecho de Nacer*, según me confesó en el interrogatorio.

—Le apuesto que quería poner por radio una obra de teatro que se llama *Tovarich* —dijo Cordelio—. Es su obsesión.

—¿*Tovarich*? Eso confesó —dijo el sargento Domitilo Paniagua.

—¿Usted oye bastantes novelas, sargento? —le preguntó Cordelio.

—En estas latitudes, sólo las novelas de radio lo distraen a uno —dijo el sargento Domitilo Paniagua.

—Yo, en San Salvador, también prediqué por radio —le dijo Cordelio. ¿Usted cree que aquí en Nicaragua se podrá?

—Quién sabe —dijo el sargento Domitilo Paniagua—; a *el hombre* no le gustan los evangelistas. Doña Salvadorita es católica devota.

—A propósito, sargento —le dijo Cordelio—; ¿por qué este barco en que venimos se llama Salvadorita?

—¿Sos baboso acaso? Por la Primera Dama, que estoy mentando —dijo el sargento Domitilo Paniagua.

—Y el barco, ¿de quién es, si se puede saber? —le preguntó Cordelio.

—Pues de ella —le dijo el sargento Domitilo Paniagua—. Son sus negocios propios, distintos de los que tiene *el hombre*.

—Pobre la señora, necesita garantizarse su vejez —dijo Cordelio.

—Pero, bueno —recapacitó, enojado, el sargento Domitilo Paniagua—. ¿Qué tengo yo que estarte dando cuentas de nada? Y agradezcan que no los informo, a los tres, al Comando de León.

—¿A los tres? Y a mí, ¿por qué? —preguntó desde atrás *El León de Nemea*.

—Por andar en esa facha, desnudo de la cintura para arriba y con el pelo desgreñado —le dijo el sargento Domitilo Paniagua.

—¿Ya me puedo ir a acostar? —le dijo Cordelio.

—No ha terminado el interrogatorio —le dijo entonces el sargento Domitilo Paniagua—: ¿Qué es eso que venías predicando en el barco, de unos marcianos que van a bajar del cielo a derrocar a el hombre?

—Le informaron mal, sargento —le dijo Cordelio—. Cada vez que el general Somoza se quiere reelegir, Marte se acerca a la Tierra para ayudarlo, es lo que dije. ¡El poder magnético de Marte es inmenso! ¡Es el planeta de los grandes hombres!

—¿Y sólo de deportes escribís vos en el periódico? —le preguntó el sargento Domitilo Paniagua a Rigoberto.

—También de asuntos de robos, de crímenes —le respondió Rigoberto.

—Pero por ejemplo, cartas. ¿Sabés escribir cartas bonitas? —se le acercó el sargento Domitilo Paniagua.

—Sobre todo cartas de amor —le dijo Rigoberto.

El sargento Domitilo Paniagua calló, y luego les devolvió los pasaportes.

—¿Y mi pasaporte? —reclamó *El León de Nemea*—. Yo soy Manfredo Casaya.

Buscó el pasaporte, el último que le quedaba por repartir.

—A vos ni pasaporte te debían dar, por feo espantoso —le dijo, extendiéndole el pasaporte.

Se rió, y apagó el foco. Luego rozó con timidez el codo de Rigoberto, casi adivinándolo en la oscuridad.

—La carta de amor yo se la hago —le dijo Rigoberto.

—¿Acaso sos sajurín? —se sonrió el sargento Domitilo Paniagua.

—¿Es una petición de mano? —le preguntó Rigoberto.

—Casado ya soy. Mi esposa es cocinera aquí en La Bartola —le dijo el sargento Domitilo Paniagua.

—Y la otra, entonces, ¿dónde vive? ¿Aquí también? —le preguntó Rigoberto.

—No. Trabaja en León, en el Baby Dolls —dijo el sargento Domitilo Paniagua—. Está allí de segunda de la dueña. Maneja la cantina y administra los cuartos.

—Esa dueña es *La Caimana* —le dijo Rigoberto.

—La marimacha —dijo riéndose el sargento Domitilo Paniagua—. Nadie ha averiguado si será hombre, o mujer.

—¿Nadie le ha tocado nunca sus partes? —se oyó preguntar a *El León de Nemea.*

—¿A quién? ¿A *La Caimana*? Yo qué voy a saber, ni me interesa —lo buscó apenas en lo oscuro el sargento Domitilo Paniagua.

—No, a la que usted se quiere coger —dijo *El León de Nemea.*

—Nadie ha gozado nunca a la Minerva Sarraceno —dijo, sin ningún enojo, el sargento Domitilo Paniagua.

—Un milagro, una virgen entre tanta puta —se rió *El León de Nemea*.

—Las mejores cartas de amor del mundo las hace éste —se acercó Cordelio—. Cuando su Minerva Sarraceno reciba esa carta, se viene corriendo a buscarlo, y en el camino ya se ha quitado el calzón.

—Dicha fuera —suspiró el sargento Domitilo Paniagua.

Después le hizo señas a Rigoberto para que lo siguiera, y se encaminó al cuartel, alumbrándose el camino con el foco de pilas.

—Dónde se ha visto un pastor evangelista que predica sobre el planeta Marte, anda acompañado de un desnudo desgreñado, habla de mujeres, y se mete en Judeas de la pasión de Cristo —le dijo a Rigoberto mientras caminaban.

—Lo que es a mí, me repugna todo eso de Judeas y disfraces —le dijo Rigoberto.

—¿Vos no saliste disfrazado en esa Judea del pastor? —le preguntó el sargento Domitilo Paniagua deteniéndose.

—Ya le dije que al pastor no lo conocí hasta que salimos a buscar a Rubén Darío —le dijo Rigoberto.

—Qué crees vos, ¿existirán de verdad los marcianos? —le preguntó entonces el sargento Domitilo Paniagua mientras dirigía el haz de su foco hacia el cielo estrellado.

—Existen, pero no tienen paloma, no tienen nada —Rigoberto, que se había detenido para orinar, miraba también al cielo—. Son planos, como los santos de palo.

—Qué gracia —dijo el sargento Domitilo Paniagua—. Entonces, ni coger pueden.

—Al contrario de los italianos, que esos se cogen a hombres y mujeres —le dijo Rigoberto abrochándose la portañuela.

Ya iban subiendo la loma. Una bandada de garzas pasó en la oscuridad, y oyeron el fragor de las alas encima de sus cabezas.

—¿Entonces, este italiano que tengo preso, será capaz de cogerse a un hombre? —preguntó el sargento Domitilo Paniagua, preocupado.

—Aún detrás de las rejas son peligrosos los italianos. Se valen de muchos ardides —le dijo Rigoberto—. Lo mejor que puede hacer, es entregármelo a mí.

El sargento Domitilo Paniagua se volvió, extrañado.

—¿Y para qué lo querés vos?

—Lo quiero para que monte una Judea en León —le dijo Rigoberto.

—¿Judea? ¿Y no es que te repugnan las Judeas? —le dijo el sargento Domitilo Paniagua.

—Pero ya oyó, se sacan muchos reales —le dijo Rigoberto.

—Falta todavía para la semana santa —le dijo el sargento Domitilo Paniagua.

—Hay que ensayar desde ahora, son muchos los artistas que se necesitan —le dijo Rigoberto.

—Está difícil— dijo el sargento Domitilo Paniagua—. Yo iba a avisar mañana a León, para que lo vengan a traer. De allí, seguramente se lo llevan a Managua, para que el teniente Moralitos lo interrogue mejor.

—El teniente Moralitos sólo interroga a los grandes enemigos del gobierno que caen en sus manos —le dijo Rigoberto.

—Como un tal Cordelio Selva que se quiere meter escondido a Nicaragua —dijo el sargento Domitilo Paniagua—. Mañana me mandan su foto y todos sus datos. Si yo lo agarro, me saco un premio.

Ahora se habían detenido en la puerta del cuartel. La candela fluorescente atornillada en el alero los bañaba de una luz pálida. Los jejenes revoloteaban en una nube nutrida en torno a la luz.

—Pues ya ve. Pobre ese Cordelio Selva si lo agarran —dijo Rigoberto, tras un rato de silencio.

El sargento Domitilo Paniagua se sonrió de pronto.

—Sos igualito a Bienvenido Granda —le dijo.

—Mucha gente nos confunde —dijo Rigoberto—. ¿Y entonces? Usted su carta, yo el italiano.

—¿No serás un pervertido vos, y para eso querés al italiano? —le dijo el sargento Domitilo Paniagua.

—¿Acaso tengo cara? —le dijo Rigoberto.

El sargento Domitilo Paniagua se quedó pensativo. Aún no se había acordado de apagar el foco de mano.

—Todo depende de la carta que me escribás —le dijo—. Si la carta me gusta, después vemos.

—No, nada de después —dijo Rigoberto, alzando la valijita del suelo, como si fuera a irse.

—Es que es algo muy delicado —dijo el sargento Domitilo Paniagua—. Soltar un prisionero, así no más.

—Yo mismo le voy a llevar la carta a su destinataria —le dijo Rigoberto—. ¿Qué más quiere?

—Vos si que sos el diablo, Bienvenido Granda —dijo el sargento Domitilo Paniagua, y apagó por fin el foco.

La máquina de escribir Remington aguardaba encima del escritorio metálico que llenaba casi todo el espacio de la oficina. El aire marino que entraba por las paletas de la ventana no lograba refrescar el bochorno. El sargento Domitilo Paniagua abrió una gaveta del escritorio y le entregó a Rigoberto un bloc de papel membretado.

—Éste es papel de la Guardia Nacional —dijo Rigoberto.

—Así la carta va con más fuerza —respondió el sargento Domitilo Paniagua.

Rigoberto se sentó en la silleta con celeridad profesional, metió la hoja en el carro y se dispuso a empezar. El otro permanecía de pie a su lado, pendiente del primer teclazo. Pero Rigoberto se incorporó de pronto.

—Primero voy a ir a hablar con el italiano —le dijo—. Ábrame la puerta de la bartolina.

—Ah, no —se quejó el sargento Domitilo Paniagua—. Son demasiadas exigencias las tuyas.

—Es que tengo que saber si está dispuesto a dirigir la Judea —le dijo Rigoberto.

De muy mala gana, el sargento Domitilo Paniagua fue hasta la pared y descolgó del clavo el mazo de llaves.

Cuando oyó rechinar la puerta de fierro, Lucio Ranucci se incorporó, las guedejas rubias sobre la frente, y una sonrisa confusa apareció en su cara de susto al ver entrar a Rigoberto, que le pedía callarse llevándose el dedo a los labios. La camisa, de seda rala, dejaba traslucir el abundante vello rubio del pecho; su barba recién crecida parecía espolvore-ada de limaduras de oro, y aún la suciedad recogida en la celda sobre sus ropas no dejaba de parecer do-rada, como su valija de mimbre. Toda su vestimenta era de un blanco de cal, la camisa, el saco que tenía doblado sobre el brazo, los zapatos de lona metidos en los pies sin calcetines.

—Te vas conmigo sin decir una palabra —le susurró Rigoberto, con cara de quien nunca en su vida lo había visto.

Tus risas, tus fragancias, tus quejas eran mías

El Capitán Prío abandonó su puesto de observación en aquella mañana de agitaciones, sólo cuando debió bajar a impartir las órdenes pertinentes a los meseros que se afanaban en los preparativos para recibir a los convencionales en el receso del mediodía: despedazaban, cincel y martillo en mano, las marquetas de hielo para rellenar los cubos de zinc donde colocaban las botellas de cerveza Victoria; arpillaban las cajillas de Spur Cola, rompían las tapas de los cartones de ron Cañita para alinear las botellas en el estante del bar.

Recorría sus dominios con paso menudo, instruyendo, regañando, amenazando, la mano componiendo la corbata de mariposa o en el bolsillo de la camisa, siempre dispuesta a sacar un cigarrillo; empañaba los anteojos con el aliento y los limpiaba a trasluz antes de leer alguna lista o factura que le pasaban; buscaba una llave en el llavero cuando le solicitaban algo que se guardaba bajo llave, e iba a abrir él mismo.

Todo en orden y caminando a satisfacción, volvió a su atalaya. Había perdido de vista a *La Caimana* pero allí estaba otra vez, moviéndose con enérgico balanceo por las veredas asoleadas, embutida en una camisa rojo llamarada (el color de la bandera liberal), las manos prendidas a la hebilla de la faja, el barbiquejo del sombrerón de pita amarrado en la barbilla, los anteojos oscuros de patas triangulares tomándole buena parte del rostro, el bigote escaso e hirsuto sobre la boca bultosa. También ella (él) daba órdenes, regañaba, arengaba, respondía consultas, concedía vales de aguardiente y comida, trataba de despertar vivas entre los manifestantes adormilados, los arreaba a agruparse del lado del Teatro González donde más se necesitaba que hicieran bulto, con las banderas y los cartelones.

Pero ustedes mejor vengan conmigo al aposento del Capitán Prío. En un tiempo, en la segunda planta, cada habitación un balcón, se alojaron huéspedes ilustres, cuando la Casa Prío funcionó como hotel bajo la regencia de don José Prío, padre del Capitán Prío. Entre ellos, Rubén Darío, que ocupó, precisamente, ese mismo aposento.

La misma tarde de su entrada triunfal a León había desembarcado con todo el aparato de su gloria en la casona de su infancia en la Calle Real, dispuesto a las añoranzas, sólo para encontrarse que después de una hora ya no había recuerdos sobre los que volver, y que la tía Bernarda que lo había criado se hundía en una vejez repelente; la estrechez la hacía mezquina a pesar de toda su devoción por él, y se prestaba a los juegos de otros parientes empeñados en sacarle dinero; y para colmo, se había quedado tuerta, lo que a él le infundía una mezcla de miedo, repulsión y piedad.

Para la anciana, en cambio, era como si el circo de atracciones hubiera acampado dentro de su casa, una romería de devotos que sólo callaba su algazara cuando veían salir a Rubén del refugio de su aposento, abotagado y aburrido, para recoger, con forzadas inclinaciones de cabeza, los legajos que le entregaban, composiciones en su homenaje o colecciones de poesías que necesitaban un pórtico suyo, inconforme ella con el gentío que le pasaba encima y él con el pobre confort de la casa demasiado angosta para sus necesidades, sus baúles forrados de cuero cordobés, con sus iniciales grabadas a fuego en las tapas, acampados a fuerza en el corredor: un baúl de cuerpo entero para sus trajes, otro para sus camisas y ropa blanca, uno más pequeño para los zapatos, corbatas y sombreros, más la bañera portátil, una especie de sarcófago enlozado, en su funda de lona marinera.

Y necesitaba, además, de un valet, oficio improvisado por un sastre de la vecindad, Onofre Bellorino, igualmente dado a la bebida, que se trasladó a la casa con sus planchas de carbón para tener a punto los trajes y ayudarle a vestirse, sin otro remedio que planchar en una mesa del corredor, a la vista de todos, tras esculcar por las prendas en los baúles revueltos.

La anciana se levantaba al principio de su taburete, aligerando con esfuerzo el paso, para secuestrarle al menor descuido las botellas de cognac y escocés que él enviaba a comprar, precisamente a la Casa Prío, y se las derramaba en el hoyo del excusado; pero como las botellas volvían siempre a aparecer, se conformaba ya con reprenderlo mientras se tapaba el ojo enfermo con la mano; y tanto se aterrorizaba él que no dejaba de soñar con ojos muertos que caían del techo con golpes secos reventando sobre su almohada.

Y así, un día se fue a la Casa Prío, llevándose en un carretón de tiro sus baúles y la bañera portátil, sólo para tener la primera noche un sueño peor.

Don José Prío lo oyó gritar con alaridos de miedo, y cuando acudió en su auxilio al aposento seguido de los criados, lo encontró sentado en un rincón del suelo, cubierta la cabeza con la sábana, y mucho costó que se sosegara y se descubriera.

—Cuénteme qué le pasa —le dijo don José Prío, arrodillado a su lado.

—He soñado algo espantoso —le respondió al fin, la taza de tisana que le habían traído temblando en su mano—. Dos hombres, estrábicos de rabia, forcejaban y se pegaban por arrebatarse una cabeza, una pelota roja, coagulosa, horrible, una pelota con rostro. Y ese rostro era el mío, era mi cabeza la que se disputaban.

Pero hay más sobre este aposento. Así que mientras el Capitán Prío no descuida a *La Caimana*, permítanme que yo haga volar las hojas del calendario en raudo torbellino; dispongo de un auxilio eficaz para este efecto (que ustedes luego podrán conocer) de manera que no nos retrasemos en llegar a la noche del 7 de abril de 1908, muy próxima ya la partida de Rubén, de regreso a Europa.

Ahora pueden verlo muy de cerca. Escribe algo en el espejo detrás del candelabro. La huella de un golpe que hincha su pómulo le enciende el ojo con un fulgor de rubí que se refleja en el espejo. Los pávilos de esperma, a punto de consumirse, dispersan las sombras en el aposento impregnado de incienso y mirra. Una ráfaga cálida avienta los cortinajes de gasa que cuelgan de la ventana desde la que se divisan las torres cenicientas de la catedral, al otro lado de la plaza desierta.

Mene, Tequel, Fares, ha dejado escrito su dedo tinto en sangre en el espejo. Eulalia se viste sentada en el lecho, amarrándose los cordones del corsé, y cuando él, envuelto en la sábana como en un peplo griego, se vuelve para enseñarle el dedo manchado de sangre, ella le sonríe melancólica, más juntas que nunca sus cejas espesas.

¿Había sido cierto, o era sólo la resaca de un sueño? Estaba la sangre en su dedo, estaban las palabras escritas en el espejo. Y todavía se sentía entre asustado y divertido por las obscenidades y blasfemias que había tratado de acallar en su boca; y las huellas de sus dientes estaban en su mano porque lo había mordido con furia, en el desenfreno final.

Esa noche, en la velada lírica de despedida en el Teatro Municipal, Eulalia había declamado el poema *El Retorno* compuesto por él la tarde anterior en un rincón de la Casa Prío. Descalzo y en pijamas, había bajado a prisa los escalones; pidió papel a don José Prío, y se sentó a escribir, las nalgas en el borde de la silleta, mientras los parroquianos se iban hacia otras mesas lejanas, para verlo llenar las hojas en reverente silencio. Al concluir, se levantó a dar un corto paseo por el salón en afán de desentumirse, y en una de sus vueltas les avisó:

—Ahora tengo que escribir mi discurso de adiós a Nicaragua.

Entonces, la reverencia lejana se trocó en escándalo porque se vio sometido al acoso de docenas de poetas y tribunos que avisados del suceso empezaron a irrumpir en la cantina con el ánimo de dejarse ver y ser recordados en las menciones del discurso, se trenzaron en discusiones sobre sus propios méritos, y algunos amenazaron de irse a las manos.

A la hora llegada, muy poco se le había escuchado mientras leía, la cara escondida en los papeles que se confundían entre sus manos; y al bajar las gradas del proscenio fue que tropezó y cayó aparatosamente, golpeándose el pómulo. Aterrado por aquella aparición en público, había pasado bebiendo desde el mediodía acompañado de su valet el sastre, y ya empezada la velada el sabio Debayle tuvo que buscar auxilio para meterlo en su bañera y luego en el frac.

Eulalia, que había tenido el primer número, dispuso que subieran en su berlina a Rubén, todavía inerme, bajo el alegato de que lo acompañaba a la Casa Prío para ocuparse de curarlo. Inútiles fueron los ruegos del sabio Debayle, que insistía en asistirlo él mismo, y las advertencias de recato de Casimira su tía; y ya en el carruaje, tras despedirse de los dos con sonrisa diligente, ordenó al cochero arrear el tiro de caballos que partió al trote mientras sus velos volaban por la ventanilla.

Los camareros, dirigidos por don José Prío, lo subieron en peso al aposento con el cuidado que se transporta la imagen de un santo yacente. Eulalia envió en busca de una jofaina de agua hirviendo, paños y alcohol, y luego de alejar a todos trancó la puerta, encendió las velas del candelabro, puso a arder en los pebeteros incienso y mirra, y se dedicó a aplicarle fomentos en el rostro golpeado que ya empezaba a hincharse.

Abajo, en el salón, las miradas de los parroquianos de amanecer bebiendo se dirigían curiosas hacia el cubo de la escalera. Y contra la voluntad de don José Prío surgieron apuestas recogidas en los sombreros: sería cierto o no que Rubén Darío era un sátiro que tenía por muslo viril pata de chivo, o aquello de fauno de rudas tropelías carnales era sólo inocente decorado de sus versos.

Sus coloquios amorosos con la declamadora dramática se habían hecho célebres a lo largo de aquellos meses. Envuelto aún en la resaca consuetudinaria, se hacia vestir por su valet el sastre, al que tampoco dejaban de temblarle las manos, y cerca de las tres de la tarde salía de la Casa Prío, empuñando el bastón, para hacer el recorrido a pie hasta la casa de Eulalia, como si se tratara de una visita de noviazgo en regla, mientras se asomaban todos a verlo pasar. Abandonaban las mujeres los bastidores de sus bordados, olvidaban los caballeros los periódicos descuadernados sobre las mecedoras, acudían a las aceras los jugadores de billar, taco en mano, los barberos y sus clientes enjabonados, con el mandil amarrado al cuello, los boticarios y los clientes de las boticas, y los dependientes de las mercerías con sus varas de medir.

A Casimira le molestaba que Rubén no se preocupara de disimular su afición pueril a la declamadora dramática, y que Eulalia se dejara seducir por aquella quimera, incapaz, como la juzgaba, de pervertir sus votos de casada, pese a las excentricidades de su carácter; sus estados de ánimo sorpresivos, su ir y venir con tanta facilidad de la congoja a la alegría y del tedio al entusiasmo, sus desmayos catalépticos, sus paseos sonámbulos por los corredores de su casa, eran manifestaciones de repetidas crisis hiperestésicas, según su marido el sabio Debayle.

Las visitas inquietaban poco a Godofredo, el inventor paralítico que se había caído del caballo el día de San Juan Bautista, partiéndose la rabadilla.

Pretendía ganar para Eulalia la corona de reina de las carreras y sólo le faltaba ensartar una más de las argollas colgadas de las cintas de raso entre dos postes en la Calle Real, cuando el caballo, colocado ya en la raya de partida, se asustó al estallido de un petardo, se alzó sobre las patas traseras y cayó de nalgas atrapando bajo su peso al jinete. La promesa de Eulalia había sido que se casarían una vez en su cabeza la corona de reina; y aunque nunca tuvo intención de cumplirla, el fracaso del intento la obligó a tomar por marido al inválido.

El inventor Godofredo deambulaba ahora por los corredores de la casa vacía, sin ruidos de hijos, empujando con sus poderosos brazos la silla vienesa tejida de junco, de alto espaldar, dotada con ruedas de bicicleta que chirriaban sobre las baldosas. La silla, un invento moderno, había sido importada de Bremen por la casa comercial de don Desiderio Lacayo, el padre de Eulalia, conocido por *Goliath* gracias al contraste de su envarada y famélica figura, el primero en importar sillas de rueda, sillas de mano y andariveles para tullidos y paralíticos. Godofredo recibió la silla como regalo de bodas de su suegro, y sentado en ella fue al altar.

En León no había quien no supiera que si Eulalia ensayaba poses dramáticas frente a los espejos, los ojos clavados en el nudo de sus cejas y suelto el pelo en abundante cascada como Sarah Bernhardt, era para curarse del hastío de la virtud, porque el inventor Godofredo había fracasado como esposo desde la primera noche de casados; al tratar de implantarle el sacro de acero inoxidable, el sabio Debayle le había herido con el bisturí el saco seminal, desgarrándoselo sin remedio.

En el cobertizo del traspatio donde arrullaban las palomas se ocupaba de perfeccionar sus artefactos, y así llegó a inventar un muñeco parlante que gracias a un mecanismo de pianola cosido en la barriga, era capaz de cantar dos versos de una aria de Rigoletto:

Si, vendetta, tremenda vendetta
di quest'anima é solo desio...

El muñeco fue enviado, vestido de camorrista napolitano, a la Feria Universal de París de 1900, para ser expuesto en el pabellón de Nicaragua junto con un feto de siameses en un frasco de alcohol, proveído por el sabio Debayle que escribió en francés el opúsculo explicativo sobre el fenómeno; jícaras labradas a mano, un lagarto disecado y un saco de arena del volcán Momotombo cantado por Hugo en *La Leyenda de los Siglos*.

Eulalia termina ahora de vestirse, colocándose en la cabeza la diadema con el airón de plumas, envuelta ya en sus velos.

—Los dedos de una mano invisible trazaron estas palabras en la pared, detrás del candelabro, en el banquete de los mil comensales —dice Rubén señalando el espejo.

—¿Con sangre? —pregunta Eulalia, y sonríe apenas.

—Con fuego salido de la nada —dice Rubén—. Y la concubina del rey Belsasar, hijo de Nabucodonosor, se llenó entonces de espanto.

—¿Y cómo se llamaba la concubina de Belsasar? —pregunta Eulalia.

—Lo he olvidado —dice Rubén—. No tengo memoria para recordar nombres de concubinas.

—Amnesia alcohólica —dice Eulalia entonces.

—O hastío mental —dice Rubén.

Eulalia ha vuelto a la cama, sin descalzarse. Recoge las rodillas apoyando en ellas la cabeza, mientras los cabellos se esparcen sobre su rostro, libres otra vez de la diadema que queda sobre la sábana.

—Han apostado abajo, en la cantina, que no eras capaz de quitarme la virginidad —dice Eulalia.

—¿Cómo lo sabes? —dice Rubén, incómodo.

—Oí sus voces subir por la escalera. Deberías ir a enseñarles el dedo manchado de sangre —dice Eulalia.

Rubén abre los brazos con un gesto de fastidio, y al resbalar la sábana se descubren sus piernas escuálidas y la redondez tensa del vientre. Entonces Eulalia ríe, descontrolada, ante aquella fealdad vulgar que el pelo y la barba revueltas, la cara hinchada por el golpe, el ojo encendido, acusan más. La sábana ya no es un peplo, es una sábana cualquiera. En el aire ya despejado de los sahumerios siente un olor a alcohol exudado y a orines viejos. Y lo encuentra más bajo de estatura, sus rasgos indígenas más acentuados, su piel más oscura.

—Vente conmigo a París —dice Rubén.

—¿Qué harías conmigo en París? Otra concubina. Ya tienes una, la campesina española —dice Eulalia.

Rubén se cubre bruscamente con la sábana.

—Muchas veces es mejor beber de las fuentes puras, que de aguas infectas —dice.

Eulalia vuelve a reír, alzando la cabeza.

—¡Aguas infectas! A tu esposa de Managua, con la que te casaron a punta de pistola, no la hallaste virgen. A mí, sí —dice.

Rubén quiere entonces tomarle la mano, muy tiernamente, pero ella lo rechaza.

—¿Cómo es el nombre de esa arpía, la que me llamó puta en Corinto?

El rostro de Rubén se torna ahora hosco y sombrío.

—No sé —le dice.

—Esposa, concubinas, todo nombre lo olvidas —le dice Eulalia.

—Y tú, ¿por qué te casaste con el paralítico? Me has dicho que por lástima. La lástima es también una pistola en la sien —le dice Rubén.

—Nunca te he dicho que me casé por lástima —le dice Eulalia alzando el rostro en el que hay una mueca de violencia.

—Lástima antes. ¿Y después, cuando supiste que era impotente? —le dice Rubén.

Eulalia se levanta del lecho de un salto, las lágrimas llenando sus ojos.

—¡Quién habla! El ajenjo te ha quitado la virilidad, ¡eres un inútil! —le dice.

—Aquí está la prueba —dice Rubén, sin ánimo de pendencia, enseñándole la sangre en su dedo.

—Estoy menstruando, eso es todo —dice Eulalia de pronto, y sale rauda del aposento.

Rubén se hunde en las almohadas, y con los ojos cerrados escucha el golpe sordo y apresurado de los tacones bajando la escalera. Se incorpora a medias. Sobre las sábanas revueltas descubre la diadema con el airón de plumas.

—Disfraces de carnaval —piensa, y tira la diadema al piso.

—Ya llegamos a un punto en que Rigoberto sabe hasta lo que Darío estaba pensando —dice Erwin.

—Todo es correcto —dice el Capitán Prío—. Había en el aposento una cama de hierro negro, con su baldaquín. Y el incienso y la mirra se ponían en pebeteros para ahuyentar los zancudos.

—El dedo manchado de sangre, me parece de muy mal gusto —dice el orfebre Segismundo—. ¿No puede quitar eso, mi querido poeta?

—¿Cómo se le ocurre que voy a alterar los hechos históricos? —le dice Rigoberto.

—Sí, mejor quitalo. Y peor si es sangre menstrual, como asegura Eulalia en la última escena —dice Norberto.

—¿Qué escena? No se trata de ninguna escena —dice Rigoberto—. ¿Acaso es teatro?

—En las tablas, con Ranucci a la cabeza, todo eso sale mejor que *Tovarich* —dice Erwin—. Sólo llevamos la cama de hierro del Capitán al escenario, y ya está.

—Antes que se me olvide —dice entonces Rigoberto—, falta todavía un actor para *Tovarich*. El capitán de húsares Vasili Ivanovich, enamorado de la princesita Natasha Petrovna.

—¿Y quién hace de la gentil princesita? —pregunta el orfebre Segismundo.

—*La Mora Zela* —dice Rigoberto.

—Pues nada más natural que este joven asuma el papel, siendo su galán en la vida real —dice el orfebre Segismundo señalando a Norberto—. Pretende también a varones, pero ése no es ahora el caso.

—Está un poco pasado de peso para galán de las tablas —dice Erwin.

—Sólo queda una semana para la representación —dice Rigoberto—; y el único candidato es Tirso el albino, sobrino de *Jorge Negrete*.

—¿El que nació descolorido por la maldición del santo Mardoqueo? —pregunta el orfebre Segismundo.

—Precisamente por descolorido Ranucci no le quiere dar el papel que todos los días le suplica —dice Rigoberto—. A pesar de que ya se lo tiene bien aprendido.

—Aquí está un teósofo racionalista que cree en milagros de santos —le dice Erwin al orfebre Segismundo.

—Todo es cosa de maquillarlo bien para que no alumbre con su luz blanca —dice el Capitán Prío.

—Un momento, mi amigo —le dice a Erwin el orfebre Segismundo—. Como masón, tengo que inclinarme ante los portentos del Gran Arquitecto cuando hacen justicia a los pueblos. La maldición del santo Mardoqueo fue dirigida contra la intervención yanki.

—El santo Mardoqueo no es todavía santo de los altares —dice el Capitán Prío—. Ni siquiera han abierto en Roma el proceso de canonización.

—Precisamente porque maldijo a los yankis, nunca lo van a declarar santo —dice el orfebre Segismundo—. Pío Doce es cómplice del imperialismo.

—Usted todo lo politiza —le dice Erwin al orfebre Segismundo—. Y si fuera cierto, sería un milagro injusto. No castigó a los yankis con su maldición el santo Mardoqueo. Ni siquiera a las mujeres que se acostaron con ellos. Fueron pobres inocentes los que pagaron. Criaturas que ni habían nacido.

—El santo Mardoqueo se desquitó en Tirso el albino, pero nada pudo contra sus dos hermanas —dice el Capitán Prío—. Eulalia, en pecado con un fauno. Y *La Luz Terrenal*, en pecado con una monja.

—Injusto o no, no tiene remedio. Allí están esos hijos de la intervención, sin color, para ejemplo de las generaciones —dice el orfebre Segismundo.

—¿Y cuántos más hay en el mundo que alumbran como Tirso por esa maldición de mi tío abuelo, el santo Mardoqueo? —pregunta Norberto.

—Docenas —dice el Capitán Prío—. Cada vez que veás un descolorido de la misma edad de Tirso, significa que es hijo de esa maldición. Si se juntaran, su deslumbre blanco llegaría al cielo.

—Pues si que Tirso va a brillar con luz propia en el escenario, gracias a la maldición —dice Erwin.

—Si yo estuviera más joven, asumiría de mil amores el reto escénico —dice el orfebre Segismundo.

—Todavía queda un papel que no importa la edad —dice Rigoberto—. Es el del criado Anatole. Sólo hay que entrar con un quinqué en la mano, y decir: «buenas noches, padrecito». ¿Porqué no lo hace usted?

—No me conviene —dice el orfebre Segismundo—. Muy poca cosa para mí.

—Te felicito por el plan de propaganda para *Tovarich* —le dice entonces a Rigoberto el Capitán Prío—. Esa pregunta ¿qué pasará el 21? en el radio y en las papeletas, tiene a la gente intrigada.

—Tenga cuidado, poeta —le dijo el orfebre Segismundo a Rigoberto—. No vayan a creer los sicarios que si algo malo le pasa a Somoza el 21, es porque usted lo anunció, de manera disimulada.

—Qué ocurrencia la suya —le dijo Rigoberto.

—Sólo le aviso, porque ya he oído comentarios sobre esa propaganda —le dice el orfebre Segismundo.

—¿Dónde ha oído eso? —le dijo Erwin.

—A mi joyería llegan muchos clientes, y allí todo se comenta —dijo el orfebre Segismundo.

—Volvamos la hoja, no vaya a ser la mala suerte —dijo el Capitán Prío.

—¿Mala suerte? Magnífico sería que el 21 alguien acabara con las correrías del gángster —dijo el orfebre Segismundo.

—Mejor volvamos a mis asuntos de familia —le dijo Norberto a Rigoberto—. ¿Quiénes ganaron por fin la famosa apuesta?

—Hay dos versiones, por eso no puse ninguna —dijo Rigoberto—: una, que Eulalia exclamó, riéndose, al atravesar el salón: «¡Paguen los que apostaron a la virilidad de Rubén Darío!».

—¿Y la otra? —dijo el orfebre Segismundo.

—La otra que se las cuente el Capitán —dijo Rigoberto.

—De acuerdo con mi padre, ella se envolvió cabeza y rostro en sus velos, y salió como una sombra, entre estas mismas mesas, sin decir nada, triste, muy tristemente —dijo el Capitán Prío.

—Ojalá fuera cierto que dejó su virginidad en la cama donde ahora duerme el Capitán —dijo Norberto—. Ya se los dije. Quiero tener un hijo con la cabeza de Rubén Darío.

—O te sale santo ese hijo, o te sale poeta —le dijo el Capitán Prío.

—O quiebra en el algodón —dijo Erwin.

Pegaso relincha hacia ti

La camioneta que hacía el trayecto entre Puerto Morazán y Chinandega, pasando por Tonalá y El Viejo, se llamaba El Pegaso Viajero, y así lo decía el rótulo escrito en letras góticas sobre el parabrisas pringado de lodo. Era una pick-up Chevrolet con un cajón de madera adosado a la cabina, sobre el espinazo del chasis, con mucho de góndola ferroviaria. Los pasajeros se sentaban en dos bancas de travesaño, viéndose las caras. En los costados exteriores del cajón volaban, por arte de la mano del pintor anónimo, bandadas de pegasos en un cielo azul de prusia desvaído de nubes de blanco albayalde; pegasos de alquitrán, cielo y nubes, interrumpidos por los portillos de las ventanas.

La camioneta se alejaba de los meandros del golfo de Fonseca a través de un camino empantanado por las lluvias que habían despuntado ya, al final de la canícula de agosto. Los charcos, inmensos como lagunas, desbordaban los potreros anegados y cubrían trecho tras trecho el camino con sus aguas espesas que parecían dejar a la deriva los cercos de alambre.

El sol hervía en los charcos y el cielo pugnaba por reflejarse en la superficie color de chocolate que las llantas de la camioneta hendían, revolviéndola. Algunos pasajeros, entre ellos parte de los músicos de la orquesta *Los Churumbeles de España*, se apiñaban en el estribo de la puerta de babor, la única del cajón, colgados de la escalerilla de fierro que daba acceso al techo donde bailoteaban, amarrados con reatas, las cajas de cartón esponjadas de mercancías salvadoreñas y los instrumentos musicales más voluminosos de la orquesta: la batería (bombo, tambor y platillos) y el contrabajo.

Los pasajeros, apretujados en los travesaños, ya nos son conocidos en su mayoría: la marchanta Catalina Baldelomar, atormentada por un insigne dolor de cabeza, y por remordimientos que ella se sabe, ocupaba, gracias a la exuberancia de su ubérrimo nalgatorio, tres plazas; su cómplice de andanzas, el charro *Jorge Negrete*, que ahora lejos de ella se mostraba alicaído, tanto como su pareja de gallos, *Luzbel* y *Belial;* Tirso el albino, que se acurrucaba a sus pies, junto a las jaulas, el blanco resplandeciente de su piel aturdido por un velo de polvo; Juan Legido, que se daba aire con su sombrero andaluz, abierta hasta el ombligo la camisa de olán, la entrepierna de su ajustadísimo pantalón gitano empapada de sudor; al lado de la marchanta, *El León de Nemea*, su torso y barriga cubiertos de pegajoso y (según se ve a la marchanta Catalina Baldelomar rechazando todo contacto con las redondeces de aquel cuerpo) repulsivo, e indecente sudor; y el doctor Baltasar Cisne que, como es de suponer, se ocupaba de proteger al marmóreo pasajero envuelto en el capote, sosteniéndolo por los hombros.

Y hay tres que ahora se sentaban juntos: Cordelio, que leía su Biblia sosteniéndola muy cerca del rostro; Rigoberto, que acunaba en el regazo su valijita de cartón comprimido, los brazos cerrados en equis, mientras dormitaba a cabezazos; y Lucio Ranucci, en medio de los dos y como si lo llevaran esposado, que lanzaba *sotto voce* algún juramento en dialecto toscano —porque según su pasaporte vio la primera luz en Arezzo, una mañana de primavera de 1924— juramentos poco piadosos que el viento no se lleva porque nada se mueve en este mediodía que agobia, incluso, la proverbial ferocidad de *Luzbel* y *Belial.*

—¿Porqué anda usted siempre de corbata negra? —preguntó, de pronto, *El León de Nemea* al doctor Baltasar Cisne.

—Para que no me agarre desprevenido la noticia de algún duelo —respondió él, pelando los dientes con cara de astucia complacida.

Rigoberto sonrió, y los otros sonrieron también, en su modorra.

—Yo propongo un alto en el camino —dijo entonces *Jorge Negrete*, sin abrir los ojos—. La sed es mucha.

Sin esperar a más, porque la propuesta no recibió oposición, y porque ya casi estaban a punto de dejar atrás las cuatro o cinco ramadas que se arrimaban al barranco por el que se despeña el salto de la Virgen del Hato, *El León de Nemea* sacó el brazo por la ventanilla y aporreó el techo de la cabina que ardía como una plancha. Y entre todos, en medio de una nube de polvo, transportaron la estatua hasta la primera de las enramadas a la vista.

Como si estuvieran ahora en otro país, aquí el paisaje era distinto y ya no había rastros de lluvia. Breñales ardidos, lomas peladas sin sombras de verdor alguno. Los vehículos que venían desde El Viejo se adivinaban por las polvaredas lejanas. Los pocos guanacastes y madroños, los jícaros sabaneros, perecían bajo el polvo que llovía también de la ramada y se depositaba en la tapadera del cajón adornado con la insignia de Canada Dry, donde nadaban las botellas de cerveza entre lascas de hielo. La estatua bajo el capote, depositada al lado de la hielera, se cubrió pronto del mismo polvo cernido.

Todas las silletas fueron dispuestas alrededor de las únicas tres mesas, pegadas una con otra, para dar cabida a la tropa, incluido el chofer-propietario de El Pegaso Viajero; al lado de la silleta de Rigoberto, reposaba la valijita; junto a la de *Jorge Negrete*, las jaulas de *Luzbel* y *Belial*; muy cerca del doctor Baltasar Cisne, la estatua. De las ramadas vecinas llevaron más cervezas sacadas de otras hieleras Canada Dry, tras una amigable concertación entre los dueños de los negocios.

A la primera ronda de cervezas Victoria, *Jorge Negrete* comenzó a mostrarse festivo.

—Cuénteles, doctor, la noche aquella en que usted se presentó en el Baby Dolls y le pidió a *La Caimana* que le consiguiera la mejor de las muñecas —le dijo al doctor Baltasar Cisne—. Cuénteles porqué ninguna quería con usted, y cuénteles lo que al fin le dijo aquella morenota rolliza, la *Flor de un día*: «¡Ay, no, yo con usted no, doctor! No voy a saber si me está cogiendo, o lo estoy pariendo».

Las carcajadas, que Rigoberto no quiso acompañar, estallaron ofensivas en los oídos del doctor Baltasar Cisne, que frunció amargamente el ceño, y se encogió en la silleta. La marchanta Catalina Baldelomar se reía de manera tan desaforada que empezó a anunciar que se orinaba, y en efecto, se orinó. Bajo su silleta empezó a formarse en el polvo un charquito de orines amarillos.

—¿Y cómo sabe usted eso? —preguntó Juan Legido, volteándose hacia *Jorge Negrete*.

—Porque nos hemos encontrado allí varias veces, ¿verdad, mi querido doctor? —dijo *Jorge Negrete.*

—Yo no acostumbro frecuentar esos sitios —dijo, terminante, el doctor Baltasar Cisne, y empinó muy dignamente su botella de cerveza, reponiéndola con un golpe seco sobre la mesa.

—Ah, no. No me deje como mentiroso, doctor —se quejó *Jorge Negrete*—. Acuérdese bien que estando allí esa noche, usted me propuso que le diera media hora en la Radio Darío para su programa *La Musa del Aire*, dedicado a la poesía de Rubén Darío. Yo se la concedí gratis, con mucho gusto, y en agradecimiento, usted me hizo miembro de la Guardia de Honor.

El doctor Baltasar Cisne, mirando fijamente su botella de cerveza, callaba, obstinado.

—Qué nombre más extraño. ¡Su belleza es extraña! —dijo Ranucci— *¡La Musa del Aire!* Déjenme anotarlo —y buscó inútilmente donde apuntar—. ¿Existe aún ese programa?

—Existe, claro que existe, ¿verdad, doctor? Y yo no le cobro —insistió *Jorge Negrete.*

—Y esa radio que lleva el nombre del gran poeta, ¿es realmente suya? —dijo Ranucci.

—Y también suya, mi amigo —le dijo *Jorge Negrete* haciendo una venia.

—¿En Italia se oye la Radio Darío? —le preguntó *El León de Nemea* a Ranucci.

—Hombre, en Italia, en España, en toda Europa. ¿Qué piensa usted? —dijo en franco tono burlón Juan Legido.

—Es cierto lo del programa —dijo al fin, hosco, el doctor Baltasar Cisne—. Pero hay veces que ni lo pasan. Llega uno a la cabina, ya con sus papeles listos, y el controlista, que es este Tirso que está aquí, dice de mal modo: «hoy no hay programa».

—No falte otra vez a la verdad, doctor —dijo *Jorge Negrete*—. Eso de suspenderle su programa sólo sucedió una vez, el año pasado, cuando *el hombre* quería oír *El barrilito cervecero*, y me perjudicó toda la programación de la noche. ¿Verdad, Tirso?

Tirso el albino asintió, mientras eructaba la cerveza. Había llegado Somoza a León, le daban un homenaje popular en la casa de unos partidarios de apellido Campuzano del barrio Guadalupe, y ya con sus buenos Black and White entre pecho y espalda, se le metió bailar *El barrilito cervecero*, que era una guaracha, o una polka, o quién sabe qué mierda sería, con una quinceañera de la familia; y como en la casa aquella no había tocadiscos ni nada parecido, pero sí había radio, llamó por teléfono un coronel Lira, que es su edecán, ordenando que pusieran *El barrilito cervecero*. El locutor anunció: para complacer al Excelentísimo Señor Presidente de la República, de visita en la ciudad metropolitana, gustosamente: *El barrilito cervecero*. Volvió a llamar el coronel Lira: otra vez *El barrilito cervecero;* se termina el disco, y otra llamada: *El barrilito cervecero*.

—Al décimo, Tirso mandó a buscarlo a usted a La Fuente Castalia —dijo el doctor Baltasar Cisne, de manera conciliadora.

—¿Qué Fuente Castalia? —preguntó Ranucci.

—Una cantina mía, muy popular, que atiende mi señora esposa, *María Félix* —dijo *Jorge Negrete*.

—¡Castalia! ¡Nombre sublime! ¡La fuente de la inspiración! —se admiró de nuevo Ranucci.

Ya iba más de media hora de *El barrilito cervecero*, el locutor repitiendo: y ahora, para complacer al Excelentísimo Señor Presidente: *El barrilito cervecero*. No les bastó con las órdenes por teléfono; cuando *Jorge Negrete* llegó a la radio a ver qué remedio ponía, un yipón de la guardia estaba en la puerta, y dos agentes de seguridad en la cabina de control, emperrados, empistolados, al mando del teniente Moralitos, vigilando que no dejara de ponerse *El barrilito cervecero*; todavía Moralitos no andaba en oficios muy altos. Y *El barrilito cervecero* de las siete a las once de la noche, cuatro horas de *El barrilito cervecero*. Se acercó *Jorge Negrete* a Moralitos, entre miedoso y arrecho, y le preguntó: «¿usted cree que a estas horas *el hombre* siga bailando *El barrilito cervecero* con la quinceañera?». «No», le contestó él, frunciendo su hocico de bulldog. «Ya va camino a Managua la caravana, la quinceañera montada en la limosina presidencial. Pero aquí me siguen poniendo *El barrilito cervecero* hasta nueva orden». Y se acomodó el cinturón donde le colgaba la pistola automática.

—Y encima dice usted que le suspendí su programa por gusto mío, doctor —dijo *Jorge Negrete*.

—Esa cantina La Fuente Castalia fue propiedad primero del recordado *Basilisco* —dijo el doctor Baltasar Cisne.

—Y allí bebió guaro lija Rubén Darío —dijo *Jorge Negrete*.

—Vuelvo a repetir que Rubén Darío no era ningún borracho —dijo el doctor Baltasar Cisne, con desaliento—. Menos, que probara licores burdos en cantinas.

—¿Que no? La copa donde Rubén se echó esos farolazos, mi suegro *Basilisco* la puso guardada en una vitrina —dijo *Jorge Negrete*.

Basilisco se había ahogado de rabia la madrugada en que *Jorge Negrete* se raptó a su nieta *María Félix*, su tesoro más preciado. Servía ella a la clientela sin regatear sonrisas, altos los pómulos, perfecto el óvalo del rostro, negros los ojazos, las trenzas del cabello encintadas de rojo y verde, los pechitos duros bajo la blusa bordada de lentejuelas. Cantó para ella aquel domingo en la cantina *Jorge Negrete*, después de los gallos, y bastó esa sola canción y un entendimiento de cejas y miradas para rendirla esclava. De manera que La Fuente Castalia vino a ser una herencia imprevista. Por potroso, si necesitaba de un niño ayudante que le cargara la potra, no pudo levantarse *Basilisco* de la cama cuando sintió en la oscurana el chiflón de la calle que se metía por la puerta dejada en pampas por la malhechora, y tampoco nada pudo hacer al oír el trote del caballo al alejarse, su nieta en ancas y *Jorge Negrete* cantando *La feria de las flores*. Nada, más que abandonarse al ahogo de rabia que lo fue hundiendo, cada estertor una braza más abajo.

Su propio taburete, y el taburete en el que sentaba a descansar su potra en la cantina, permanecen desde entonces en el mismo rincón de las garrafas y los embudos donde solía trasegar el aguardiente a las botellas, el mismo aguardiente curado con nancites del que bebió Rubén Darío en ocasión de su regreso triunfal a Nicaragua en 1907. *Basilisco* se lo sirvió de su propia mano.

—Honores para *Basilisco*, hermano, después que lo mataste de rabia —le dijo Cordelio a *Jorge Negrete*.

—De cualquier otra cólera se hubiera muerto, hermano —le dijo *Jorge Negrete*.

—¿Son acaso ustedes hermanos de sangre? —preguntó Juan Legido.

—Hermanos de teta somos —dijo Cordelio—. Porque, a veces, hemos mamado en la misma teta.

—Más bien somos hijos de un cura —dijo entonces *Jorge Negrete*.

—¿Qué cura es ése? —preguntó la marchanta Catalina Baldelomar.

—El cura Olimpo Lozano —dijo *Jorge Negrete*—. Su mejor gallo es *El Arcángel Gabriel*.

—Este hermano mío le enseñó a jugar gallos a su propio padre —dijo Cordelio.

—Sólo otro vicio peor que los gallos tiene mi padre —dijo *Jorge Negrete*—: Preñar Hijas de María.

—¿Cómo pueden hablar así de quien les dio el ser? —los reprendió el chofer-propietario de la camioneta.

—No nos dio el ser —dijo *Jorge Negrete*—. Nos recogió siendo muchachos, cuando andábamos errantes. Pero hijos así, propios, ha tenido en bendición.

El doctor Baltasar Cisne fingió que iba a orinar, y de pasada le habló a Rigoberto al oído.

—Todo lo que están contando es cierto —le dijo—. Los van a descubrir por imprudentes.

—Usted, pastor, como extranjero tenga cuidado con sus blasfemias —previno entonces Rigoberto a Cordelio.

—Enaguas, para mí nada más las de las mujeres, que las de los curas apestan —dijo Juan Legido.

—Y para mí, sólo las de la *María Félix* —dijo *Jorge Negrete*—. Se ha engordado algo, es cierto. Pero belleza igual, no habrá.

—Un día me vas a presentar a mi cuñada —le dijo Cordelio—. Aunque se haya pasado de peso, no importa.

—No, hermano, yo a vos te tengo miedo —le dijo *Jorge Negrete*.

—Estos, de tan mujeriegos, ya no se respetan ni entre ellos —dijo la marchanta Catalina Baldelomar.

—Con el ejemplo de un padre semejante —dijo Juan Legido.

—El padre Olimpo Lozano flaqueará por mujeriego, pero es un artista. Fue mi maestro de violín —dijo Rigoberto.

—Y tu maestro de literatura Quirón —le dijo *Jorge Negrete*—. Un cura, y un hijo de cura.

—No siga con sus mentiras profanas —le dijo el doctor Baltasar Cisne, volviendo a sentarse.

—¿Quién no sabe que Quirón es hijo del santo Mardoqueo? —dijo *Jorge Negrete*.

—¿Quirón? ¿Como el Centauro? —exclamó Lucio Ranucci, que ya no esperaba más asombros—. ¿Quién es?

—Un sacristán de la catedral al que dejaron mudo los soldados de la intervención yanki en una trifulca —dijo Cordelio.

—Vos sabés más cosas de la cuenta, siendo hondureño —le dijo la marchanta Catalina Baldelomar.

—Ninguna trifulca —dijo Rigoberto—. Fue porque escribió en *El Cronista* una denuncia contra los marines yankis, después que profanaron el cementerio de Guadalupe.

—Llevaron una multitud de putas al cementerio, y armaron el gran bacanal infantil. Era cuando *La Caimana* sólo tenía niñas tiernas en su burdel —dijo *Jorge Negrete*.

—*La Caimana* es como mi madre, ya respétela —le dijo la marchanta Catalina Baldelomar.

—Me quitaría el sombrero ante ella, si no es que lo hubiera dejado en la camioneta —dijo *Jorge Negrete*—. Pero no hay nada de irrespeto. Es un hecho que salió en aquel tiempo en el periódico.

—Mi padre, Escolástico Cisne, era entonces el propietario de ese periódico, *El Cronista* —dijo el doctor Baltasar Cisne—. En venganza por esa publicación, la soldadesca americana asaltó los talleres.

—¿Y cómo pudo un mudo enseñarte nada? —le preguntó *El León de Nemea* a Rigoberto.

—Por telepatía —dijo Rigoberto.

—Voy a ir a que me enseñe a mí —dijo *El León de Nemea*.

—¡El viejo y juicioso Quirón, maestro de Aquiles! —exclamó Lucio Ranucci.

—No se ha fijado en el nombre de mi camioneta —le dijo el chofer-propietario de El Pegaso Viajero.

—Es cosa que a mí me asombra, ver artistas tan famosos viajando en camionetas descalabradas como El Pegaso Viajero —dijo la marchanta Catalina Baldelomar.

—Al que no le guste mi camioneta, que aquí se quede —sentenció el chofer-propietario de El Pegaso Viajero.

—¿Estaría usted dispuesto a prestar gratis el Teatro Darío para una función de beneficencia? —le preguntó, de pronto, Rigoberto a *Jorge Negrete*.

—¿Teatro Darío? Oiga, en la vida de este hombre todo es Rubén Darío —dijo Juan Legido.

—¡Todo un culto! —dijo Lucio Ranucci.

—¿Para qué sería esa función de beneficencia? —preguntó *Jorge Negrete*.

—Para poder levantar la estatua de Rubén Darío, aquí presente —dijo Rigoberto.

—Pongan entonces la fecha —dijo *Jorge Negrete*, y sus palabras fueron premiadas con aplausos.

—Usted debería levantar de su bolsa esa estatua, que reales le sobran —le dijo al doctor Baltasar Cisne la marchanta Catalina Baldelomar—. Lo que es a mí, me ha esquilmado como ha querido.

—¿Y qué función sería ésa? —preguntó *Jorge Negrete*.

—La representación teatral de la célebre pieza *Tovarich* —anunció, levantándose, Rigoberto. Pareció como si fuera a irse, pues al ponerse de pie, no olvidó recoger la valijita del suelo.

—¿Qué es eso de que el doctor Baltasar Cisne te ha esquilmado como ha querido? —le preguntó *El León de Nemea* a la marchanta Catalina Baldelomar, como si fuera a tomar venganza en nombre de ella.

—*Tovarich* subirá a escena dentro de dos semanas, el 21 de septiembre, dirigida por el maestro Lucio Ranucci —dijo Rigoberto, siempre de pie.

—Prestándome reales a intereses desalmados, me ha dejado en la calle —dijo la marchanta Catalina Baldelomar mirando con rencor al doctor Baltasar Cisne—. Y sus hermanos Gaspar y Melchor, que también son abogados prestamistas, lo despojan a uno igual.

—¿Yo? —se señaló a sí mismo Lucio Ranucci, muerto de contento.

—¿Gaspar, Melchor y Baltasar? ¿Los tres reyes magos? —dijo *El León de Nemea*.

—Dejen en paz a mi familia —dijo el doctor Baltasar Cisne, molesto por las alusiones, y por la distracción.

—¿Usted me pudiera hacer un préstamo a mí? —le dijo *El León de Nemea.*

—Ni se te ocurra. Es el peor de los tres reyes magos. Si ahora andás sin camisa, te vas a quedar sin pantalones —le dijo la marchanta Catalina Baldelomar.

—Yo exijo más respeto de esta señora —dijo el doctor Baltasar Cisne, dirigiendo a todos una mirada de súplica.

—Ranucci no tiene los huevos necesarios para montar esa obra en dos semanas —dijo Cordelio—. Una Judea, pase. Es cosa barata. Pero una obra artística...

—Usted no se entrometa, pastor —le dijo Rigoberto.

—Los tengo —dijo Lucio Ranucci, ofendido.

—¡Eso! —dijo la marchanta Catalina Baldelomar, y metió la mano por debajo de la mesa agarrando de los testículos a Ranucci, que dio un brinco, poniéndose de pie, con lo que hizo trastabillar la mesa; pero no se pudo librar de la mano que lo aprisionaba.

—¡Nunca se ha visto semejante chabacanada! ¡Suéltelo! —dijo, indignado, el doctor Baltasar Cisne.

—Vaya, pues. Ni que fuera a su Rubén Darío al que estoy tocando —dijo la marchanta Catalina Baldelomar soltando a Ranucci, y se sentó, muy ofendida.

—Así estuvo agarrando anoche en la oscuridad de la costa a Tirso el albino —dijo *El León de Nemea.*

—¡Qué calumnia más grande! —exclamó la marchanta Catalina Baldelomar, y se cubrió la cara con las manos.

—Nada de calumnia, que cuando yo iba de vuelta para La Bartola vi que los dos se estaban revolcando en la arena —dijo *El León de Nemea*—. Tirso te abrazaba, meneándose como un pescado fosforescente que se ahoga fuera del agua.

—¡Con razón oí cantar a *Luzbel* y *Belial* lejos, del lado del mar! —dijo *Jorge Negrete*, mirando con severidad a Tirso el albino—. ¡Cuando andés en jolgorios, no te me llevés las jaulas!

—¡Voy a llorar de vergüenza! —dijo la marchanta Catalina Baldelomar, y empezó a llorar.

Pero por encima de los sollozos de la marchanta Catalina Baldelomar, todo terminó por trastornarse en una confabulación de voces: era cosa de poner manos a la obra al no más entrar el tren en León —porque faltaba el viaje en tren de Chinandega a León—; sacar copias mecanográficas del libreto que Lucio Ranucci llevaba en su valija de mimbre, eso no debía pasar del lunes 10 de septiembre, hoy era viernes; proponerle al profesor Max Somarriba, director del Colegio Académico Mercantil, que las alumnas más avanzadas de mecanografía lo tomaran como tarea; a más tardar el martes 11 debía estar seleccionado el elenco: *La Rosa Niña*, actriz aficionada, esposa del doctor Baltasar Cisne, lo prometía él, convocaría a una reunión con otros artistas aficionados, varones y mujeres, en su casa, la casa de donde no se sale sino desnudo, según el amargo reproche de la marchanta Catalina Baldelomar.

—Doy por descontado que su esposa va a encabezar el reparto femenino, doctor. Pero su hija puede interpretar también un papel —le dijo Rigoberto al doctor Baltasar Cisne.

—¿Qué edad tiene su hija? —le preguntó Lucio Ranucci.

—Dieciocho años —dijo el doctor Baltasar Cisne.

—Perfecta para princesita Natasha Petrovna —dijo Lucio Ranucci.

—La llaman *La Mora Zela* —dijo, sabihondo, Juan Legido.

La sorpresa y la desconfianza se disputaron el gesto del doctor Baltasar Cisne, que miró a uno y otro lado con sonrisa enjaulada.

—¿Hasta España ha llegado la fama de la belleza de ella? —preguntó, asombrado, *El León de Nemea*.

—Usted, dormido, estaba repitiendo el nombre de su hija allá en La Bartola —se apresuró a decirle Rigoberto al doctor Baltasar Cisne.

—Ya me ha advertido mi esposa que hablo dormido —dijo el doctor Baltasar Cisne, sorpresa y desconfianza volando lejos de su cara.

—Pues... así sea —dijo Juan Legido y se encogió de hombros.

—Ahora que me acuerdo, el 21 de septiembre es la proclamación de *el hombre* en el Teatro González —dijo *Jorge Negrete*—. Esa fecha no nos sirve para el estreno.

—La función es de noche, la convención de día —dijo Rigoberto y bebió un trago de cerveza.

—No se quiera echar para atrás —le dijo el doctor Baltasar Cisne a *Jorge Negrete*.

—Nadie se está echando para atrás —dijo *Jorge Negrete*.

—A mí me dejan la propaganda. Y también un papel pequeño, aunque sea —dijo Rigoberto.

—Yo quiero también salir de artista en esa función —dijo Tirso el albino.

—Es lo único que me faltaba —dijo *Jorge Negrete*.

El chofer-propietario de El Pegaso Viajero, a pesar de que empezaba a mostrar la pupila vidriosa, se acordó que debía regresar esa misma tarde a Puerto Morazán desde Chinandega, y los urgió a todos a seguirlo. Algunos no querían moverse. Pero, de todas maneras, las hieleras de la Canada Dry estaban vacías y la tropa tuvo que volver al cajón de la camioneta cargando la estatua.

El Pegaso Viajero había salido ya a la carretera cuando Rigoberto, tras mirar a su alrededor y tocarse distintas partes del cuerpo, como si le faltara algo de sí mismo, gritó:

—¡Mi valija!

El León de Nemea golpeó la cabina, y aún antes de que la camioneta frenara, ya Rigoberto se abría paso hasta la puerta de babor, empujaba a quienes lo estorbaban, y saltaba, hundiéndose en el polvo hasta los tobillos, para correr luego por la carretera de vuelta a las enramadas. Desde arriba, una de las meseras agitaba en alto la valijita.

—Qué amor por esa valijita de mierda —le dijo *Jorge Negrete* cuando ya estaba, otra vez, sentado en su lugar de la banca transversal.

—Es que aquí llevo un animalito dormido —dijo Rigoberto, apretando contra su pecho la valijita.

—Lo que son los tragos... —dijo la marchanta Catalina Baldelomar—. Cualquier animalito ya se le hubiera asfixiado.

—Es que es un animalito de juguete —dijo Rigoberto.

Quiero ahora deciros ¡hasta luego!

Desde el observatorio del Capitán Prío eran visibles los balcones enrejados de la vieja casona del sabio Debayle, cercana al bullicio y a los olores de cebollas podridas y cuero asoleado del mercado municipal; su techumbre de teja, y algo de su jardín interior y su traspatio.

El movimiento de soldados y agentes de seguridad en las puertas había crecido. La Primera Dama regresaba con su séquito para almorzar al lado de su madre, y allí, decía el locutor de la Gran Cadena Liberal, se les unirá después, quizás a los postres, el presidente Somoza. A estas horas todavía seguía leyendo la plataforma electoral delante de la Gran Convención en el encierro del Teatro González, sin que las aspas de los abanicos del techo lograran mitigar el agobiante calor, ni su aburrimiento, ni tampoco los brotes de cólera que a ratos sentía, mientras su saliva salpicaba los papeles: de darse cuenta antes, hubiera ordenado cortar por lo menos a la mitad aquel mamotreto zurcido por distintas manos. Y el sudor que hacía resbalar los lentes de carey por su nariz. Y el chaleco antibalas que le sacaba llagas en los ijares. Y el peso en la vejiga.

Los pocos comensales invitados al almuerzo habían ido llegando ya. Menciono, entre otros, al director de *El Cronista*, Rafael (Rafa) Parrales, en su pecho poderoso, esculpido gracias a constantes ejercicios de pesas, una corbata donde una bailarina hawaiana movía las caderas mediante la manipulación de una perilla de hule escondida en su cintura; al cura Olimpo Lozano, párroco de la Iglesia del Calvario y Capellán de la 5a. Compañía de la Guardia Nacional, de quepis militar, en las hombreras de su sotana de dril blanco las barras de capitán; y a doña Leda Sacasa, *La Rosa Niña*, acompañada de su esposo, el doctor Baltasar Cisne, corbata negra como es su costumbre (costumbre que habría de traerle más tarde de ese día consecuencias nefastas, pero a qué adelantarme).

La Rosa Niña no dejaba de mostrarse nerviosa, pues esa noche debía subir al escenario del Teatro Darío en su papel de Ninoshka Andreyvna, madre de la princesita Natasha Petrovna, papel que, efectivamente, tocó a su propia hija, *La Mora Zela*. El reparto estaba ya completo para alivio de Lucio Ranucci porque al fin, ya sin ningún remedio, el galán de la princesita sería Tirso el albino, en el papel del capitán de húsares Vasili Ivanovich. *Jorge Negrete* interpretaría al príncipe Fedor Sergeievich, y había consentido, por otra parte, un breve papel de mucama para su esposa *María Félix*, parecido al del mayordomo Anatole que sólo tenía que entrar y decir: «buenas noches, padrecito». La mucama debía limpiar los sillones con un plumero mientras canturreaba, sin mirar nunca al público, y salir por la izquierda.

Eran pocos los caballeros invitados porque se trataba, sobre todo, de un almuerzo de damas: la esposa del coronel (GN) Melisandro Maravilla, Comandante de la 5a. Compañía (me siento tentado a revelar que esa misma noche estará preso, acusado de traición), esposas de ministros que han venido de

Managua en el tren presidencial (serán detenidas todas junto con centenares más y llevadas a la Plaza Jerez y allí tendrán que hacer un círculo para proteger, por turnos, a la que quiera orinar).

Si le preguntara al Capitán Prío, mientras regresa, otra vez, a su atalaya, me daría las razones por las que ciertos invitados están allí, o, mejor, si se pusiera este tema en manos de los asiduos de la mesa maldita; pero es imposible que tengan sesión en día tan difícil:

El periodista Rafa Parrales, por ahijado de doña Casimira (mi *protégé*, lo llama ella desde su silla de ruedas recordando las escogidas palabras en francés a que supo acostumbrarla su marido). Él, a su vez, se muestra obsequioso hasta el empalago con la Primera Dama (*my first lady*, le dice constantemente) y ella disfruta de su familiaridad.

El doctor Baltasar Cisne, por esposo de *La Rosa Niña*. Sonríe, feliz, por cualquier cosa, asomándose a las ruedas de conversaciones. Su nombre había pasado por años escrito en el pizarrón del Club Social, en calidad de solicitante, siempre vetado en el escrutinio riguroso de los socios que no se cansaban de depositar en la urna chibolas negras en contra suya, a pesar de su entronque matrimonial, y sin que a nadie pareciera importarle que su padre, el tribuno Escolástico Cisne, hubiera sido el fundador de *El Cronista*.

Y el cura Olimpo Lozano, por confesor de doña Casimira. Se cuidaba poco de remilgos, y colocado al lado de la mesa de los licores en el corredor, el quepis en sesgo, seguía tragando vaso tras vaso de Black and White mezclado con Spur Cola, como si se tratara de sacar una tarea rezagada.

Pasemos a la mesa. Rafa Parrales empujaba solícitamente la silla de ruedas de doña Casimira. Al lado de cada plato los invitados encontraron una copia en papel carbón del menú, mecanografiado en las oficinas municipales. El almuerzo, servido en el jardín bajo el viejo domo tejido de alambre en el que se enredaban las madreselvas, discurría entre los chistes de subido color que contaba, uno tras otro, con voz de gran soberanía, el incansable Rafa Parrales. La Primera Dama lo había requerido a su lado para no perderse ninguno, obligando al doctor Baltasar Cisne a cambiar el asiento donde ya se había ubicado con la debida antelación. Reía y reía, desbocada, las manos en la cabeza, la cabeza hundida en el pecho, y luego hacía gestos de que ya no, no más. Detrás de los lentes que opacaban en un vaho su mirada, volviendo desmesuradamente grandes sus ojos, su anciana madre sonreía muy reposada en la silla de ruedas, pero no parecía entender. Siempre sonreía a todo.

En cambio, la sonrisa del doctor Baltasar Cisne al tener que abandonar su puesto, había sido, de verdad, una sonrisa de despecho, y ya no se le apartaría hasta el final del almuerzo. Mientras pasaban los platos, se dedicaba a urdir venganzas imposibles contra el cochonete que se solazaba en servir de bufón, impidiéndole la vecindad con la Primera Dama para convencerla de asistir el próximo mes a la develización de la estatua de Rubén Darío, en cuyo pedestal se grabarían, según consejo (¿adivínenme de quién?) de Rigoberto, aquellos versos de su abanico:

¡Ay, Salvadora, Salvadorita,
no mates nunca tu ruiseñor!

¿Que podía esperarse de ese corrompido? Un hijo de casa de la familia Debayle, un criado traído de una finca de los viejos dominios de *Nuestra Señora de los Campos*, que ahora presumía de periodista, y se daba ínfulas de poder. Hasta órdenes de libertad libraba, que el coronel Maravilla atendía por miedo a la Primera Dama; daba recomendaciones para empleos públicos, y tenía organizado un club de niños lustradores para afamarse de magnánimo, como si fuera el santo Mardoqueo.

Miraba el doctor Baltasar Cisne a su plato vacío, porque no se habían acordado de servirle, reprimiendo sus más oscuros pensamientos: una Primera Dama que se comportaba, de hecho y de palabra, como una mercadera; si Rubén la hubiera conocido ahora, jamás le hubiera escrito nada en su abanico. Y a ratos, se permitía mirar, acobardado, a su esposa, *La Rosa Niña*, que sonreía por compromiso ante las vulgaridades, enrollando con mano nerviosa sus bucles de oro.

Pero es tiempo ya de recordar, Capitán, que bajo este mismo domo de alambre entreverado de madreselvas, y ahora carcomido en su tinglado, hace tiempo hubo otro almuerzo. Y si las aspas de los abanicos que giran remorosas en el techo del Teatro González, al otro lado de la plaza, no son capaces de aliviar el calor que desespera a los convencionales como si acabaran de bañarlos en almidón recién hervido, ni la sofocación de quien aún continúa leyendo su plataforma electoral, metido, para colmo de sus males, dentro del chaleco antibalas, que a esta hora le parece tejido de espinas, dejen que vuelva yo a utilizarlas, para hacer volar ante ustedes las hojas del calendario.

Pongan atención. Es el 8 de abril de 1908. Bajo el domo sostenido por columnatas dóricas de madera de cedro, los fustes y capiteles pintados con jaspes marmóreos, el sabio Debayle ofrece el banquete de despedida a Rubén, pronto a regresar a Europa. Al centro del palio de madreselvas, sobre las cabezas de los comensales, un enjambre de rosas forma una lira de siete cuerdas, y de la lira pende una altanera águila de *papier mâché* con las alas abiertas, en el pico un medallón dorado que copia la reconocida efigie de Rubén pensativo, una mano apoyada en el mentón.

Entre las cortinas de encaje de las puertas de la calle, se asoman al festín los curiosos. La orquesta de cuerdas, instalada en la sala, ejecuta el vals *Amores de Abraham* del compositor leproso José de la Cruz Mena, bajo la batuta del maestro Saturnino Ramos, y los arpegios llegan confusos al jardín. En su sitio de honor, Rubén está sobrio y se muestra, como pocas veces, lleno de entusiasmo. La huella del golpe reciente tiñe de ciclamen el pómulo y su ojo encapotado brilla como una brasa rojiza.

Están ya a los postres y las damas insisten en pasarle sus abanicos para que les escriba dedicatorias en verso. Galante, atiende todas las peticiones mientras habla de los inventos del siglo, de la Feria Universal de París que cubrió en 1900 como corresponsal de *La Nación* de Buenos Aires: el pabellón de Alemania imperial donde se mostró la máquina lustrabotas patentada en Berlín por el ingeniero Von Schultze-Kraft; el retrete automático que lava las posaderas con cepillos mecánicos activados por un pedal, ingeniosidad inglesa del sabio victoriano Sir Harold Pinter; y el muñeco parlante que canta arias de

Rigoletto, aporte de un científico nativo, y aprieta en mueca de sorna los labios, buscando a Eulalia con la mirada juguetona.

Invenciones de la edad veloz, frente a aquellas otras fabricadas para mitigar la desolación en las comarcas del olvido... recuerda su primer viaje a Chile en junio de 1886, el puerto de Chimbote en la costa árida del Perú donde nunca llueve, las casas de la ribera adornadas con bambalinas y telones que simulaban arboledas y boscajes, una bizarra escenografía teatral vista desde la borda de aquel vapor Barda de la compañía alemana Kosmos que salió de Nicaragua bajo los fuegos de una erupción del Momotombo, negro el cielo a pleno día y los alcatraces atemorizados por el portento buscando refugio en los camarotes de los pasajeros... la edad veloz... la representación de *La Traviata* que vio en el Metropolitan de New York, con el gran tenor Gino Tlagiaperra, escenarios cambiantes montados sobre tornos eléctricos, un palacio en fiesta sustituido de súbito por una calle en carnaval...

—¡Lo que puede el aparato de invención yanki, *messieurs, mesdames!* Y lo que puede arrancar a la intrepidez el espíritu comercial de esos mamots modernos, que transforma la aventura en un *reclame*... sepan que durante la travesía en La Provence, de Cherbourg a New York, vino mi valet a despertarme una madrugada a mi camarote, para invitarme a presenciar el rescate de un náufrago; acudí a la cubierta, donde se agrupaban ya muchos otros pasajeros. Ningún náufrago... en una frágil chalupa, un hombre barbado y curtido de sol se agarraba al mástil, y a grandes voces dejaba conocer que cubría la ruta de Colón bajo el patrocinio de los fabricantes del jabón de tocador Sapolio... y aún cantó, desde su barquichuelo, un estribillo en loa al tal jabón Sapolio. El Coronel Andrews se llamaba. Había servido en la armada yanki durante la guerra de Cuba...

De pronto, dejando de lado el abanico en el que empezaba a escribir, busca otra vez a Eulalia y apunta con su pluma fuente de jaspes tornasolados hacia los pétalos de la rosa de trapo que cierra su escote.

—Los escotes, *ma chéri*, aún para *soireés*, han entrado allá en el olvido, tan vertiginoso es el capricho de la moda parisina. Y mucho me temo que sus dictados son fatales.

Eulalia se lleva instintivamente las manos al pecho, como si hubiera quedado desnuda por la sentencia. Se oyen risas discretas. Ahora habla de los corsés:

—¡Esos instrumentos de tortura! Herminia Cadolle, la madre de las modistas modernas, dijo un día: «¡hasta aquí hemos llegado!» Y ¡oh emperadora de la novedad! cortó el corsé de un solo tajo, hasta la mitad, para que el diafragma quedara libre. Los informes médicos se mostraban pletóricos de casos de mujeres que por usar corsé de ballenas y cordajes presentaban lesiones en las costillas, o el tórax aplastado. ¡La radiografía, ese otro invento que enseña en vida la osamenta desnuda de la muerte, no miente!

Las damas, metidas en sus rigurosos corsés, sienten que la respiración les falta aún más. El sabio Debayle premia con un grave asentimiento de cabeza la propiedad de la descripción clínica que hace Rubén.

Y a una pregunta, mientras torna a escribir, inicia una amplia disertación sobre la moda. Pondera la sensualidad del satín suave, la voluptuosidad de la muselina y el crespón glacé en rosa viejo, la gracia de los recubrimientos de muselina gris bordada de perlas de acero, los alardes de la pasamanería en los guardapolvos que dejan una estela de florilegios en el pavimento de los salones; las anchas tocas blancas que parecen volar con sus grandes lazos de mariposa en terciopelo moiré; rememora los talles delicados, ceñidos por cordones de oro. Y para los paseos vespertinos en el parque de Luxembourg, las camisas judías, bordadas en lo bajo, en el cuello y en las mangas; las chaquetillas a lo Fígaro, las blusas rusas de estameña cruda...como Garibaldi, dice, que aquí mismo, a su paso por León, ¿lo sabían? Impuso en su día, entre el bello sexo, la moda de su propia blusa suelta, sin solapa, la *garibaldina*, ¡tal puede el *charme* masculino!

Toma otro abanico, y pasa a los sombreros. Pálidos botones de oro que florecen en un follaje blanco, sombreros *Charlotte* cubiertos de campanillas, decorados de cerezas azules y plata, como no se las conociera nunca, albelíes oscuros mezclados con rosas verdosas, ¡algo insensato, pero *charmant*, al fin! Panes de azúcar, cestos de flores, manojos de espigas, elegancia de los *aigrettes*, salidos de una verdadera tierra de Canaán, con sus granos de muselina de seda y sus largas barbas, *aigrettes* negras de Numidia; el *serre-tête*, que aunque empieza a ser vulgar, aún tiene adeptas. Pide la libreta de recetas que el sabio guarda siempre en el bolsillo del saco, y dibuja el bonete de algodón que no deja ver un sólo cabello, excepto la franja de la frente, aunque se necesita ser muy joven para lucirlo con gracia; y dibuja también una sombrilla, sombrilla de terciopelo negro y tela de jovy que se llevan abiertas al hombro, con displicencia retadora, o cerradas, como un estoque, para apoyar el grácil paso por los senderos de los parques ducales...

Y aquel resonante debate en las paginas de *Le Figaro*, entre Mme. Marcele Lender y Mlle. Claire Mistinguer, dos gigantas de las casas de moda: la una, fiel a lo clásico, a los pliegues helénicos, a los peplos sin mácula; la otra, adepta a la fantasía y al capricho moderno, toda la vocinglería de las casas de moda de la rue de la Paix concentradas en aquella discusión de excelsa frivolidad... y se muestra, al fin, como árbitro de vanidades, partidario de lo *seyante*, de lo que sienta bien a las líneas del cuerpo femenino, lo que desnuda con decencia las sinuosidades y deja adivinar lo prohibido bajo la jerga, la cachemira, el linón blanco...y afirma, contundente, que entre tanta fantasía, una mujer de buen gusto se revela porque sabe desdeñar las extravagancias y elige la verdadera *fashion*, la excentricidad picante e ingeniosa que realza los prestigios de la belleza.

Y los desfiles de modas al aire libre, la última de las novedades de París: se suprime el lujoso salón y el gabinete galante, la trastienda confusa y los talleres embrollados. Y por senderos de fina grava, entre los parterres británicos que tienen una rigidez militar, o en deliciosos rincones con cierta *sans façon* francesa, entre arabescos de césped y altos relieves de flores olorosas, a veces bajo la sombra discreta de los árboles o en la radiante luminosidad del sol otoñal, las modelos vagan como extrañas apariciones heráldicas. Aquí se improvisa un grupo que puede ser motivo para un lienzo; allá se extravía una blanca silueta entre los ramajes esmaltados, inclinándose para acariciar una rosa fecunda, aspirar el perfume de los nardos o contemplar la aristocracia de un lirio; más allá, en la penumbra de una glorieta, se esfuma una figura como un argumento poético... y mientras tanto, escondidos en el follaje, los mirlos orquestales y los gorriones bohemios cantan un eterno himno a la eterna belleza...

—Nuestro siglo, eminentemente positivista, nos ha convertido en gente práctica... y no teniendo más azul en nuestras aspiraciones, en nuestras ideas y nuestras vidas, la mujer lo pone en sus trapos, porque no podemos vivir sin un jirón de cielo, por pequeño que sea— concluye, sonriendo a todas, y devuelve su recetario al sabio.

Todas, entusiastas y admiradas, aplauden. Pero Eulalia, hosca, mantiene sus manos extendidas sobre el mantel, más oscuro que nunca el nudo de sus cejas.

—¡A ver, abanicos, más abanicos! —reclama Rubén, encantado de sí mismo—. ¿Saben que mis negocios de amor los he abonado con dedicatorias en abanicos como éstos? ¿Y en espejos?

Los cuellos se alzan entre murmullos. Y él cruza los brazos e inclina pesadamente la cabeza en homenaje a la delicia de sus recuerdos.

—¡La sin par Monna Delza! ¡Hasta su coqueto chalet del Bois-de-Boulogne, su santuario pagano, me llevaron en noches inmortales mis versos! Precisamente, la noche del estreno de *La vierge folle* de Henri Bataille, en El Odèon, donde ella cosechó palmas e incontables canastos de flores, que llenaban no sólo su camerino, sino todo el pasillo, fue también mi estreno... ¡qué pugna de pretendientes por la presea, el vellocino de oro! Resulté yo victorioso, y ella salió del teatro de mi brazo. Rodamos raudos en su automóvil de cuarenta *horse power*, ella al volante, entre alburas de armiño, y a nuestros pies, una piel de tigre de bengala por alfombra... imaginen, ¡la musa moderna atropellada por el automóvil! ¡Talía, Erato, Euterpe, que huyen en la onda amarga del asfalto, perseguidas por la amenaza de los neumáticos Michelin bajo el bullicioso resplandor de las luces eléctricas de la Avenue Foch...! Y en su chalecito del Bois, su alcoba... intimidades de seda, paños de altar de tiempos de Luis XIII que sirven de cobertor a su lecho lúbrico, sábanas que parecen *robes de fées*, pájaros de ultramar en jaulas góticas, profusión de hortensias en vasos de china, perrillos extravagantes jugueteando entre nuestros pies descalzos...

Lejos, en la cocina, ha caído una bandeja llena de platos y copas, pero no hay una sola cabeza que se vuelva. Y, otra vez, Rubén está persiguiendo la mirada de Eulalia.

—Perfumes de mirra en los braseros... la cabellera de Monna Delza suelta, cabellera vaga y atormentada como las noches de París. ¡Monna Delza! *¡L'enfant gâté!*, ¡la deliciosa *gamine* codiciada por los magnates judíos, que yo he tenido entre mis brazos de indio chorotega...! ¡Voluptuosidad de la hora discreta! ¡roce, mordisco, beso, síntesis de la eternidad!... ¡quién lo diría, *mon frère* Louis! Al marcharme, con las luces del alba, ella quedó desnuda en el lecho. Yo, cuidando de no despertarla, le dejé escrito en el espejo de su *boudoir*, con *rouge* de labio, un poema... ¿su título? *Mene, Tequel, Fares*... las palabras misteriosas del banquete de Belsasar.

Entre la concurrencia femenina se deja escuchar un ¡oh! incómodo que se deshace en barullo de suaves carcajadas. Eulalia, distante, sigue negándose a mirar a Rubén, que ahora dice:

—¿Y saben que al venir hacia acá pagué en New York sus favores a una hetaira, con versos escritos en su abanico?

Las furtivas carcajadas se deshacen en un silencio penoso.

—Escuchen esta historia que no aparecerá nunca en mi autobiografía —Rubén hace sonar el pesado cuchillo de plata contra su copa vacía—: desembarqué al anochecer en los muelles de la babilonia insomne. Dejé mi equipaje en el Waldorf, y salí a caminar por las calles, a la ventura... en el número 123 de Broadway, entré a cierto lugar discretamente iluminado por luces risueñas: el One, Two, Three se llama. Una casa de putas, aséptica, como todo lo yanki. Olía a lister. Sonaba el tango platense *Quiero papita*. Música voluptuosa. Se baila cabeza contra cabeza, los cuerpos separados. Después... ah, ¡después!

A la palabra putas hay mayor confusión y muchos sonrojos, pero ahora es Eulalia quien ríe, con desdén. Casimira trata de cubrir los ojos de sus dos niñas, como para librarlas de aquella visión de pecado. El obispo Simeón tose discretamente, los dedos en la boca.

Una de las señoras, aturdida, pide a Casimira que lea lo escrito por Rubén en el abanico de Salvadorita, porque también las dos niñas le habían alcanzado sus abanicos. Casimira se apresura a leer. Ya conocen ese poema.

—Las putas me agasajaron como al rey Belsasar, y terminé en brazos de una de ellas, una dominicana —Rubén no hace caso a la interrupción, ni a los sonoros aplausos que aparentan premiar el poema—. Eleonora se llamaba, como la musa de Poe, y era pálida y ojerosa. Había dejado mi billetera en el Waldorf, no tenía ni un quinto para pagar sus favores. Y le pagué, escribiendo una décima en su abanico, el abanico que le había regalado un catalán de Montjuic, traficante de vinos.

Rubén ríe y nadie ríe. Pero de pronto se eleva la voz de Eulalia con un eco desatinado, como el de una campana rota:

—Y tu esposa, ¡oh rey de las hetairas! ¿Qué se ha hecho?

El sabio Debayle se pone apresuradamente de pie y extrae del bolsillo del saco las hojas de su discurso de despedida.

—Deja, Louis, siéntate, no te azores, voy a responderle a la dama —Rubén sonríe, sin asomo de molestia en el ánimo—. Mi esposa, señora, ha sido convencida de no perseguirme más, gracias a los consejos de su hermano, un farsante y anodino llamado Andrés Murillo. Él, de oficio rastacuero, siendo prudente por primera vez en su vida, la hizo firmar un compromiso que la obliga a dejar de joderme, por la bicoca de cinco mil francos que he depositado ya en manos del cuñado luciferino. Otros cinco mil francos le había entregado antes, cuando le dio por esperarme a mansalva en Corinto, sin poder aplacarla lo suficiente entonces. Era casi todo lo que traía conmigo. ¿Cómo obtuve yo fondos para la nueva transacción? Comprometiendo desde aquí, por anticipado, con la viuda de Garnier en París, un libro, que ni siquiera he escrito, sobre mi viaje a Nicaragua; y otro, unas páginas escogidas en verso y prosa, con la viuda de Mucci en Barcelona. Pedí una remesa de socorro a *La Nación* en Buenos Aires, y ordené también a mi querida que vendiera mi piano Pleyel y me girara los fondos.

Desde su sitio, el sabio Debayle intenta en vano suplicarle, con gestos, que se calle.

—Porque, *madame*, tengo una querida. No es una *grisette* parisina, sino una campesina de Navalsauz, un pueblecillo de pastores de cabras de la sierra de Gredos. Analfabeta, yo le he enseñado a leer. Y en lo que hace a mi esposa, espero no verla más en la vida. Su hermano me convenció de casarme con ella, siendo yo un adolescente, utilizando el rotundo argumento de una pistola en mis costillas, es cierto. Y no era virgen, también es cierto. Había sostenido amores con un vejete de gran figuración, al que visitó hasta el final en su lecho de muerte. Le daba la medicina en la boca en presencia mía, pobre inocente, pues de novio me convidaba a esas visitas. Tema para una triste novela de folletín. ¿No le parece a usted, *milady*? La escribiré un día, la escribiré, no se preocupe...

Eulalia, está pálida en su silla. Rubén suspira, y mira al sabio Debayle.

—Tu discurso de despedida, Louis. Ahora sí —dice.

El sabio Debayle se incorpora y empieza a leer con voz tensa, casi apagada al principio. Luego, a medida que avanza en sus florilegios, va recuperando el aplomo. Termina. Todos se ponen de pie para levantar las copas, menos Rubén que se queda sentado. Su copa de champaña burbujea, abandonada. La orquesta de cuerdas arranca otra vez, con otro vals de José de la Cruz Mena, *Ruinas*.

—Tu *toast* ha sido extraordinario —Rubén aplaude ahora, él solo—. Yo no voy a contestarte, soy una piltrafa para los discursos. Mentiras hay en lo que has dicho, mentiras piadosas. Al colegio de los jesuitas que mencionaste, un colegio de hijos de ricos, como tú, entré de puro milagro; y cuando mi tío Pedro Alvarado, aquel tonto millonario medidor de telas que me pagaba la beca, supo que me había peleado con su hijo Pedrito, por cosas baladíes de niños, me cortó el emolumento. Me lo notificaron los curas en el almuerzo, ¿recuerdas? Ya no podía sentarme a la mesa. A la calle me fui, a rumiar mi humillación. Después, me acercaba a la puerta de la casa de ese tío cruel, a la hora de las veladas donde Pedrito ejecutaba el piano premiado por aplausos de compromiso: a él lo aplauden aquí, profeticé yo entonces; ¡a mí, me aplaudirá el mundo...! Y encima me estafó mi tío Pedro Alvarado, se quedó con la pobre herencia de mi madre... *Voilà tout la vérité, mon frère Louis.* Nada de infancia dichosa como has dicho. Pero aquí está mi homenaje de despedida para ti, que soportas con mansedumbre al neurótico incorregible que yo soy.

—¡Un regalo! ¿Qué será? —Salvadorita palmotea entusiasmada, al ver que Rubén extrae de la chaqueta un tubo forrado en papel de seda.

—Ábrelo tú— le pide Rubén a la niña.

La niña suelta el lazo y rasga la envoltura: los folios del proceso judicial incoado contra el sabio Debayle por haber dejado ciego al general Selvano Quirino, quedan a la vista.

Algunos comensales que se habían puesto de pie para mirar el regalo, vuelven a sus asientos, cohibidos. El sabio Debayle agradece con un molesto movimiento de cabeza.

—Ya ves, conseguí para ti el proceso, en la audiencia que al fin me concedió Zelaya —Rubén trata de sonreírle al sabio Debayle—. Para mí, nada. De balde he atrasado mi viaje de regreso. Me nombran embajador, pero no hay fondos en el erario público para pagarme adelantos, dice el Secretario de Hacienda, un ínclito ignorante.

—Te serán remitidos a París —el sabio Debayle ha quitado los folios de las manos de Salvadorita, y trata en vano de esconderlos de la vista de sus invitados—. Te llegarán junto con las cartas credenciales. Yo lo sé, lo sé.

—Mientras, moriré de hambre en París —el ojo golpeado de Rubén mira ahora a Casimira con sus reflejos de triste rubí—. ¡Si hubiera nacido yo hijo de millonario, como mi primo Pedro! Pero para comer y pasar, debo exprimir el jugo amargo de mis sesos, y convertirlo en tinta. Un pobretón es tu poeta, Casimira. Un pobretón que debe viajar con pasaje de segunda clase, en camarote compartido con desconocidos, oyendo de lejos el fragor de las fiestas, arriba, en los salones de primera; que le debe al sastre sus trajes de seda, que debe sus baúles y su bañera portátil. Que fía el vino y las medicinas. Que huye de los caseros.

Casimira abraza a las dos niñas, como si el abrazo fuera para Rubén, que ahora se vuelve hacia el sabio Debayle.

—Y no creás que salió gratis la entrega del proceso, Louis. Zelaya vio necesario aplacar a esa extraña señora Galatea Quirino, y tuve que escribir una poesía a su luto. Habrás visto publicada en un folleto espantable esa poesía, *Mater Dolorosa*. Ella te quería en la cárcel. *Mais c'est impossible, un aristocrate en prison*. Ya te lo había yo dicho.

El sabio Debayle urge por señas a Santiago Argüello para que recite de una vez la oda a Rubén, en la que ha trabajado largos días. Rubén nota la desazón de ambos, pero no hace caso:

—Que soy un ebrio sin remedio, le dicen a Zelaya sus palafreneros y cortesanos. ¡Me manosean! ¡Yo no soy ningún nacatamalero como ellos! ¡Yo soy Rubén Darío, jodido! —golpea la mesa.

En una escudilla, al lado de cada cubierto, hay una naranja que tiene ensartadas las banderas de Francia y Nicaragua, y debajo de la naranja, el menú impreso en cartulina de lino. Rubén quita la banderita de Nicaragua. Santiago Argüello está ya de pie; se aclara la garganta para llamar la atención.

—¡Siéntate! —le ordena, agitando la banderita—. Ustedes, con sus versos, dejan mis entusiasmos mudos. ¡Que venga Quirón el centauro!

Quirón, que lavaba copas en la cocina, oye el llamado desde lejos, y como si saliera de la nada, aparece a espaldas de Rubén. Santiago Argüello, con sonrisa forzada, vuelve a sentarse.

—Diles algo de tus lecturas de Oviedo —le pide, al tiempo que repone la banderita en la naranja.

Quirón medita un instante. Se seca en las perneras del pantalón las manos enjabonadas, y luego recita:

—*Fray Francisco de Bobadilla, comisionado en el año de gracia de 1527 por Don Pedro Arias de Ávila, Gobernador de Nicaragua, para averiguar hechos y costumbres de los indios aborígenes, interrogó en la plaza de Tesoatega a un cacique nagrandano que se decía Miseboy, en presencia de ediles y escribanos dispuestos a recoger y certificar su dicho, y dióse el coloquio de la siguiente manera: ¿Por qué os sajays las narices, orejas y el miembro generativo? Y respondióle el cacique Miseboy: narices y orejas por llevar adornos en nuestras ceremonias; pero en lo que respecta al miembro generativo, no lo hacen todos, sino algunos bellacos, por dar más placer a las mugeres.*

Rubén ríe con risa convulsiva, y las dos niñas, Margarita y Salvadorita, ríen también, en el regazo de su madre, de manera inocente. El sabio Debayle, aunque furioso con Rubén, es a Quirón al que dirige una mirada de reproche, queriendo despedirlo.

—No hagas caso, quédate. Ahora vas a recitar *El Coloquio de los Centauros* —le dice Rubén.

—¿Otro acto de ventriloquia? —pregunta Santiago Argüello.

—Nada de ventriloquia —el obispo Simeón alza las manos como si le pidiera paz—. Quirón es un prodigio verdadero.

—Entonces ahórranos ese poema, Rubén. Lo encuentro muy académico, seco, cerebral. Nada de la música de tu *Sonatina* —Santiago Argüello eleva groseramente la voz, buscando la aprobación de sus vecinos de mesa.

El rostro de Rubén se ensombrece. Bebe por primera vez la champaña tibia de su copa, con disgusto, con tedio, y empuja suavemente a Quirón, que vuelve a la cocina.

—*C'est lui qui ne comprend rien* —dice, como hablándose a sí mismo, y se pone de pie. El golpe en su pómulo parece ahora monstruoso. Las flores entretejidas en el domo huelen a marchito. Y entre el discreto arrastrarse de los asientos, que parodian un rumor de hojas secas barridas por el viento, los comensales se incorporan para irse.

Eulalia es la última en levantarse. Se quita la rosa de trapo del corpiño, y acercándose a Ru-

bén con paso furtivo, le abre la mano para dejárse-
la entre los dedos, y luego se la cierra ella misma,
con una cálida presión. Y se va entonces, recogiéndose la larga falda que arrastra en su cola pétalos
deshojados.

Ahora es Salvadorita la que corre hacia Rubén y se abraza a sus piernas. Él se inclina para besarla, la flor de trapo apretada en su mano.

—No mates nunca tu ruiseñor —le dice al
oído.

—El ruiseñor que se llena el buche de manera descarada —dice el orfebre Segismundo.

—No agreguemos la cuerda política a la lira,
que la lira sólo tiene siete cuerdas —dice Erwin.

—Cada vez lo veo más tibio en sus opinio-
nes, mi amigo —le dice el orfebre Segismundo.

—Y para usted, todo en la vida es pensar
mal de Somoza —le dice Erwin.

—¿Pensar mal, nada más? Al ruiseñor de
estas tierras, señores, merece que le aprieten el pescuezo —truena el orfebre Segismundo.

—Baje la voz. Por menos de los que está usted insinuando, otros han ido a la cárcel —le dice el
Capitán Prío, bajando él mismo la voz.

—¿Padece usted de miedo, Capitán? —le dice el orfebre Segismundo.

—Ni de miedo, ni de valentía —le dice el
Capitán Prío—. Pero no me gusta que me jodan como pendejo, por las imprudencias de otros.

—Parece que el propietario del establecimiento me está invitando a retirarme —dice el orfebre
Segismundo, muy ofendido.

—Siéntese que la sesión apenas está empe-
zando —lo calma Rigoberto.

—Conste que me quedo bajo protesta —dice el orfebre Segismundo—. Que me traigan un nepente más, Capitán.

—Ni que estuviéramos conspirando, Capitán —dice Norberto—. Ésta es sólo una mesa alegre de clientes selectos suyos. Aquí podría entrar Somoza desarmado, y nadie le tocaría un pelo.

—Hable por usted mismo —le dice el orfebre Segismundo—. Yo, no sé qué haría al ver a ese hombre cerca.

—No parece usted Gran Maestro de la Logia Máximo Jerez —le dice Erwin—. Los masones no pueden derramar la sangre de otro masón, porque sería como destruir la imagen que el Gran Arquitecto ha creado de sí mismo.

—Estás hablando como el libro de los templarios de Siracusa —le dice Norberto.

—Existen dispensas —dice el orfebre Segismundo poniendo la mirada en Norberto—. Somoza siendo masón, mandó a matar a Sandino. Lo único que está prohibido por el rito escocés es darle la cara al masón que tiene que morir.

—Qué religión más piadosa —dice Erwin.

—La masonería no es una religión, es una fraternidad universal —dice Norberto.

—Muy fraternales los veo —le dice Erwin.

—Yo apenas soy iniciado —le dice Norberto, y ahora es él quien mira al orfebre Segismundo—. Todavía no tengo derecho a usar el mandil en las tenidas blancas. Sólo mi Gran Maestro puede decidir cuándo es que ya alcancé el último escalón.

—¿Era masón Rubén? —le pregunta el Capitán Prío a Rigoberto.

—Claro que era —contesta el maestro Segismundo—. Entró en la logia de Saint Denis, que dirigía el doctor Encause.

—Pues vea lo que tengo anotado aquí —dice Rigoberto—. Rubén llama a los masones «terribles ingenuos».

—¡No puede ser! —exclama, alarmado, el orfebre Segismundo.

—El ingenuo era él, creyéndose mago para enseñarle a recitar a un niño analfabeto —dice Erwin.

—Es necesario que me aclarés si Rubén se daba el lujo de andar en primera en los barcos, o no —le dice entonces Norberto—. Ahora me lo estás poniendo en camarote de segunda, como un cualquiera.

—Son datos nuevos que van apareciendo —le responde Rigoberto.

—Datos que van apareciendo en tu cabeza —le dice Erwin. —Igual que la recitación de Quirón en el banquete —dice el orfebre Segismundo.

—Y la despedida de Eulalia con la flor de trapo en la mano —dice Norberto.

—Acláreles usted, Capitán, a estos incrédulos —le pide Rigoberto al Capitán Prío.

—Por esta calle pasó Eulalia, en su coche, de regreso a su casa, cuando terminó el almuerzo de despedida —dijo el Capitán Prío—. Se fue Rubén llevándose la flor de trapo, y nunca más nadie volvió a oírla recitar.

—¿Usted mismo la vio pasar? —le dijo Erwin—. ¿Cuántos años tenía usted, Capitán?

—Un año —dijo el Capitán Prío.

—Y entonces, le dijo usted adiós desde la puerta —le dijo Erwin.

—Tampoco estuve a la hora de su muerte, pero sé cómo ocurrió— dijo el Capitán Prío.

—¿Y cómo fue su muerte? —preguntó Norberto.

—Sucedió un miércoles de agosto de 1923, en la tarde —dijo el Capitán Prío—; fingió que quería retratarse, llamó al maestro Cisneros que llegó con sus instrumentos, en un descuido le secuestró el frasco de ferrocianuro de potasio, corrió a encerrarse en su aposento, y se lo tomó entero.

—¿Y el inventor Godofredo? —dijo Norberto.

—Ya había muerto —dijo el Capitán Prío—. *La Rosa Niña*, huérfana de quince años, pasó entonces a vivir bajo el techo de su tía Casimira.

—La suegra del ruiseñor estafador —dijo el orfebre Segismundo.

—Vuelve la mula al trigo —dijo Erwin.

—¿El ruiseñor es el que canta cuando va a morir? —dijo Norberto.

—No, ése es el cisne de los parques ducales —dijo el Capitán Prío.

—No todo el que va a morir necesita cantar antes —dijo Erwin.

—A lo mejor bailar, sí —dijo Rigoberto, y metió el cuaderno en su cartapacio imitación cuero de lagarto.

Ya era casi medianoche.

¡Los bárbaros, cara lutecia!

El taxi, un Oldsmobile modelo 1952, combinado en celeste y amarillo, que conservaba todavía las llantas de banda blanca de los tiempos de lujo de su antiguo dueño, se detuvo con ruido de chischiles frente al parque de La Merced al cabo de su trayecto por las calles asoleadas, viniendo de la estación del Ferrocarril del Pacífico.

Eran pasadas las cuatro de la tarde. Desde la puerta del zaguán, la empleada, calzada con zapatos de varón, que barría el polvo con movimientos desganados de la escoba, vio bajarse del taxi a Bienvenido Granda, el bigote que canta, y detuvo sus escobazos. Un año atrás, durante el intermedio de la presentación de *La Sonora Matancera* en el Teatro Teresita, se habían encendido las luces y el cantante, vestido con su traje de rumbero de mangas de vuelos, descendió a la luneta con un paquete de fotos suyas bajo el brazo, a venderlas entre el público. Ella le había comprado una. Recordaba aún su olor a pasta de dientes, como si acabara de lavarse la boca.

Bienvenido Granda le pagaba ahora la carrera al chofer a través de la ventanilla, mientras el pastor aguardaba en el asiento trasero. La mujer renovó sus escobazos inútiles, porque el viento volvía a meter el polvo por la portezuela que se abría en una de las batientes del pesado portón del zaguán, pero sin quitar el ojo vigilante a Bienvenido Granda que caminaba ya en dirección suya; examinaba detenidamente el caserón, mientras el pastor avanzaba por la acera opuesta, la Biblia contra el pecho, mirando hacia las puertas cerradas como si buscara un domicilio diferente.

El chofer, que ya se iba, frenó, y se asomó por la ventanilla ante el grito de alerta que había dado de pronto Bienvenido Granda antes de echar a correr en dirección al taxi, porque había dejado olvidada su valijita de cartón comprimido. El pastor, su Biblia bajo el sobaco, movía con gesto de severa desaprobación la cabeza.

Recuperada ya la valijita, el pastor tuvo motivos para seguir moviendo la cabeza en desaprobación. Ahora, Bienvenido Granda se acercaba a una vendedora de frutas instalada en la acera del parque, y con disposición golosa compraba una piña de mamones, tomándose todo su tiempo para escoger la más hermosa y sana. Y satisfecho ya su gusto, la valijita en una mano, la piña de mamones en la otra, se acercaba, por fin, al zaguán.

—¿Cuándo volvió? —le preguntó la mujer que, embriagada por la sorpresa, seguía barriendo; pero barría en el aire, mientras él se introducía un mamón en la boca y hacía tronar la cáscara hasta enseñar entre los labios abultados la carne sonrosada de la fruta.

El pastor no podía escuchar la respuesta, pero nada cuesta imaginarla —la semilla de mamón empujada con fruición de un lado a otro dentro de la boca—: no hable muy alto, ¿no ve que ando de incógnito? Me robé en San Salvador a una muchacha de la más rancia alcurnia, etc. Y acto seguido, penetró Bienvenido Granda por la portezuela del zaguán, desapareciendo en la penumbra junto con la valijita.

El pastor caminó entonces hasta la esquina, siempre dedicado a examinar las puertas; más tarde cambió de acera y regresó, sin abandonar el examen, defendiéndose de la resolana con la Biblia por mampara. Y ahora, para sorpresa de la barredora que lo observaba, siempre curiosa, en su avance indolente, se detenía frente a ella. Alarmada, dirigió primero la vista hacia la Biblia con la que el pastor seguía resguardándose, y luego hacia la litografía del Papa Pío XII, fijada con chinches al portón, ya desvaída por los rigores del sol y la lluvia: de perfil, coronado con la triple tiara, el dedo en alto, el sumo pontífice no parecía bendecir, sino prevenir sobre la seriedad de la advertencia impresa al pie:

AQUÍ SOMOS CATÓLICOS
Y NO ADMITIMOS
PROPAGANDA PROTESTANTE

El pastor sonrió con un gesto de desdén dirigido a su Biblia, como si se la hubiera encontrado de casualidad en el vagón del tren, en un tarantín de la estación, en el taxi, sin más remedio que recogerla y ahora ya no supiera qué hacer con ella. ¿La aceptaría como regalo? La mujer retrocedió, asustada, ante la muda propuesta.

Entró también él por la portezuela, la mujer en actitud vigilante detrás suyo; y con el cuidado de no rozarlo siquiera, se adelantó hacia el corredor, separado del zaguán por una reja de madera, a dar aviso de su presencia. ¿A qué venía el pastor? ¡A retirar unos folletos de su religión que había dado a imprimir!, himnos de esos que cantan encerrados en sus templos los protestantes. ¿De qué servía, entonces, la foto del Papa, aguantando lluvia y sol en el zaguán?

Muy diferente el cometido de Bienvenido Granda. Según le había dicho él mismo (y aquí saben ya, pues, el tema sobre el cual versó su intercambio de palabras), venía a encargar las papeletas de propaganda de la nueva presentación de *La Sonora Matancera*. ¡*La Sonora* otra vez en León! Y ahora, mientras tanto iba a ella a dar el aviso, el pastor se quedaba esperando en el zaguán en penumbra, debajo del medidor de la electricidad, ocupado en examinar las vueltas de los números, a falta de otra cosa que hacer. Contra la pared opuesta, descansaba una bicicleta de reparto con su canasta.

Dentro de esta casona familiar funciona una tipografía, sin que ningún rótulo la anuncie en la pared exterior. Se llama Cara Lutecia. El dueño apareció al poco rato tras la reja de madera, limpiándose las manos con una franela empapada en aguarrás. Un rostro lampiño y sonrosado, los cachetes frondosos, que recordaba al bebé feliz de Mennen. Sobre la cabeza, el bebé llevaba una boina vasca que se le había quedado allí desde sus tiempos de estudiante primerizo de la escuela de derecho.

La prensa Heidelberg otra vez se negaba a funcionar, le informó el bebé feliz al pastor, borboteando las palabras de manera atropellada, como las explosiones fallidas de un motor fuera de borda que se niega a encender: estaba atrasado con la impresión de los programas para el gran concierto de *Los Churumbeles de España* en el Teatro González, y el concierto era ya mañana.

Ante las explicaciones tan detalladas, que dejaban de un lado el obligado santo y seña acordado por correspondencia, al pastor le era imposible no sentirse socio de la tipografía en apuros, y casi estuvo a punto de proponerle al bebé feliz de Mennen ir, él mismo, en busca de un mecánico competente.

—*Marte se acerca otra vez a la Tierra* —se resolvió, al fin, a interrumpirlo, reponiendo la Biblia debajo del sobaco antes de extenderle la mano a través del enrejado.

—Y el tirano será castigado —se tardó el bebé feliz en encontrar la frase de respuesta convenida, dejándola ir como si el motor fuera de borda al fin arrancara, y abrió la reja. Ahora, ya los dos cara a cara palmoteó con energía al pastor en el hombro, imprimiéndole en la camisa una huella de grasa diluida en aguarrás.

En el corredor, la mujer había abandonado la escoba y ahora sacaba brillo al piso con un lampazo mientras canturreaba *Cuartito 22*, la canción que más le gustaba de Bienvenido Granda; y bajo su mirada hostil, que cubría por igual a cliente y propietario, atravesaron el jardín enclaustrado para llegar hasta la imprenta, en el fondo de la casa.

Las piezas de la prensa Heidelberg yacían abandonadas en el suelo en un charco de aceite, como los restos de un animal descuartizado; el prensista se ocupaba de lavar las platinas y los rodillos de una prensita de pedal, que parecía más bien de juguete. Sólo se ocupaba para imprimir cupones de rifas y vales de cantina, pero ahora se iban a hacer allí, de emergencia, los programas. Mientras tanto, en el otro cuarto, los cajistas, de cara a la pared, trabajaban en los cubiletes, desnudos de la cintura para

arriba, componiendo el texto de un libro desguaza-
do que se habían repartido entre todos.

Al despacho, separado del taller por un tabique, se entraba levantando una cortina de cretona
floreada que colgaba de un bastidor. Dentro, lo más
visible para cualquier visitante era siempre el monu-
mental escritorio de caoba, entallado en su frontispicio con figuras de soldados romanos de cascos em-
penachados en guardia de una urna funeraria, que
parecía haber encallado allí como resto de alguna
crecida; pero para ustedes, lo más visible no puede
dejar de ser ahora, sobre el escritorio, la valijita de cartón comprimido que descansaba de su largo y azaro-
so viaje al lado de una piña de mamones de la que
faltaban ya numerosas frutas.

Contra la pared del fondo, casi sin espacio
de movimiento, un pesado sillón de resortes, de la
misma madera, disimulaba las roturas de su tejido
de junco bajo un protector plegable trenzado en fi-
lamentos de plástico verde, de los que utilizan los
choferes de taxi. Al otro lado del escritorio, dos silletas metálicas bastante herrumbradas. El sillón estaba
ocupado por un visitante que ya esperaba desde rato
atrás; una de las dos silletas, por Rigoberto.

El sillón rechinaba bajo el peso del visitante
perfumado con agua de colonia Eâu de Vétiver, la
misma que usaba Somoza. Tenía veintitrés años, a
lo más, no mucho mayor que Erwin, el bebé feliz de
Mennen; ya los han visto a ambos discutir en la mesa
maldita. Parecía un próspero algodonero, pero había
quebrado tres veces y el Banco Nacional lo perseguía.
Las plagas se le comían siempre los plantíos, es cierto; pero también, que parte considerable de las ha-
bilitaciones bancarias se le iba en contratar músicos

para serenatas, y en pulseras, dijes y esclavinas que salían de la mano del orfebre Segismundo, con las que se regalaba a sí mismo y premiaba al sexo opuesto.

Escuchaba con atención imperturbable a Rigoberto cuando los otros dos entraron, tras ellos el armador de plana que seguía a Erwin con la prueba del programa de la presentación de *Los Churumbeles de España*, húmeda y pegajosa de tinta pues acababa de pasar bajo el rodillo. Erwin empezó a corregirla de manera apresurada, auxiliado por Norberto que desde el sillón se hizo cargo de la lectura del original mecanografiado. Y al fin se quedaron solos, confiados en que nadie más vendría a interrumpirlos, salvo el operador de platina enviado por una ronda de cervezas a la Casa Prío, a pocas cuadras de allí.

Mientras conversaban de lo que entre ellos llamaban «el negocio», parecían olvidar el contenido de la valijita. Pero al momento volvían a abrirla para acariciar al animalito que dormía respirando con sosiego, ajeno a todos aquellos cuidados. Por meses había esperado en la vitrina asoleada de la armería Tiro Seguro de San Salvador, segunda calle poniente, desolado como si ya nunca fuera a salir de allí, su trompa ñata chillando de angustia cada vez que Cordelio se asomaba a la vitrina, sus ancas de conchanacar revolviéndose con impaciencia, haciendo que dormía en su estuche revestido de seda pero siempre en vela, esperando, que esperara, que no desesperara, él era gente de palabra, lo iba a sacar de su cautiverio, se lo iba a llevar consigo.

Hasta que lo soltaron de sus cadenas gracias al sacrificio del orfebre Segismundo, héroe de dos excursiones sementales, la última que casi le cuesta la vida; a la temeridad, lástima que fracasada, de *El*

León de Nemea, y a tantos voluntarios exiliados como hubo para representar *El Mártir del Gólgota* bajo la dirección escénica de Lucio Ranucci (quien, completamente enjabonado, gritaba en ese mismo momento obscenidades en su lengua toscana porque, de pronto, se había ido el agua del grifo en el baño común del Hotel América. Ya les advertirá a sus socios Rigoberto acerca de la necesidad de recoger fondos para pagar el alojamiento de Ranucci).

Así pudo Rigoberto iniciar sus prácticas de tiro bajo la dirección de Cordelio en una finca de los linderos de Santa Tecla, disparando en la soledad del cafetal contra un muñeco de trapo muy barrigón, vestido de saco y corbata, y sentado ante un simulacro de mesa con vasos y botellas.

Se agitó la cortina de cretona, en la inminencia de alguien que iba a entrar, y se apresuró Rigoberto a meter al animalito (que ya se habían pasado por cuarta vez de mano en mano) de vuelta entre los calzoncillos: *El León de Nemea*, el torso reluciente, las guedejas de la hirsuta cabellera revueltas sobre la frente, les sonreía dejándoles ver los huecos oscuros de los dientes.

Cordelio se adelantó, con la intención manifiesta de empujarlo fuera de la oficina, pero *El León de Nemea*, dueño de la majestad de un luchador victorioso que ha abatido a su contrincante dejándolo tendido en la lona, cruzó los brazos y afirmó los pies, muy abiertos, en señal de que nada podría removerlo de allí, ya no digamos, el lance del peor de los enmascarados de plata: ni siquiera un cataclismo provocado por el mismo planeta Marte en su fatal acercamiento a la Tierra.

—¿Que andás haciendo aquí? ¿Cómo diste con nosotros? ¿Quién te mandó? ¿Cuánto tiempo hace que veniste? —las preguntas de Cordelio eran demasiado apresuradas y numerosas, como para que *El León de Nemea* pudiera responderlas de manera ordenada, y comenzó por la última.

—Hace ratos vine, y he estado ayudando a pasar el papel para que lo corten en la guillotina. Van a imprimir la foto de Juan Legido en el programa —les informó.

—¿Y qué has oído de lo que estamos hablando? —Cordelio miraba alarmado a los demás, que a su vez se miraban entre sí, las botellas de una tercera ronda de cervezas colgando, inútiles, en sus manos.

—Nada se oye del otro lado. Si yo hubiera oído algo, lo hubieran oído todos los operarios —respondió.

—Entonces, adiós pues —le dijo Cordelio con un ademán apresurado de las manos, como si quisiera espantar una gallina.

—Nada de adiós pues, yo soy del negocio —respondió, sin abandonar su aplomo.

—¿Cuál negocio? Aquí no estamos tratando ningún negocio —le dijo Cordelio.

—¿Cuál negocio? El negocio por el que me apearon los dientes —y *El León de Nemea* se abrió la boca con los dedos para enseñarles los huecos de los dientes perdidos.

Cordelio volvió a mirar a los otros en busca de auxilio. Rigoberto no hacía más que reírse. Erwin y Norberto, preocupados, nada entendían. ¿De dónde salía semejante descamisado que hablaba con tanta confianza de «el negocio»? Así que la discusión entre aquellos dos, pastor y luchador, avanzó por sí misma; pero inútil fue toda artimaña, toda explicación, todo disfraz de intenciones por parte de Cordelio. Y al fin, *El León de Nemea*, tras una obligada consulta de los cuatro socios, previa rogativa al solicitante para que saliera del despacho, quedó incorporado, y se le asignaron responsabilidades que adelante ustedes conocerán.

Antes, sin embargo, Cordelio lo obligó a ponerse de rodillas, y a jurar, con los dedos en cruz, que no repetiría a nadie nada de lo que en adelante oyera ni nada de lo que se le ordenara. ¿Lo juraba? Lo juraba, y besó una y otra vez las cruces que hacía con los dedos.

—Y ahora, enséñenme a mí el animalito dormido que está en la valija —pidió.

Quién iba a decirle ya: ¿cuál animalito? Se lo enseñaron. Y apenas el operario de platina era despachado por otra ronda de cervezas a la Casa Prío, la valijita pasó rápidamente al piso y Erwin desplegó sobre el escritorio un plano dibujado con tinta china en un pliego de papel cuché, del mismo que estaba siendo utilizado para imprimir los programas de la función de *Los Churumbeles de España*.

Cada manzana del cuadro central de la ciudad había sido dibujada por Erwin en tinta negra. Hacia el norte, una equis roja marcaba el sitio del Club Social de Obreros, y una equis más pequeña, en verde, al lado del Club, sobre la primera avenida, el lugar donde estaría apostado el enlace A; otra equis, aún más pequeña, en la esquina de la primera avenida con la Calle Real donde se situaría el enlace B; y otras tres equis verdes, de este a oeste, a lo largo de la misma Calle Real, señalaban otras tantas posiciones para los enlaces, C, D, E, hasta llegar a la última, enlace F, rumbo oeste, frente a la subestación eléctrica de Subtiava, marcada en rojo.

A medio camino sobre la Calle Real, al lado del enlace C, apostado en la esquina de la casa solariega de Rubén Darío, estaba marcada en azul la posición de un mensajero O, y al lado aparecía dibujada una bicicleta, también en azul. En otro bloque del plano, hacia el sur, en rojo, el depósito de aguardiente de la Administración Departamental de Rentas, donde terminaba el trazo de la ruta de la bicicleta.

Las cabezas se juntaron sobre el plano fijado en un extremo bajo el peso de un aislante de porcelana, y en el otro por el gajo de mamones que ahora había encontrado una imprevista utilidad. Un reloj despertador, con dos grandes campanillas, traído por Erwin de su dormitorio, fue colocado también sobre el escritorio.

Cuando Erwin anuncie que está listo para empezar, Norberto colocará las manecillas del reloj juntas, marcando las doce. Erwin, tartamudeando más que nunca, explicará los pasos a seguirse, el dedo índice de uña carcomida golpeando cada punto en el plano. Permanentemente se estará llevando los dedos manchados de tinta a la boca, que se irá tiñendo también de colores. Oigan ahora este recuento del agitado diálogo entre los socios:

Erwin: Al escucharse el pará pá pá...
Rigoberto: No esperés grandes descargas. Es apenas como el pop pop de los *pop-corns*, así (y continuó simulando con la boca el ruido apagado del maíz que salta al reventar en la cazuela).

Norberto: ¿Y la música? Si está tocando la orquesta, no se va a oír nada con la música.

Erwin: ¿Vos creés que van a seguir tocando los músicos? ¡Van a salir en estampida!

Norberto: Puede ser que no se den cuenta de inmediato. Seguramente la orquesta va a estar bastante lejos de la mesa de honor, y con toda la bulla de los bailarines...

Rigoberto: ¿Hay ya un plano del Club de Obreros? Todavía no se sabe dónde va a estar la mesa de honor, dónde van a estar los músicos.

Erwin: (Farfulló, molesto, y su saliva teñida cayó sobre el plano). Entonces, al sonar los disparos, vos, Norberto, enlace A, encendés tres veces los focos de tu jeep, que debe estar estacionado junto a la cuneta, sobre la primera avenida, aquí, mirando hacia la Calle Real.

Norberto: Puede ser que no dejen parquearse a nadie en las cercanías del Club.

Erwin: (Elevó los ojos al techo y aflojó los brazos). Se supone que es un jeep descompuesto, está allí desde temprano. Vos llegás, ya de noche, a tratar de arrancarlo, para llevártelo. Por eso vas a probar primero si funcionan los focos, por eso los encendés.

Norberto: Es más fácil que alguien tire una cuerda con dos piedras amarradas en las puntas, para lazar los cables eléctricos que salen del transformador en esta esquina (señaló la esquina en el plano, en la manzana del Club). Así se provoca un cortocircuito.

Cordelio: Demasiado riesgo. La calle va a estar llena de guardias y agentes de seguridad. Y puede que ese alguien, aunque no le peguen un tiro de entrada, no logre enlazar los alambres. Sólo tiene una oportunidad.

Erwin: (Dando muestras de mayor impaciencia). El enlace B está parado aquí, en la esquina de la primera avenida con la Calle Real. Al ver que Norberto, el enlace A, enciende por tres veces los focos del jeep, el enlace B, volviéndose hacia Subtiava, rumbo oeste, hace las señales con el foco de pilas. Otras tres veces.

Rigoberto: Falta ese enlace B, que es clave.

El León de Nemea: (Golpeándose el pecho). Yo soy ese enlace B.

Erwin: (Mirándolo de pies a cabeza, con desdén). No nos sirve.

Rigoberto: Está bien, dejalo. Se rasura ese día, le compramos una camisa.

El León de Nemea: Camisa, acepto. Rasurarme, no. Mi melena es mi negocio.

Erwin: (A Rigoberto). Bajo tu responsabilidad. (A *El León de Nemea*) Con el foco de pilas, hacés la señal, tres veces también. Y aquí (golpeando el plano con el dedo) en la esquina de la casa de Rubén Darío, siempre sobre la Calle Real, el enlace C recibe tu señal, y enciende también su foco de pilas, de nuevo tres veces.

Norberto: (Inclinándose sobre el plano). Ese enlace C, y los otros tres, apostados sobre la Calle Real, D, E, F, hasta llegar a la subestación eléctrica de Subtiava, todavía no existen.

El León de Nemea: Yo puedo alistar una gente en Subtiava.

Erwin: (Justamente alarmado). ¡Prohibidísimo!

Cordelio: Nada de alistar gente. Lo único que nos falta es que te sentés a contar todo el negocio en alguna cantina de Subtiava...

Erwin: Me tocan a mí todos esos hombres: enlaces D, E, F.

El León de Nemea: (Alzando los brazos en señal de rendición) Retiro lo dicho.

Erwin: Junto al poste de electricidad de la casa de Rubén Darío, hay otro hombre, el mensajero O, con una bicicleta, aquí...

Norberto: Esa bicicleta no existe...

Erwin: (Haciendo gala de falsa serenidad). Tenés días de estarme oyendo decir que es la bicicleta de los mandados de la tipografía, la viste en el zaguán cuando entraste. Pero si querés, vamos, que te la voy a enseñar, para que la toqués con tus propias manos.

El León de Nemea: Correcto. Allí está esa bicicleta. La probé, y funciona bien.

Erwin: ¿La probaste? ¿Cómo?

El León de Nemea: Cuando iba entrando la vi, y me dieron ganas de montarme en ella. La saqué a la calle, y le di una vuelta a la manzana.

Norberto: Lo cual quiere decir que se la pueden robar en cualquier momento. Y adiós bicicleta.

Cordelio: Bueno, hay que quitar esa bicicleta de allí, y santas paces. Y vos (a *El León de Nemea*), aprendé a respetar lo ajeno.

Erwin: (Suspirando con desaliento). Sale el hombre de la bicicleta, mensajero O (su dedo siguiendo el rumbo), hasta el depósito de aguardiente, dirección sur. Cordelio, vos estás aquí, esperando, con tus hombres...

Norberto: ¿Puedo hacer una pregunta?

Erwin: (Alzando la vista, hostil). A ver...

Norberto: Se supone que esos hombres que trae Cordelio de El Sauce, en el tren, si es que vienen, tienen sus armas.

Cordelio: ¿Cómo si es que vienen? Son gente segura. Y traen sus pistolas. Las que usan en sus fincas.

Norberto: Pistolas. (A Cordelio). ¿Vos creés que en la estación del ferrocarril, tomada militarmente a esas horas, van a dejar bajarse a los pasajeros sin registrarlos?

Erwin: Pasemos sobre eso. Mientras menos sepamos, mejor. Toda la parte del asalto al depósito de aguardiente, Cordelio me la mandó detallada en una carta. Yo la encontré buena.

Norberto: ¿En una carta? ¿Con estampillas? Los aprendices de Van Wynckle todo el correo lo abren.

Cordelio: (A Norberto). Una carta por medio de un mensajero de confianza. No nací ayer. Ya sé que van a registrar a todos los pasajeros que se bajan del tren. Por eso las armas van a entrar a León tres días antes. Y en todo caso, ellos tienen sus portaciones en regla.

Erwin: Entonces: salió la bicicleta...

Norberto: No puede salir esa bicicleta. ¿Dónde está el ciclista?

Erwin: (Sin hacer caso). Llegó la bicicleta donde Cordelio espera con sus hombres, aquí. Se asalta el depósito de aguardiente, se somete a los vigilantes. Se abren las espitas de los toneles, se derrama el alcohol, y se le prende fuego. Las llamas se están viendo ya por todos los rumbos de León. Y el deslumbre se nota mucho más porque la ciudad ha quedado en la más completa oscurana.

(Hubo un momento de silencioso recogimiento).

Rigoberto: Regresemos a las señales de los focos, que todavía no hay oscurana.

Erwin: La señal del foco del enlace C (volviendo el dedo a la esquina de la casa de Rubén Darío), pasa de aquí al enlace D. El enlace D repite la señal, que recibe el enlace E, y me la envía a mí, que soy el enlace F. Yo estoy aquí con mi gente (señala la esquina de la subestación eléctrica), un grupo de cinco hombres, todos armados. Rifles 22 y escopetas. (Alzando los ojos hacia Norberto). Ya tengo acopiadas esas armas y esos hombres. En ese momento cruzamos la calle, dominamos al vigilante, sólo hay uno que es ya viejo. No hace resistencia. Hago saltar el switch, y se va la luz en todo León. (Alzó de nuevo los ojos hacia Norberto, ahora de manera imperativa). ¿Tiempo?

Norberto: (Tomó el reloj y miró su carátula). Tres minutos. Demasiado tiempo entre los disparos y el apagón.

Erwin: ¡Claro! ¿Cómo no va a ser demasiado el tiempo, con tantas interrupciones tuyas? Entre los disparos y el apagón, no puede haber más de un minuto y treinta segundos.

Norberto: (Al oído de Rigoberto). Quisiera saber qué pasa con mi idea de lazar los cables eléctricos. Es menos complicada. Disparando vos, y llegando la oscuridad.

Erwin: (Que lo había escuchado). Y yo quisiera saber qué pasa si te quedás rondándole la casa a *La Mora Zela* y no te presentás a la hora indicada. De seguro vas a salir con el cuento de que no pudiste traspasar las barreras de guardias.

Norberto: (Sonriendo). Vos crées que después que termine este negocio, vamos a estar aquí, rindiéndonos cuentas.

Erwin: (Regresando el dedo hasta la equis verde, a media cuadra del Club de Obreros, donde espera Norberto, enlace A, al volante del jeep). Se fueron las luces en todo León. El incendio alumbra por encima de los techos, llega al cielo, que se ha puesto anaranjado, rojo. En el Club de Obreros nadie sabe qué está pasando, es una sola confusión. Los guardias no hallan qué hacer, si quedarse o correr. Rigoberto sale entonces en la oscuridad. Vos tenés ya encendido el motor. Rigoberto se monta en el jeep, y se van a tu finca Palmira (su dedo recorrió la ruta del jeep, desde el punto donde está estacionado, a la esquina de la primera avenida, y de allí por toda la Calle Real, pasando Subtiava, siguiendo hasta la carretera a Poneloya). Yo me voy a mi escondite, y Cordelio al suyo. Y a esperar el siguiente día.

Norberto: (Cortó un mamón del gajo, y se lo llevó a la boca) De lo único que nadie se ha acordado es cómo va a hacer Rigoberto para entrar a la fiesta, con las puertas llenas de agentes de seguridad.

Rigoberto: Entro del brazo de Rosaura.

Erwin: ¡Eso de ninguna manera! Si ella no es parte del plan, no podemos arriesgarla.

Norberto: De acuerdo. Es como que yo me subiera al jeep a hacer las señales, con *La Mora Zela* al lado. Noviazgos nada tienen que ver aquí.

Rigoberto: Se supone que todo está siendo preparado para que a mí no me pase nada. Entonces, a los dos nos cubre la oscuridad, y punto.

Erwin: Fuera de discusión.

Cordelio: No van a poner ningún control en la entrada. Es una fiesta popular. Además, Rigoberto es periodista. Es lógico que esté allí. Va a poder entrar solo.

Norberto: ¿Y Van Wynckle? El estreno de sus técnicas de seguridad va a ser aquí, en la convención.

Rigoberto: Bueno, todavía quedan dos semanas para resolver eso de la entrada.

Hacía tiempo era de noche y la lámpara fluorescente en el cielo raso, demasiado alta, alumbraba mal entre las telarañas. Erwin volvió a enrollar su plano y Rigoberto tomó su valijita para irse. Habían resuelto salir con intervalos de diez minutos cada uno, y él sería el primero. Afuera, la prensa de pedal ya había comenzado a imprimir.

—¿Cuánto más creés que vas a necesitar de práctica? —le preguntó Cordelio a Rigoberto cuando se dirigía a la puerta.

—Unas dos veces, sólo para desentumir la mano —le contestó—. Después, hay que encerrar al animalito y ponerlo a dormir con cloroformo.

—Podés practicar en mi finca Palmira —le dijo Norberto.

—¿No está decidido que esa finca va a ser el escondite de Rigoberto? No se puede ocupar para nada más —dijo Erwin.

—Entonces, tengo otro lugar —dijo Norberto—. La finca Cafarnaún, donde una vez alquilé para sembrar algodón. Yo te llevo en mi jeep.

—Nadie los puede ver juntos en ese jeep a ustedes dos —dijo Erwin.

—Cafarnaún es un buen sitio. Yo sé como llegar allí solo —dijo Rigoberto.

—¿Y dónde vas a guardar el animalito? —le preguntó Norberto.

—En el mejor lugar del mundo —dijo Rigoberto.

—Falta la bala de plata envenenada —dijo entonces Cordelio—. El gallo para eso es el orfebre Segismundo.

—Norberto le habla —dijo Erwin.

—Sí, todo es Norberto —dijo Norberto.

—¿No te está haciendo el anillo de compromiso para *La Mora Zela*? Vos sos el indicado —le dijo Erwin.

—Qué anillo de compromiso —dijo Norberto—. No tengo ni en qué caer muerto.

—¡*La Mora Zela*! —se volvió Rigoberto de la puerta—. ¡Se me olvidaba lo principal!

—Mañana en la noche es esa serenata con *Los Churumbeles de España* —dijo *El León de Nemea* mientras le echaba el brazo a Norberto, y se reía con toda su boca desdentada.

Intermezzo tropical

Curriculum vitae
Somoza García, Anastasio

1896.

Nace en la finca El Porvenir, aledaña al poblado de San Marcos. Son sus padres el caficultor Anastasio Somoza Reyes y Julia García, de oficios domésticos. (Según el orfebre Segismundo, rumores no confirmados señalan al general José María Moncada, oriundo del vecino poblado de Masatepe, siempre enredado en faldas a pesar de su carácter cáustico, como su verdadero padre).

1914.

Preña a una sirvienta s/n. Enviado de emergencia a Estados Unidos por consejo de su tío, el médico Víctor Manuel Román y Reyes. Inicia estudios de contabilidad en la Pierce Business School de Philadelphia. Aprende inglés en su trato con choferes de taxi y fulleros de los garitos de Market Street.

1915.

Nace en Monte Redondo, comarca del municipio de Masatepe, José (más tarde llamado El Carretero), su vástago natural.

Conoce a Salvadora, alumna del Beechwood College de las monjas benedictinas en Jenkintown. (Su otro tío, el doctor Desiderio Román y Reyes, a cuyo cuidado ha sido confiado, ejerce la medicina en Phila-

delphia. Vean: un domingo le pide acompañarlo porque debe pasar revista a sus pacientes del Saint Catherine Hospital, y entre ellos está Salvadora, recién operada de apendicitis. Ha llegado hace apenas un mes de su internado en Louvain, Bélgica, por razón de los vientos de guerra que ya soplan en Europa, decisión prudente de su padre el sabio Debayle). Love at first sight. *Noviazgo. Los domingos que ella sale del internado, la espera bajo el reloj de carillón del Vanemaker's Departament Store.*

1916.

Los novios vuelven a Nicaragua en el vapor Saratooga. Petición de mano en el entierro mismo de Rubén Darío. Rechazado por el sabio Debayle, decide aguardar. (Salvadorita trae la costumbre de rasurarse los sobacos, y su madre Casimira lo acusa a él de haberla corrompido, afirma con toda propiedad el Capitán Prío).

Intima con los marines, con quienes juega póker hasta el amanecer. Obtiene empleo como lector de medidores domiciliares en la Metropolitan Light and Power Co., el que pierde por intrigas del propio sabio Debayle. La Rockefeller Foundation Sanitation Mission lo nombra inspector de excusados, y se gana el sobrenombre de mariscal *por la lámpara de mano de largo fuste que debía usar para alumbrar las letrinas. Organiza* matchs *de boxeo para los marines.*

1917.

Se dedica a la falsificación de moneda junto con Justo Pastor Gonzaga y Filomela Aguirre (a) La Caimana. *El negocio, instalado en el burdel Las Animas Benditas, es descubierto. Ella va presa, y porque guarda silencio, los otros se salvan. Propone al sabio Debayle operar a la susodicha para cambiarle el sexo, lo cual le abre las puertas del ansiado matrimonio.*

1918.

Nupcias en la Santa Iglesia Catedral.

1922.

Nace Luis (llamado El Bueno), primer hijo de su matrimonio.

1924.

Nace Lilliam (llamada La Coronada), segunda hija de su matrimonio.

1925.

Los marines abandonan Nicaragua, una vez asegurada la paz al haberse reconciliado los dos partidos antagónicos, liberal y conservador, en pugna sangrienta desde 1854. Su tío político, el doctor Juan Bautista Sacasa, es electo vicepresidente.

Nombrado Jefe Político de León. El general Emiliano Chamorro, conservador, da un golpe de estado. Regresan los marines para restablecer la paz, al alzarse en armas los liberales, jefeados por el general Moncada.

1926.

Nace Anastasio (El Malo), último hijo de su matrimonio.

Al mando de un puñado de peones de la finca de su padre, trata de asaltar el cuartel de la constabularia conservadora en Masatepe. Sufre una herida en la mano (el orfebre Segismundo alega, con gran énfasis, que ni siquiera eso), y es arrestado. Recibe la casa de su suegro por cárcel. El alto mando de las tropas de ocupación necesita un traductor personal para el general Logand Feland, comandante supremo de las mismas. Se le contrata, por gestiones de su suegro. Libre.

1927.

Se firma en Tipitapa la paz del Espino Negro (llamada así por el frondoso árbol bajo el cual se selló el armisticio), al aceptar el general Moncada la rendición de las armas a cambio de la promesa norteamericana de respaldar su candidatura presidencial. Uno de los generales rebeldes, Augusto C. Sandino, no acepta la rendición. Comienza la guerra de resistencia en Las Segovias.

1928.

Secretario privado del general Moncada que gana la presidencia (1928-1932) en elecciones libres supervigiladas por los marines. (Aquí te empiezo ya a necesitar, hijo mío, estrella de mis fornicaciones: arregla las excursiones nocturnas de Moncada, que prefiere las mujeres casadas, escogiéndole los hogares donde el marido está ausente de la ciudad: dixit *Capitán Prío). Predilecto del general Logand Feland, predilecto del ministro americano, Mr. Matthew Hanna (un viejo cabrón que se hacía el disimulado, y el orfebre Segismundo imita un modo de andar decadente), predilecto de Mrs. Loretta Hanna, espléndida en su madurez y mucho más joven que su esposo ¡nada de joven, mi amigo, una vejestoria birrionda:* oh, you dirty scoundrel! God dammed mother fucker taxi driver!, *solía exclamar en sus brazos); predilecto del general Moncada (viejo lépero padre de un lépero más grande, se exalta el orfebre Segismundo: si le pedía algo y no se lo concedía, le arruinaba las excursio-*

nes nocturnas mandando detrás suyo una nutrida escolta de marines, en dos camiones, que lo obligaban a devolverse, refunfuñando; o hacía llamar de urgencia, bajo treta, al marido ausente). Continúa la guerra de resistencia de Sandino.

1929.

Moncada lo aleja de su lado tras descubrir que ha echado mano de ciertas partidas de un fondo de dólares americanos destinado a indemnizar a los propietarios agrícolas afectados por la guerra contra Sandino. Las palabras tremendas de Moncada (con dolor de padre) fueron: no eres un ladrón, hijo mío, sino un ratero.

1930.

Moncada lo perdona mediante persistentes gestiones de su ayudante de campo, Melisandro Maravilla, que sin saberlo Moncada, había sido cómplice del desliz.

1933.

Su tío político, Juan Bautista Sacasa, asume la presidencia (1933-1937) tras ganarla en elecciones libres (también supervigiladas por los marines). Las tropas de ocupación salen de Nicaragua. Asume el cargo de Jefe-director de la recién formada Guardia Nacional, de una vez con el grado de General de División que merece por la herida en el asalto al cuartel de Masatepe. Incorpora a Justo Pastor Gonzaga con el grado de coronel, y lo nombra Tesorero General. También incorpora a Melisandro Maravilla con el mismo grado, y lo nombra Jefe de Abastos. Sandino firma la paz con Sacasa.

1934.

Asesina a Sandino. Lleva a cabo la captura Justo Pastor Gonzaga, y el pelotón de ejecución lo dirige Melisandro Maravilla.

1936.

Subleva a las tropas acantonadas en León. Derroca a su tío político, que sube en Corinto al buque mexicano que lo lleva al exilio luciendo en el pecho la banda presidencial.

1937.

Electo Presidente de la República para un período que expira en 1941. El retrato de Benito Mussolini adorna su despacho del Palacio Presidencial de Tiscapa. Éste le envía de obsequio un tanque de guerra enano, admirado con curiosidad en los desfiles militares. Declina en un emotivo discurso las vehementes demandas provenientes de la Falange Católica para que se le designe presidente vitalicio.

Se instala una Asamblea Constituyente que como primera provisión le extiende el período presidencial hasta el año de 1947, sin necesidad de nuevas elecciones.

1939.

Franklin D. Roosevelt lo recibe en Washington con brillantes ceremonias de estado (que constituían, después se supo, y no me vayás a contradecir que es la verdad, le advierte a Erwin el orfebre Segismundo, un ensayo para las que se habrían de tributar días más tarde al Rey Jorge VI de Inglaterra. No lo contradigo, prosiga, le dice Erwin). Cuestionado por tal invita-

ción, Roosevelt respondería con la ya célebre frase: he is a son of a bitch, but he's ours.

Luis (El Bueno) y Anastasio (El Malo) lo acompañan en ese viaje, y quedan internos en La Salle Academy, Long Island, New York.

1941.

Declara la guerra al eje, un día antes de que lo hagan los Estados Unidos.

A escondidas de Salvadora, llama a su lado a José (El Carretero), su vástago natural, que se ganaba la vida en Masatepe conduciendo una carreta de bueyes. Lo incorpora a la Guardia Nacional con el grado se sargento, y le nombra un profesor para que le enseñe las primeras letras.

1942.

Expropia a todas las familias alemanas residentes en Nicaragua. (¡Un asalto del gángster a mano armada!: se quedó con todas las propiedades, fincas de café, de ganado, de caña. Imagínense que mandaba a Justo Pastor Gonzaga a pujar en los remates, ametralladora en mano, ¡un Dillinger! Parece que Somoza le hubiera quitado algo, le dice Erwin al orfebre Segismundo. ¿Acaso es usted de ascendencia alemana? No se le nota por ningún lado. No hago caso de mordacidades, responde el orfebre Segismundo).

Luis (El Bueno) ingresa a Lousiana State University para estudiar agronomía. Anastasio (El Malo) es admitido en West Point.

1943.

La efigie de su hija Lilliam (La Coronada) aparece en los billetes de un córdoba, una pluma de india apache en la cabeza. El arzobispo de Managua, Monseñor José Antonio Lezcano y Ortega, la corona reina de la Academia Militar en una ceremonia que se celebra en la Santa Iglesia Catedral, a la que asisten soldados de la G.N. vestidos de soldados romanos, armados de lanzas de madera, corazas y cascos de baquelita.

1944.

Promueve la reforma a la Constitución para permitirse una nueva reelección, que le está prohibida, y quedarse más allá de 1947. Una manifestación que él mismo organiza el 4 de julio, en respaldo de los aliados, se vuelve de pronto en su contra. El discurso que quiere pronunciar desde el balcón de la legación americana fracasa ante la intensa rechifla, y tiene que hacer mutis. Siguen graves disturbios en los días siguientes. La población, insolentada, se toma las calles de Managua. Piensa seriamente en renunciar e irse del país. Lo salva a última hora la intervención providencial del general Moncada, que engaña a los dirigentes del movimiento prometiéndoles una negociación que nunca se da. Todos van a la cárcel (su padre, pues, dice Erwin, si no, quién aguanta al orfebre Segismundo). Monopolio personal del cemento, cerillos, aguardiente.

1945.

Luis (El Bueno) regresa de Lousiana sin ningún título. Anastasio (El Malo) regresa graduado de West Point. Lo nombra director de la Academia Militar; le presenta a José (El Carretero), y se lo deja como ayudante. («Aunque mayor en edad que vos, es tu sangre, te será fiel como ninguno», le dice. Y dice el orfebre Segismundo: de bastardos está llena la historia de Nicaragua; y a éste, aunque coma en la cocina, mientras lo dejen meter la mano en el saco, estará contento).

1947.

 Decide descansar, y no se presenta a las elecciones. Su candidato, doctor Leonardo Argüello, a quien escoge por senil, es proclamado triunfador tras un recuento fraudulento de los votos que realmente favorecen al candidato opositor, doctor Enoc Aguado. ¡Oh, sorpresa! El nuevo presidente ordena, como primer acto, su destitución del cargo de Jefe-director de la Guardia Nacional. Dolido por la traición, derroca al flamante presidente que sólo dura diez días. El Congreso Nacional nombra en su lugar al doctor Víctor Manuel Román y Reyes, su tío carnal, aún más senil. (El mismo que le había facilitado la huida a Estados Unidos cuando preñó a la sirvienta, no se olviden, dirá el orfebre Segismundo).

1949.

 Muere, envenenado por un pescado descompuesto, su tío el anciano presidente Román y Reyes. (Nada de pescado descompuesto. Estricnina mandó a ponerle el gángster en la comida por medio de un cuque cochonete, su incondicional. Era mucha la desesperación que tenía de volverse a terciar la banda presidencial, y el viejito nada que moría, hasta una querida, costurera de la casa presidencial, se había echado).

1950.

 Hace correr el rumor de que se encuentra enfermo de muerte. Su médico personal, el coronel (GN) Heriberto Guardado, se encarga de confirmar la especie en los corrillos sociales. Por fin, es electo otra vez presidente (1950-1956), tras negociar un pacto político con el general Emiliano Chamorro, su tradicional adversario conservador:

Una sala calurosa en Managua. Dos mecedoras de mimbre.

Somoza: *(Se da aire con un abanico de paja). General, ¿le puedo solicitar un favor?*

Chamorro: *(Suspicaz, los ojos escondidos entre el enjambre de pliegues de los párpados). Diga.*

Somoza: *Estamos a punto de firmar este pacto... (vacila). Yo tengo un hijo, Luis...*

Chamorro: *(Con cortesía). ¿El ingeniero? Lo conozco.*

Somoza: *(Apenado). Se pone el título de ingeniero agrónomo sin merecerlo; pero aquí no hay leyes que castiguen las mentiras. (Ríe, socarrón). No trabaja en nada. Yo quiero que usted me permita que él pueda ser diputado, que se distraiga en algo. ¿Por qué no quitamos esa prohibición para los hijos del presidente? (Se calla, y aguarda, el pañuelo de lino, perfumado de Eau de Vétiver cerca de la boca).*

Chamorro: *(Medita, los ojos siempre escondidos bajo los párpados). Eso... le abriría a su muchacho las puertas. De entre los diputados se escoge al sucesor en caso de que el presidente falte por alguna causa...*

Somoza: *¿Luis? ¿Luis, mi sucesor? ¡Permítame que me ría, general! (Se ríe con ganas). Si no tiene ambiciones en la vida. Por eso me le dicen Luis El Bueno. Si le estuviera pidiendo algo para el otro, Anastasio... a ése sí hay que ponerle cuidado...*

Chamorro: *(Medita aún más: voy a hacerle una concesión a un cadáver. El cáncer no lo va dejar correr*

largo). Sea, pues. Pero como un favor personal, no co-
mo un favor político.

Somoza: *(Se levanta a medias de la silla de*
mimbre, y le extiende ambas manos). Mil gracias, ge-
neral. No sabe cuánto se lo agradezco.

(¡Vean qué favor!, el orfebre Segismundo gol-
pea la mesa con la palma de la mano. ¡De ese pacto
nació la dinastía! Si Dillinger muere, ya está listo el
hijo. Y le dice Erwin: eso será quién sabe cuándo, por-
que el 21, aquí al otro lado, en el Teatro González, el
viejo Tacho queda ungido para seis años más, y así per
secula seculorum. *Hasta que salga alguien que se eche*
los huevos al hombro, dice el orfebre Segismundo. Y
dice el Capitán Prío: todavía no ha nacido ese alguien;
y con chaleco salvavidas tejido en acero, menos. Sí, dice
Rigoberto mirando contra la luz la cucharita que se
acaba de sacar de la boca: no ha nacido).

1951.

Dueño de fábricas textiles, de hielo, de bebidas
gaseosas, de calzado, desmotadoras de algodón, benefi-
cios de café, ingenios de azúcar, plantas salineras. Esta-
blece el 27 de mayo, cumpleaños de la Primera Dama,
como Día del Ejército (a fin de contentarla porque ha-
bía descubierto la existencia de José [El Carretero],
dice el Capitán Prío: le armó una tremolina tremenda,
en el propio despacho presidencial, delante del embaja-
dor del Perú, que llegaba a anunciarle el regalo de
unos caballos de parte de Odría).

1954.

Rebelión de oficiales de la Guardia Nacional
en el mes de abril. Todos los cabecillas son torturados,

castrados y asesinados. Luis (El Bueno) y Anastasio (El Malo) dirigen los interrogatorios con la cooperación diligente de José (El Carretero). Construye un puerto, Puerto Somoza. Funda una línea mercante, Mamenic Line, para exportar ganado al Perú; una línea aérea, Lanica. Domina el negocio de la carne, los cueros y el cebo a través de sus propios mataderos de carne vacuna. También entra en la crianza, engorde y destace de cerdos. Establece el 1 de febrero, cumpleaños suyo, como Día del padre. José (El Carretero) empieza a aparecer en Novedades, *en las fotos de familia.*

1955.

Inaugura su propia estatua ecuestre frente al Estadio Somoza.

1956.

Recibe al derrocado Juan Domingo Perón y lo aloja en el Palacio de Tiscapa. Perón se aburre en Managua. (Hay que hacer que se olvide de la Evita, pobrecito, hay que casarlo aquí, para que invierta sus reales en grandes negocios, le dice la Primera Dama a su esposo, al ver a Perón triste y abatido, asomándose todo el día al cráter de la laguna. ¡Ni lo permita Dios! responde alarmado el esposo. Conmigo en los negocios suficiente. En cuanto pueda, se lo mando a Trujillo a la Dominicana. ¿A Trujillo? ¡Jesús me valga! Ese hombre es un dictador y un ladrón, dice ella).

Asiste en Panamá a la cumbre continental de presidentes, donde conoce personalmente a Dwight D. Eisenhower. Otros asistentes: Fulgencio Batista (Cuba); Rojas Pinilla (Colombia); Pérez Jiménez (Venezuela); Castillo Armas (Guatemala); Manuel Odría (Perú); Bienvenido Trujillo (Dominicana). (¡Alto! ¡Me da náusea! dice el orfebre Segismundo, con cara de quien va a vomitar).

El 21 de septiembre, Marte lo más cerca de la Tierra, llega a León en el tren presidencial, acompañado de la Primera Dama. Su vagón, amueblado con sillones de mimbre, es el mismo que el general Zelaya puso una vez a disposición de Rubén Darío para que lo condujera desde Corinto:

¡Ay, Salvadora, Salvadorita...!
¿es rey del oro o del amar?

Carta de despedida

León, 21 de septiembre de 1956

Señora Soledad López
Sus Manos

Mi querida mamá:

Aunque Ud. nunca lo ha sabido, yo siempre he andado tomando parte en todo lo que se refiere a atacar al régimen funesto de nuestra patria y en vista de que todos los esfuerzos han sido inútiles para tratar de lograr de que Nicaragua vuelva a ser (o lo sea por primera vez) una patria libre, sin afrentas y sin manchas, he decidido, aunque mis compañeros no querían aceptarlo, el de tratar de ser yo el que inicie el principio del fin de la tiranía. Si Dios quiere que perezca en mi intento, no quiero que se culpe a nadie, pues todo ha sido decisión mía.

Espero que tomará todas estas cosas con calma y que debe pensar que lo que yo he hecho es un deber que cualquier nicaragüense que de veras quiera a su patria debía haber llevado a cabo hace mucho tiempo. Lo mío no ha sido sacrificio sino un deber que espero haber cumplido. Si Ud. toma las cosas como yo lo deseo, le digo que me sentiré feliz. Así es que nada de tristeza, que el deber que se cumple con la Patria es la mayor satisfacción que debe llevarse un hombre de bien como yo he tratado de serlo. Si toma las cosas con serenidad y con la idea absoluta de que he cumplido con mi más alto deber de nicaragüense, le estaré muy agradecido.

Su hijo que siempre la quiso mucho,

Rigoberto

Segunda parte

Ya tendrás la vida para que te envenenes

El Capitán Prío, abandonando su puesto de observación, baja a sacar a la puerta esquinera las monumentales cajas de los parlantes, como suele hacer en ocasiones señaladas, pues los convencionales no tardarán en empezar a salir del Teatro González. Busca en el mostrador del bar entre los discos, elige el *long-play* de marchas militares de John Phillip Souza ejecutadas por la Boston Pop Orchestra, gira la perilla del volumen hasta el tope, y cuando se escuchan ya las reverberaciones de Star Spangled Banners, vuelve a subir las escaleras con paso militar, y recupera su sitio en la ventana.

En la plaza, *La Caimana* agita los brazos como si dirigiera la orquesta, y caminando en retroceso atrae a los manifestantes para que se concentren del lado que ella los quiere desde hace rato, frente al Teatro González, arriba los cartelones de papel kaki, arriba las banderas de trapo rojo, arriba los gritos, ¡traigan a esa gente!, ¿qué están haciendo subidos a los camiones esos huevones?, órdenes que repiten sus lugartenientes, una marchanta de nalgas monumentales vestida de tafetán colorado a la que el Capitán Prío no conoce, pero ustedes sí, la marchanta Catalina Baldelomar; y un comarcano, talvez de cuarenta años, también de anteojos oscuros como *La Caimana*, y toalla al pescuezo como si anduviera catarriento, su hermano *Caradepiedra* Diómedes Baldelomar.

Suenan morteros, se elevan cohetes encendidos con brasas de cigarrillos, y ahora el Capitán Prío saca medio cuerpo por el balcón: su cálculo ha sido correcto. Somoza está saliendo en estos momentos del Teatro González, va a cruzar la plaza, a pie, en medio del remolino de cabezas, sombreros, quepis, y a pie va a dirigirse a la casa de su suegra. Unas breves declaraciones delante del micrófono de la Gran Cadena Liberal, que Erwin y Norberto, reunidos por última vez en este día, salen a oír al taller donde los tipógrafos, desocupados, tienen el receptor encendido en la sintonía de Radio Darío, sumada a la Gran Cadena:

Locutor: General, ¿qué le parece esta demostración de cariño? Nadie se ha movido de aquí, esperando su salida.

Somoza: Pregúntele al pueblo de León, el pueblo de León. Yo me siento muy emocionado para poder hablar.

Locutor: Y la Gran Convención, ¿cómo marcha?

Somoza: Como un tren.

Locutor: ¿Es segura su proclamación?

Somoza: Yo soy un soldado de la patria, y un soldado de mi partido. Si la Gran Convención ordena que vamos con el mismo hombre, pues vamos con el mismo hombre.

Locutor: ¿Podemos informar a nuestros oyentes a dónde se dirige ahora?

Somoza: Claro que sí. A saludar a mi madre política. Voy a comerme un bocadito con ella. A ver si me dejaron algo.

Locutor: Éstas han sido las declaraciones del Excelentísimo Señor Presidente... ¡oigan, oigan las aclamaciones del pueblo de León congregado en la Plaza Jerez, que no cabe de entusiasmo y fervor...! ¡oigan el atronar de las bombas y los cohetes...! ¡y en este momento, el Señor Presidente rompe filas entre su pueblo y se dirige a abrazar a una de sus lideresas! Un abrazo apretado, una conversación al oído... y ahora sí, ya se va el general Somoza. ¡Aquí está la lideresa! ¿Cuál es su nombre, señora?

La Caimana: (jadea). Filomela Aguirre, a sus órdenes. ¡Viva Somoza! ¡Viva el Partido Liberal!

Locutor: ¿Qué le dijo al Señor Presidente?

La Caimana: Que no se olvide que falta una escuela en el Barrio de la Ermita de Dolores. Hay multitud de niños que perecen por falta de profesor. Eso le dije, y el prometió cumplir.

Locutor: Seguiremos con nuestra transmisión por el hilo telefónico directo en cuanto se inicie de nuevo la sesión. Las emisoras amigas pueden abandonar en este momento la Gran Cadena Liberal, encabezada desde Managua por Estación Equis... muchas, pero muchísimas gracias. (Unos segundos de estática).

Gingle: (acordes iniciales del primer movimiento de la Quinta Sinfonía de Beethoven).

Voz de Jorge Negrete: Hoy es 21. ¿Qué pasará hoy 21? (puente musical, *Claro de Luna* de Chopin). Ya llegó el 21... se terminó el suspenso... lo que no le dijimos ayer, hoy se lo decimos: *Tovarich*, la comedia del año, un festival de carcajadas en el Teatro Darío, a las ocho en punto de la noche... asista con toda su familia, no deje que otros le cuenten mañana lo que iba a pasar el 21... (Risas masculinas y femeninas. Cortina de aplausos).

Mientras tanto, Capitán, *La Rosa Niña* se muestra inquieta porque no puede levantarse de la mesa que ya han li piado los meseros. Ha llegado Moralitos, muy marcial, el quepis bajo el brazo, a anunciar que el señor presidente ya viene para acá, favor de no moverse nadie, y los rostros de los comensales se reflejan en sus anteojos Ray-band. Pero teniente, ella tiene que regresar a dar el repaso final a los parlamentos de su papel, tiene que peinar de moña alta sus cabellos rubios, dar los últimos toques a su traje de escena, ocuparse del peinado y del traje de *La Mora Zela*, un mundo de cosas, y además, oír el reprís vespertino de *El Derecho de Nacer* que se transmite por Radio Mundial a las tres de la tarde, si es que la Gran Cadena Liberal no ocupa ya todo el dial para entonces, mucho tiene que aprender de las modulaciones de voz de Marta Cansino, a pesar de que Lucio Ranucci le ha advertido que no oiga basura. Nada, nadie puede moverse de aquí.

¿Y *La Caimana*? *La Caimana*, todavía bajo la mira del Capitán Prío, tampoco puede moverse de la plaza. Tendrá que permanecer allí mientras dura el receso, ocupada de que los manifestantes no se dispersen por las calles, pues no deben faltar cuando Somoza vuelva, y sobre todo, cuando salga por última vez del Teatro González proclamado ya candidato presidencial. Y no será hasta entonces que ella (él), ya de noche seguramente, se irá al Baby Dolls a vestirse apropiadamente para la fiesta en el Club Social de Obreros.

Somoza ha entrado ya a casa de su suegra. El lejano revuelo que termina de deshacerse en la acera se lo advierte así al Capitán Prío, y se apresta entonces a cerrar, provisionalmente, los postigos de su observatorio. *La Caimana*, mientras tanto, aprovecha un respiro para descalzarse los pies, adoloridos de su tanto ir y venir desde la madrugada, operación que practica sin buscar asiento, dueña de un extraño poder de equilibrio, como una garza disfrazada de hombre.

El Capitán Prío ajusta el elástico de su corbata de mariposa, y va a instalarse en su sitio detrás del mostrador del bar, al lado de la caja registradora. Los convencionales comienzan a llenar las mesas, quitándose los sacos que colocan en los espaldares de las silletas y aflojándose las corbatas, y es él mismo quien lleva el apunte de las órdenes en medio del gran barullo..

Dedicado a su copiosa clientela se olvida de *La Caimana*, que entre tantos ajetreos hasta ahora puede llevarse algo a la boca. Siempre de pie, muy pensativa, está comiéndose con los dedos un nacatamal en las gradas del Teatro González, las hojas del envoltorio abiertas en la palma de la mano; y solícita, escoge los mejores bocados para dárselos a probar a *Caradepiedra* Diómedes Baldelomar, que entre fumada y fumada de su cigarrillo Valencia mastica agradecido a su lado.

Pensativa, digo, por su silencio, aunque no puedo averiguar nada de su expresión, tanto le ocultan el rostro esos anteojos oscuros de patas triangulares, iguales a los que lleva *Caradepiedra* Diómedes Baldelomar. ¿Estará pensando en aquel lejano 9 de abril de 1908? Ella era apenas una niña de dientecitos agudos y afilados. Una niña de siete años cumplidos. En el Teatro González, ahora vacío, las aspas de los abanicos siguen girando. Ningún empleado puede entrar allí a desconectar los switches porque los agentes de seguridad guardan todas las puertas. Dejo, pues, otra vez, volar bajo esas aspas las hojas del calendario, y ustedes vuelen con ellas. Oigan:

Bajo el sol que tuesta en oro las cigarras, caminaba apurada a lo largo de la vía férrea junto a la que reventaban, espumosas y lánguidas, las olas del lago Xolotlán. El morralito en vaivén en su mano y los dientecitos afilados enseñándose en la boca entreabierta por el jadeo, sus pies descalzos que apelmazaban los retoños de monte seco mejor querían volar para dar alcance al padre que soliviantado de tanto detener el paso iba adelante, transido de hambre pero sin atreverse a recoger los mangos pintones pudriéndose en el suelo, menos a apedrear los que se asomaban entre el follaje lustroso de los árboles que se perdían de vista bordeando la vía. Iban solos camino a León rodeando el Momotombo solitario que derramaba sus cascadas de arena negra sobre las lejanas faldas desnudas, pero los ojos invisibles de Galatea Quirino, *Nuestra Señora de los Campos*, los vigilaban para que no tocaran nada.

Seis meses habían pasado presos en los calabozos de Santos Lugares el pirotécnico Apolonio Aguirre, alias *El Dragón Colosal*, y su niña de siete años, Filomela Aguirre, a quien la fama conocerá más tarde como *La Caimana* por esos sus dientecitos filosos, capturados por órdenes del general Silvano Quirino, *El Presidente Chiquito*, cuando cortaban en sus dominios carrizos y varillas para fabricar cohetes.

Ya ciego, tras la funesta operación, quería recrearse por última vez aunque sólo fuera por el sonido de los cascos de su mula de alzada gigante al martajar las lajas del camino y el olor a tierra vegetal de aquel octubre de aguaceros. Y así emprendió su marcha de adiós, una mano como siempre en el cuadril y la otra en puño llevando la rienda, menudo como si en media pubertad hubiera parado de crecer, y ya muertos en una nube de vapores azules sus ojos rasgados de indio imabita.

Se detuvo por fin en las faldas del Cosigüina, el confín de Santos Lugares en el Golfo de Fonseca, y cuando volvía bridas con la tropa de mayorales que lo acompañaba, al oír un rumor de extraños que andaban ocultos en los carrizales ordenó buscarlos. Conducidos a su presencia el padre y la niña, fueron sentenciados por robo y arriados prisioneros en el viaje de regreso, legua tras legua tropezando en pos de las bestias, amarrados a los arzones con las manos por delante, mientras los ojos de *El Presidente Chiquito* se desesperaban sin reposo en las cuencas ardidas.

Siete días con sus noches duró la jornada de vuelta, pasando en silencio los obrajes de añil con sus pilas teñidas de grana, los túmulos de bagazo junto a los molinos de piedra de los trapiches y las zopiloteras sobre los cueros de res tendidos al sol, cruzándose con las recuas que llevaban a Honduras las cargas de dulce de panela y los trenes de carretas colmadas de racimos de plátanos, en sus narices el fermento picante de los tendales de tabaco y la brisa amarga de las salinas excavadas en los esteros. Y ya de regreso a la casa hacienda junto al lago Xolotlán, lo acostaron en su camastro de cuero crudo, tenso y sonoro como un tambor de campaña, se cobijó de pies a cabeza con su colcha atigrada, y murió al amanecer del 9 de octubre de 1907.

No había descuidado ordenar que *El Dragón Colosal* y su hija fueran encerrados en los calabozos junto con los demás ladrones de carrizales, leñas y frutos, colonos que no habían pagado a tiempo los diezmos de sus cosechas, jornaleros rebeldes a las leyes de la revolución liberal que mandaban trabajar sin paga a quienes fueran sorprendidos en los caminos, y los indios imabitas de su misma raza que siempre pugnaban por cortar los cercos de alambre para sembrar las tierras legadas por cédulas reales que seguían considerando suyas. Durante las noches, los prisioneros eran sacados en cuadrillas para ahuyentar con ruido de matracas las nubes de langostas que asolaban los plantíos, y los que mostraban poco celo en causar algarabía amanecían con la cabeza y las manos metidas en los cepos.

Una noche de diciembre, mientras la claridad del cielo se filtraba por las rendijas del techo del calabozo que olía a orines y estiércol, *El Dragón Colosal* había oído contar a los prisioneros que un príncipe viajero recorría las calles de León sobre alfombras de trigo reventado dibujadas en arabescos de colores como en los días de semana santa, y pasaba bajo arcos triunfales cargados de frutas y pájaros disecados que se asomaban entre la urdimbre de las flores. Y *El Dragón Colosal*, atrayendo hacia su pecho a la niña que temblaba de frío, ansió conocer a aquel príncipe.

Y quiso la suerte que recibió el encargo de *Nuestra Señora de los Campos* de figurar en pólvora un inmenso retrato de cuerpo entero de *El Presidente Chiquito*, que debía arder en la madrugada frente a la capilla de la casa hacienda al cabo de la misa de *requiem* de medio año. El retrato comenzó a iluminarse desde la base envuelto en una nube de humo rosicler, y la figura del difunto, tal como era para la época de la revolución liberal, fue apareciendo con sus arreos y galones, azul la luz que *El Dragón Colosal* había puesto en sus ojos, los últimos en apagarse.

Cuando el esqueleto de varillas volvió a la oscuridad, *Nuestra Señora de los Campos*, que había contemplado el espectáculo desde el atrio de la capilla, ordenó que comparecieran ante ella el pirotécnico y su hija.

En un rincón de la sala callaba olvidado un clavicordio entre aperos de bestia y útiles de labranza. Ella, sentada en un taburete, se ocupaba de amasar cuajadas, los brazos metidos en la cuba. El suero empapaba sus telas de luto que sólo dejaban descubiertos los pies de largas uñas, encogidos como garras, porque muy niña se los había ardido al derramarse el agua hirviente preparada para pelar un cerdo. En su rostro lozano, la nariz se erguía, altanera, arriba de la boca apretada de dientes de oro, y los huevecillos de los ojos miraban curiosos al padre y a la niña desde el entreverado nido de los párpados.

El pirotécnico se acercó, escudándose en la niña.

—Nosotros somos muy pobres, *Nuestra Señora* —se atrevió a balbucear, transmitiendo al cuerpecito el temblor de sus manos curtidas de pólvora.

—Pobre era Nuestro Amo, y murió en la cruz sin quejarse —*Nuestra Señora* parecía rezar mientras apelmazaba una cuajada—. Quedan libres. Pueden irse en paz.

El *Dragón Colosal* dio un paso valiente, llevando por delante a la niña.

—Usted, que todo lo puede, deme una carta para el príncipe —le pidió él.

—¿Qué príncipe? —el duro cascarón de los huevecillos de sus ojos pareció romperse.

—El que ha venido de lejos, vencedor de la muerte —*El Dragón Colosal* se pasó la mano por la frente, enjugándose el sudor—. El que desfila en su carroza bajo los arcos triunfales.

—Ah, ése —ella se recostó en el taburete, y su abandono fue una forma suprema de desdén.

—Mi criatura puede darle de comer a sus cisnes —*El Dragón Colosal*, confundiendo el desprecio con la venia, dio otro paso adelante e hizo tropezar a la niña.

—¡Ése no es ningún príncipe, sino un libertino, cómplice del bandido que cegó a mi hermano! Se robaron, entre los dos, el expediente del juzgado, y encima me quiere halagar con sus versos paganos —el racimo apretado de sus dientes de oro molía con rencor las palabras.

El pirotécnico retrocedió, asustado. Pero ella llamaba ahora a la niña, extendiéndole los brazos, y él la empujó sin dilación.

—Yo te voy a mandar donde un príncipe verdadero, el príncipe de los justos —y envolvió en un abrazo maternal a la niña que había estado todo el tiempo mordiendo el borde de su bata de manta cruda.

—Entonces, ¿existe otro príncipe? —se asombró *El Dragón Colosal.*

—Un príncipe bendito, que no quiere nada de las cosas de este mundo y se gana el cielo con sus obras —el racimo de dientes de oro se aflojó en su boca.

—¿Un príncipe pobre? —*El Dragón Colosal* se atrevió a mostrarse desconfiado—. ¿Sin parques ni cisnes?

—Esos cisnes son fantasmas, hechuras de la cabeza de ese Belcebú —mecía ahora en sus piernas a la niña, como si quisiera dormirla.

Y *El Dragón Colosal* no comprendía por qué tanto despreciaba ella a los cisnes, si en la pared empapelada de listones verdes, entre los dos huecos de las ventanas, colgaba ese cuadro de pesada moldura donde bogaban cisnes de blanco plumaje en las aguas de un lago azul. Había ninfas desnudas bañándose en el lago, y era un cisne, capitán de todos ellos, el que cubría con el estertor de sus alas a la más hermosa, que se entregaba desfallecida al beso de su pico de grana.

—Veleidades de mi hermano Selvano Quirino, que en paz descanse— dijo ella, sin mirar el cuadro—. Esa pintura va a ser quemada con sus demás pertenencias cuando cumpla un año de muerto. Sus libros ateos, y ese instrumento, van a ir directo a las llamas —y volvió con desdén la cabeza hacia el clavicordio.

Con una carta de *Nuestra Señora de los Campos* para el santo Mardoqueo, en la que le recomendaba recibir a la niña en el Hospicio de Huérfanos que ella mantenía en León, iban ahora caminando a lo largo de la carrilera bajo el sol de abril. *El Dragón Colosal* llevaba metida debajo de la camisa, gruesa de sudor y tierra, la carta que olía a suero, pero pensaba siempre en el príncipe de los cisnes venido de lejos, y se veía abriéndose paso a empujones entre la multitud para acercarse a la carroza que rodaba bajo los arcos triunfales, ofreciéndose él mismo como artista de luces para divertir a los cortesanos en sus fiestas bohemias.

Ya se acercaban por fin a los linderos de León, veían tras la verdura de los huertos las torres de las iglesias y oían repicar las campanas, avanzaban por la carrilera entre pretiles, barrancos y botaderos de basura, cercos de púas, solares abiertos, techumbres que se aglomeraban junto a la vía, llegaban a la estación embanderada de azul y blanco y escuchaban el silbido prolongado del tren elevarse por sobre los acordes de una banda de música. El príncipe se iba. *El Dragón Colosal* alcanzaba a verlo diciendo adiós a la multitud con su pañuelo tras el cristal de la ventanilla del vagón ya en marcha. Decía adiós en un momento, y en el otro se cubría con el pañuelo un ojo empequeñecido, rojo como un rubí.

Y cuando el tren ya se alejaba, fue preguntando, ansioso, quién sabría en qué país viviría el príncipe, y al fin le respondieron que el sabio Debayle, su íntimo amigo, era el único que conocía su dirección más allá de los mares. Fue a llamar a la puerta de la casa en el costado de la catedral ya en sombras, y salió a abrir una niña, tocada con sombrero de paja italiana, que jugaba con un abanico desplegado: no estaba su papá.

¿Sabía la niña la dirección del príncipe que se había ido? Su mamá, Casimira, la sabía, dijo la niña, que esperaran. Esperaron. La niña regresó con la dirección anotada en una cartulina. El pirotécnico no sabía leer, y la niña, gozosa y parlanchina, leyó: rue Corneille 17, París. ¿París? ¿Sabía la niña dónde quedaba París? Lejos, muy lejos, se necesitaban muchos años navegando para llegar a París.

Y la otra niña, la de dientecitos afilados, miraba con desdén a la sabihonda tocada de sombrero, y tampoco le interesó cuando se puso a leerle al pirotécnico lo que el príncipe le había dejado escrito en su abanico, ni que saliera a la puerta su hermana, y reclamara que a ella le había escrito unos versos mucho más largos que se sabía de memoria: *Margarita, está linda la mar, y el viento lleva una esencia sutil de azahar...*

Las dejaron peleándose por sus versos, y sin más remedio caminaron en busca de las puertas del hospicio, la niña en pos de los pasos del pirotécnico por las calles ya sin júbilo, todavía en las esquinas las armazones desnudas de los arcos triunfales, ya sin pájaros ni frutas.

El santo Mardoqueo se ocupaba de servir la cena a los huérfanos, arrimado al fogón de leña, y las llamas encendían su rostro demacrado y lampiño. Los huérfanos se acercaban con los tazones de hojalata y tras recoger la sopa iban a sentarse en los rincones del refectorio para comer en silencio, sus figuras raquíticas nubladas por la humareda del fogón que se dispersaba en la estancia como una cálida neblina.

Les ofreció un tazón de sopa, que el pirotécnico y la niña bebieron ávidamente, despreciando las cucharas, y luego leyó la carta arrimándose a la lumbre. Sonrió beatíficamente al reconocer la firma de su protectora, e hizo la señal de la cruz sobre el papel.

Cuando fueron más de doce los huérfanos que le seguían por las calles, había pedido permiso al obispo Simeón para emprender peregrinaje a Santos Lugares y demandar a la señora, parienta suya, apoyo para fundar el hospicio. Y así partió, clavando en el polvo su cayado, a la cabeza de la tropa de niños vestidos todos como él, con sayalitos de bramante, y volvió con el favor concedido. El hospicio fue bendecido por el obispo Simeón el 17 de octubre de 1905, dos años antes de que Rubén regresara en triunfo a Nicaragua; y esta bendición vino a poner término al amargo litigio entre el obispo y el santo.

Ocho años atrás, al mediodía del sábado de Ramos de 1900, el obispo Simeón buscaba el refugio del jardín del presbiterio para leer la edición argentina de *Profanas prosas* que Rubén le había enviado desde París junto a una carta pletórica de afecto; y al atravesar el corredor de tejas arábigas fronterizo a la vieja sala de almoneda, que se utilizaba ahora para guardar las ropas talares, oyó ruidos como de agonía tras la puerta cerrada.

Golpeó, primero con cautela y después con energía porque no le respondían, y al fin apareció su vicario mayor, el padre Mardoqueo, abrochándose con torpeza los botones de la sotana. Ya ofuscado, lo apartó de su paso, buscó en la sala en penumbra a la cómplice, y la encontró tras la puerta abierta de un ropero del que colgaban albas y roquetes, envuelta en las sedas bordadas del domo de un palio.

Enfrente tenía a la planchadora de catedral Estebana Catín, mejor conocida como *La Tigresa de Bengala*. Se descubrió ella de pronto. Sus tetas frondosas temblaron con su risa, y al alzar en desafío la cabeza resplandeció su cabellera embebida en aceite como una aureola oscura, hirsuta igual que la pelambre del sexo, duras las piernas rollizas por las que el obispo veía derramarse con horror la baba impía. Rechazó la visión humillando la cabeza, y ahuyentó a la mujer con ademanes tan descontrolados que el libro voló de sus manos.

Salió en busca del vicario, y lo encontró escondido en el trascoro que cerraba el ábside. Allí mismo, hablándole de lejos como a un leproso, le impuso la fulminante penitencia de mendigar en adelante por las calles, vestido con basto sayal de bramante, un castigo que conmovió a la ciudad porque el padre Mardoqueo, llamado desde niño al sacerdocio, estaba destinado al solio episcopal.

Son los tajos de sus lágrimas, excavados en sus mejillas, los que el pirotécnico nota a la lumbre del fogón mientras termina de leer la carta.

—No puedo —le dijo tras retirarse de la lumbre—. En el hospicio sólo viven niños varones.

—Puede cortarle el pelo —suplicó *El Dragón Colosal*.

—Me lo pide *Nuestra Señora…* —caviló—; pero, ¿qué puedo hacer?

—¿Quién se va a dar cuenta, su eminencia? —dijo *El Dragón Colosal* y puso una rodilla en tierra.

—Eminencia no soy —lo reprendió suavemente el santo Mardoqueo; luego, dirigió su mirada a la niña—. ¿Cómo te llamas?

—Filomela —contestó *El Dragón Colosal*, y humilló la otra rodilla—. Si gusta, puede llamarla Filomelo.

Y sin esperar más respuesta, el pirotécnico se incorporó y se fue por el boquerón oscuro de la puerta del refectorio; pero se volvió, y quitándole a la niña el morralito de las manos, abrió el nudo y puso en el envoltorio todo lo que llevaba en el bolsillo de su pantalón: una aguja, una broca, un trozo de papel de estraza, una ración de clorato de potasio.

Ella venía de la pólvora. Había nacido entre surtidores de luces, cuando la fábrica de juegos pirotécnicos de *El Dragón Colosal*, instalada en su casa del barrio de Zaragoza, se quemó una noche de diciembre a la hora de su primer berrido. Ardieron en rebelión los cielos con el estallido de los peines de cohetes, pérgolas y giraldas almacenados para las fiestas de la Gritería en honor a la Purísima Concepción, y *El Dragón Colosal* sólo pensaba en su ruina al correr con la niña en brazos entre el humo, envuelta al paso en papel de estraza alquitranado, igual que una bomba de feria, el cordón umbilical colgándole como otra mecha a punto de prenderse, mientras la madre se asfixiaba en el viejo camastro entre las cobijas encendidas.

Y sólo cuando las vigas de la techumbre ardían entre chispas y truenos, antes de derrumbarse entre las llamaradas, pudo descubrir la raja del sexo de la niña al librarla del envoltorio a punto de tomar fuego; y no hallando otra cosa para cubrirla sacudió las pavesas del sombrero de fieltro y lo colocó sobre el cuerpecito encabritado.

Agarrada primero al sayal del santo Mardoqueo por miedo del mundo, el pelo cortado al rape para que pareciera un varoncito más, aprendió pronto a corretear lejos de la escuadra de huérfanos mendigos que se desplegaba por las calles al son de la esquila. Se perdía adrede en las galerías de los mercados atestadas de comerciantes y forasteros, se subía al pescante de los vagones en el andén de la estación ferroviaria para bajarse del convoy en marcha ya en los arrabales, y muy tarde regresaba sola al hospicio, encendida de agitación la carita y en jirones el sayal.

Reclamaba con malas palabras cuando la limosna era muy poca, y devolvía las monedas de cobre de medio centavo, los guineos demasiados pasados y las frutas podridas, enseñando los dientecitos afilados para gritar que ellos eran huérfanos, y no chocoyos. Se metía en los aposentos mientras hacía sonar con impertinencia el barrilito de lata, robaba en las despensas con descaro, y hasta floreros de porcelana aparecían en el altar de las capilla del hospicio, requisados por su mano en las consolas de los salones. Y aun entraba a las galleras, altanera con los apostadores a los que arrancaba billetes de los manojos que enseñaban en el puño, y a los garitos de dados donde secuestraba a los tahúres diezmos de sus paradas, sin importarle amenazas ni regaños.

Y ahora, a los doce años, era la encargada de llevar de puerta en puerta, cada viernes, el buzón apostólico, un cajón de pino cerrado con candado y provisto de una ranura para introducir las cartas que los fieles escribían al santo Mardoqueo. Se pagaba una estampilla de un real por cada carta depositada en el buzón, y él las contestaba todas.

Fue así como, alejándose la tarde de un viernes de comienzos de diciembre por los andurriales del barrio de la Ermita de Dolores, en la calle de Paso de Carretas, donde las casas comenzaban a dispersarse entre huertas alambradas, llegó con el buzón hasta una casa que no había visitado nunca. Entró al patio, y encontró jugando con trastecitos de barro a un grupo de niñas de túnicas blancas, vigiladas por una muchacha de palidez menstrual.

Sin saberlo había dado con Talía, *La Luz Terrenal,* hermana del santo Mardoqueo, patrona de Las Animas Benditas. Dichosa de que el buzón apostólico llegara a buscarla a su confinamiento, quiso escribir una carta; y mientras *La Caimana* se quedaba en su feliz y novedosa compañía, caporala al poco tiempo de todos los juegos, ella, apoyada en el vano de la ventana que daba al patio, tardaba en escribir, llevándose el lápiz a los labios.

Expulsada del internado de monjas tras descubrirse sus amores con sor Brígida, la maestra de canto gordita y campechana que pasaba por los claustros con aire distraído, los papeles de música protegidos bajo la pechera almidonada del hábito, su padre *Goliath* no la había admitido más en la casa; y desapareció para fundar, a su manera, su propio hospicio de niñas huérfanas.

El santo Mardoqueo amaneció sentado en su pupitre, tratando inútilmente de elaborar una respuesta a aquella carta escrita en letra torpe y llena de faltas de ortografía que lo horrorizaba. Más que suplicar perdón, su hermana le confesaba intimidades de delitos a los que no consentía poner remedio; la monja, que ocupaba toda una carilla, porque sabia en desatinos agradaba todavía sus recuerdos; el burdel de niñas, preferido de clientes furtivos que volvían a sus casas sin olor que pudiera denunciarlos, sino un vago aroma a leche cortada, porque era su medio de vida. Y tuvo la sensación infernal de que, sin decírselo, reclamaba su complicidad.

Y seguía pensando en su hermana esa tarde, sin haber hallado aún la respuesta a la carta, cuando al entrar al refectorio, de regreso de una audiencia con el obispo Simeón, encontró que los huérfanos habían violado a la niña. Llorando de rabia, el lamparón de sangre todavía húmedo en el sayal, los amagaba entre insultos feroces, en la mano la broca de pirotécnico que había corrido a buscar en el morral apenas pudo escaparse de ellos. Ya había alcanzado a herir a uno en la barriga, y el santo Mardoqueo logró al fin desarmarla, defendiéndose de sus dientecitos y cercándola entre súplicas. Cayó de hinojos y rezó con desconsuelo, los insultos obscenos que la niña no cesaba de gritarle a los huérfanos burbujeándole en los oídos con el hervor de una sopa de azufre; y sin atreverse a mirarla, le notificó que ya no podía seguir bajo aquel techo.

Ella le arrebató entonces la broca y amarró su morralito para irse por las calles persiguiendo el olor a pólvora que la llevara al encuentro de *El Dragón Colosal*, y tras mucho andar lo halló al fin en un patio por los rumbos de Subtiava, arrodillado en el suelo a la luz de una lámpara de carburo. Sintió a la niña que se detenía a su orilla; y tras volver apenas la cabeza siguió en su trabajo, apremiado en terminar el retrato de pólvora del coronel Moses Pendleton USMC que ardería a la medianoche en la Plaza Jerez.

Las mechas que debían cruzar la armazón del retrato se enredaron como parásitas en el cuerpo de *El Dragón Colosal* cuando se incorporó para buscar una moneda en su bolsillo, y apenas reparó en la sangre que aún resplandecía en el sayal de la niña como el estallido de grana de un petardo. Como no hacía ademán de recibir la moneda, las manos aferradas al morralito, él volvió a guardársela y se arrodilló de nuevo para seguir en su trabajo, olvidándose de que ella seguía allí, y tampoco se dio cuenta cuando se iba de regreso a las calles, otra vez de prisa, tratando de aticuñar en su cabecita de pelo rapado arriba de las orejas, como en la cavidad de un carrizo, su decisión de convertirse un día en hombre verdadero, de poder orinar alguna vez de pie, con chorro largo.

Pero eso vendría después, con el tiempo. Ahora le dolían las rasgaduras de la taleguita mancillada por los huérfanos en la que apenas comenzaba a crecer el vello como una grama tierna. La sangre chorreaba todavía en hilitos por sus muslos enclenques, y al andar por el empedrado de las calles le estorbaba la sensación de entumecimiento y sollamadura.

Y ya de nuevo en el patio de juegos, sin hacer caso de las preguntas de *La Luz Terrenal* que había salido a botar los orines de una bacinilla sobre los jalacates de los túmulos, entró al salón donde sonaba juguetona la música de una polka rastrillada en las cuerdas de un violín, y se quitó las lágrimas como astillas de un cristal hecho trizas sobre su carita empurrada. Era su cumpleaños.

—¿Qué túmulos son esos? —preguntó Norberto, intrigado.

—Los túmulos del cementerio de tu tía abuela *La Luz Terrenal* —dijo el orfebre Segismundo, echándole el brazo—. Allí enterraba los fetos cuando preñaban a las niñas.

—Los enterraban en cajas donde venían las garruchas de hilo de labor —dijo el Capitán Prío con toda solemnidad.

—Como los gatos domésticos que da pesar botarlos cuando mueren —dijo Erwin, y se rió por lo bajo.

—Entre los clientes había médicos que practicaban esos abortos —dijo Rigoberto, y los miró a todos—. Menos mal que nadie dice ahora que estoy mintiendo.

—¿Me equivoco, o según tus datos Quirón y *La Caimana* nacieron el mismo día? —le preguntó el Capitán Prío a Rigoberto.

—El 6 de diciembre de 1900, con pocos minutos de diferencia —dijo Rigoberto—. Quirón en el barrio de Laborío, *La Caimana* en el barrio de Zaragoza.

—¿Pero él sabe que es hijo del santo Mardoqueo? —dijo Norberto.

—El obispo Simeón nunca le confesó la verdad —dijo Rigoberto—. Lo que sabe es que nació en la caseta de un excusado. Todo eso lo tiene escrito en sus memorias.

—Eso sí que es notable —dijo el orfebre Segismundo—. ¿Porqué en un excusado?

—*La Tigresa de Bengala* se encerró allí, hostilizada hasta el momento del parto por sus otras hermanas solteronas —dijo Rigoberto—. Y tuvo que cortarle el ombligo con un cuchillo de pelar cebollas.

—Una hostilidad extraña, si sabían que era una mujer libertina —dijo el orfebre Segismundo.

—Ninguna libertina —dijo Rigoberto—. Igual que sus dos hermanas, era Hija de María.

—Tan castas como las Hijas de María del cura Olimpo Lozano, tu maestro de violín —le dijo Erwin.

—No entiendo —dijo Norberto—. ¿Y cuando el obispo Simeón la halla desnuda en el ropero? Parece que le va a saltar encima para cogérselo también.

—A pesar de eso, el santo Mardoqueo fue el único hombre que tuvo en su vida —dijo Rigoberto—. Y sus hermanas solteronas jamás sospecharon que su barriga fuera de un cura.

—Qué suerte más trágica para el más docto de los centauros nacer en la mierda —dijo el orfebre Segismundo.

—Ese retrato del coronel Pendleton que se mienta, ardió aquí enfrente, al terminar la *soirée* de gala que le brindaron en el Club Social —dijo el Capitán Prío—. El sabio Debayle pronunció el discurso de ofrecimiento.

—Sigue el Capitán certificando hechos desde su tierna cuna —dijo Erwin.

—Aunque yo durmiera en mi cuna allá arriba, mi padre estaba asomándose al balcón y vio iluminarse el retrato —dijo el Capitán Prío.

—Y eso del nacimiento a la misma hora, y el cielo encendido con los juegos pirotécnicos, ya es ópera —dijo Erwin.

—Así se cruzan los destinos, en medio de berridos y grandes algazaras —dijo Norberto.

—El destino de un mudo lunático y de una rufiana —dijo Erwin.

—¿No le llevó Quirón el cerebro de Rubén a *La Caimana* después de robárselo? —dijo Norberto—. Allí tienen un nuevo cruce de sus destinos.

—Antes, el destino los juntó en el cementerio, luego van a oír esa parte —dijo Rigoberto.

—Faltará ver si vuelve a juntarlos más adelante —dijo Norberto.

—Por el momento, todos las tardes Quirón recorre a pie el mismo trayecto que hizo con el cerebro de Rubén, para ir a cenar al burdel —dijo el Capitán Prío—. Sólo que a paso manso.

—Allí lo encontré hace poco —dice Rigoberto.

—¿Y qué andaba haciendo usted, poeta, en un lugar semejante? —le dice el orfebre Segismundo.

—Dejando una carta de amor que le mandaban a una muchacha —dice Rigoberto.

—¿Una hetaira? —dice el orfebre Segismundo.

—No —dice Rigoberto—. A una que administra los cuartos, y el bar.

—No me calza que *La Caimana* haya ido a parar a Las Animas Benditas, si no quería nada con hombres después que la violaron —dice Norberto.

—¿Para dónde iba a agarrar? —dice el Capitán Prío—. Además, vean el ejemplo. Tampoco *La Luz Terrenal* quería nada con hombres, y era la dueña del burdel.

—Una niña tan sufrida, y fue a terminar sicaria de Somoza —dice el orfebre Segismundo.

—Me va a hacer llorar de piedad —dice Erwin.

—Para llegar hasta Somoza, pasando por el robo del cerebro, faltan muchos avatares —dice Rigoberto—. Ojalá pueda terminar de leerles todo eso antes de que llegue el 21.

—¿Se va a casar, poeta, con la señorita Rosaura antes del 21, y se nos va de luna de miel? —le dice el orfebre Segismundo—. Ya faltan pocos días, si son esas sus intenciones.

—No —dice Rigoberto—. ¿Para qué volver las dificultades de uno las penas de dos?

—¿Entonces? —le dice el orfebre Segismundo.

—Tengo un viaje largo, y no sé si vuelvo —dice Rigoberto.

Perlas de Bassora

El Cronista ocupa en el barrio San Felipe una casa de adobes pintada de un vivo color azul de lupanar, con tres puertas a la calle, dos de ellas defendidas por celosías de madera. Menos alta que las demás de la misma cuadra, apresada entre la Funeraria Heráldica y la Escuela Mercantil de Comercio, parece hundirse bajo el peso de sus tejas de barro.

El periódico había pasado por muchas manos, desde los tiempos de su fundador, el tribuno Escolástico Cisne, padre de Gaspar, Melchor y Baltasar, los tres reyes magos prestamistas. Fue adquirido luego por el doctor Absalón Barreto, en la época de los crímenes del envenenador Oliverio Castañeda, cuando Rosalío Usulután trabajó allí. Ahora, ya muy venido a menos, es propiedad de Rafael (Rafa) Parrales; compró la vieja maquinaria y los chibaletes con un préstamo recibido de doña Casimira, su madrina, que nunca le fue cobrado.

Este viernes 21 de septiembre, como todos los días después de levantarse, aunque no dispone hoy de mucho tiempo, Rafa Parrales está sentado en el umbral de la puerta medianera, la que no tiene celosía, único acceso a las oficinas de redacción, a los talleres tipográficos y a sus propios aposentos al fondo del traspatio. Pronto deberá irse a la Plaza Jerez para estar allí cuando Somoza y la Primera Dama hagan su ingreso a la catedral.

Lleva sólo los pantalones de la pijama lista-
da, y la quimona de seda tornasol deja ver su pecho
musculoso, obra, como ya saben, de sus continuos
ejercicios con pesas. Una redecilla ajusta su cabello.
Es notable su nariz, más blanca aún por el talco, y
su cara avejentada muestra la huella de los continuos masajes del peluquero que le sirve a domicilio,
Ovidio Parajón, con quien suele cantar puertas adentro duos de La *Sonnambula*, Rafa Parrales en el papel de Elvino:

Sposi or noi siamo...

Y mientras trabaja con las tijeras la cabeza de
su *partenaire* —como supo trabajar, para honor suyo, la cabeza yerta de Rubén— y los ovillos de cabello van desperdigándose por el suelo, Ovidio Parajón responde, en el papel de Amina, aguzando la voz
hasta conseguir una textura de soprano:

Sposi! Oh! Tenera parola!

Por las noches Rafa Parrales suele sentarse en
el mismo umbral, en las mismas ropas de alcoba, no
para matar el tiempo como ahora, sino en afanes de
pesca, el sedal en la mano y por carnada un billete
de mil córdobas con el perfil en óvalo de Somoza. A
la vista de algún desprevenido, abandona furtiva-
mente el billete en la acera y corre a ocultarse tras la
puerta entreabierta, apagando la luz, entre sus dedos
el carrete del sedal que va recogiendo hasta que el
pez, puesto en persecución del billete misterioso que
se arrastra solo, se topa de pronto con el pescador,
y cae entre sus brazos.

Provoca las más de las veces insultos y amenazas de agresión física, pero otras, las suficientes, corona con éxito sus pretensiones al lograr que el pasante acepte, a cambio del billete, la lisonja de una invitación para allegarse a sus aposentos del traspatio, donde un tocadiscos apremia a las delicias del baile en la discreta penumbra.

Ahora quien se acerca a la luz del día es Rigoberto y desde lejos Rafa Parrales reconoce el bolero que silba, *Dos Cruces*. Su corazón palpita ansioso bajo los sólidos músculos pectorales, y se pone de pie, abriendo su boca de dientes perfectos, obra maestra de dentistería postiza, en una amplia sonrisa Kolynos. Rigoberto le trae, seguramente, noticias de Norberto, la más sorpresiva de sus conquistas después de la inolvidable serenata hará mañana dos sábados, ejecutada ante esa misma puerta por *Los Churumbeles de España*.

Aquella noche, terminada su función de gala en el Teatro González, los churumbeles habían subido al cubo de La Reina Mab que los esperaba afuera —una camioneta de la ruta del balneario de Poneloya, de asientos transversales como su hermana El Pegaso Viajero—. Norberto, por disposición de Rigoberto, subió con ellos para quedar aprisionado entre músicos e instrumentos, ya saben ustedes lo incómodo que resulta a los churumbeles esta clase de vehículos de transporte. El chofer recibió entonces de Rigoberto, en la cabina junto a Juan Legido, la orden de dirigirse al barrio de San Felipe, y no al de San Juan, donde vivía *La Mora Zela*, orden que Norberto jamás pudo prever en su prisión, abrazado al contrabajo que a fuerza le habían confiado.

La Reina Mab fue a estacionarse frente a las puertas de la Funeraria Heráldica, al lado de *El Cronista*. La funeraria cerraba hasta después de la medianoche en espera de alguna solicitud de servicios, y una clienta escogía en esos momentos un ataúd, la primera en advertir a los músicos de chaquetín que desembarcaban con sus instrumentos. Norberto bajó de último porque tardaron en quitar de su abrazo el contrabajo, ya cuando los churumbeles se concertaban bajo la luz de una lámpara de la calle alrededor de Juan Legido, que no acababa de persignarse para conjurar la vista de los ataúdes arpillados en la funeraria.

Corrió Norberto a explicarle la confusión, pero ya era tarde porque los instrumentos sonaron como a través de los parlantes monumentales del Capitán Prío. Y no sólo el dueño de la funeraria y su clienta salieron presurosos; todas las puertas en la cuadra, y más allá, se abrieron con ruido de picaportes, repentinamente iluminadas, y las aceras se llenaron de gente en camisones y pijamas.

Norberto, en medio de los músicos, intentó huir pero ya no pudo. Mario Rey se adelantaba con donaire ante la puerta cerrada y su voz se alzaba por encima del coro de los violines para cantar *Dos cruces*, la primera canción que el novio mismo había escogido, de un total de tres, antes de subir a la camioneta. Y cuando repetía el estribillo, *por dos amores que han muerto sin haberse comprendido*, la puerta se abrió sin ningún ruido, como si simplemente hubiera desaparecido de la vista. Rafa Parrales, envuelto en una ola de Chanel Núm. 5, regalaba a la orquesta una deslumbrante sonrisa de sus dientes postizos, la nariz afilada por la emoción, más blanco que nunca el rostro espolvoreado de talco. Y al descubrir a Norberto, abrió la boca en un pasmo de sorpresa, y lo saludó, con gozo escondido, inclinando la cabeza.

Los músicos afinaban ahora para continuar con *Cariño verdad*, y ya en la calle había una verdadera manifestación.

—Ése no es el padre de la doncella —le dijo Juan Legido a Norberto, examinando detenidamente a Rafa Parrales.

—Es su tío, un loco peligrosísimo, y está armado —le susurró Norberto.

—¿Cómo? —Juan Legido se alarmó—. ¿Qué se hizo su amigo? Me garantizó que no habría ningún peligro.

—Olvídese de mi amigo —Norberto tomó del brazo a Juan Legido—. Vámonos, antes que ese ogro saque la pistola.

Pero ya los músicos tocaban y Juan Legido se puso por delante para cantar, aunque inseguro, *de quién fue la culpa no quiero saberlo, no sé si fue mía o fue de la suerte...*

—Ahora sí, vámonos —suplicó Norberto apenas el otro terminó.

—Oiga, disgustado no puede estar, si más bien sonríe —dijo Juan Legido.

—Finge que sonríe —le dijo Norberto.

—Pues yo, la verdad, lo veo contento —dijo Juan Legido—. Lo único que me asombra es que no salga la niña.

—Cómo va a salir, con el loco en la puerta —le dijo Norberto.

Terminó Mario Rey cantando *Lisboa antigua*. Rafa Parrales aplaudió, de manera grave y pausada, y con una nueva inclinación de cabeza, la mirada siempre en Norberto, cerró su puerta de manera igualmente silenciosa. Los churumbeles subieron a La Reina Mab, y entre risas provocativas que Juan Legido no comprendió, la multitud volvió a meterse a sus casas.

—Yo te guardo el secreto de esta desgracia, hermano —oyó Norberto a sus espaldas la voz de *El León de Nemea* cuando arrancaba la camioneta llevándose a todos los churumbeles. Allí estaba, desnudo de la cintura para arriba como siempre. De lejos se veía que andaba borracho.

—¡Cuál secreto! —le dijo Norberto—. Hasta mis dos tías solteronas, las de aquella esquina, salieron a la calle a oír la serenata.

—Entonces ¡nada puedo hacer! —dijo *El León de Nemea*—. Si ya es público, ya es público. Pero conmigo podés contar siempre. Tuyo es tu culo. En eso, yo no me meto.

—¿Qué? —le dijo Norberto. Ahora no sabía si reír, o llorar. Y al fin se rió.

—¡Muera Somoza! —gritó de pronto *El León de Nemea*.

—¿Estás loco? ¿Querés que nos lleven presos? —dijo Norberto.

—¡Hermano, ese plan nunca puede fallar! Así, dibujado en el papel, es perfecto. Yo aquí, vos allá, el otro más para allá. Y pam pam pam. ¡Se acabó la mierda!

Su voz aguardentosa debía estarse escuchando en todo León. Y no valdrían regaños ni enojos, estaba claro.

—Vamos a echarnos un trago, yo te invito —le dijo.

—Los invito yo, si quieren —se oyó la voz de Rafa Parrales. De nuevo, la puerta se había abierto sin ningún ruido. Y antes que Norberto pudiera pensar en nada, *El León de Nemea* saltaba al dintel.

—Ustedes pueden hacer de caso que mi presencia es invisible —dijo; y como si fueran a retratarse juntos, había tomado por la cintura a Rafa Parrales que lo miraba con cierta diversión, arrugando la nariz.

Norberto se fijó con recelo en la calle antes de entrar, pero ya no quedaba ninguna puerta abierta. Pasaron a la penumbra sonrosada de los aposentos. Y aún cuando *El León de Nemea* terminó por dormirse al poco rato en el cheslón en que había buscado acomodo, Rafa Parrales guardó una delicada compostura. Los regalos del cielo no podían manosearse. Y habló, sobre todo, de beisbol, tema grato a Norberto, que olvidado de la serenata se preocupaba más en saber si aquel mamplora habría escuchado algo de las imprudentes palabras del luchador que ahora roncaba con la boca abierta.

Pero nada parecía justificar esa sospecha en su plática y talante, arando laborioso, más bien, el terreno de un futuro encuentro. Con lo que se despidió de él, dejándole a *El León de Nemea* que luchaba en sueños en el cheslón, entre grandes sobresaltos, sin que ninguna sacudida pudiera despertarlo. Allí amanecería, y a la vista de los operarios de la imprenta cuando tuviera que buscar la calle, la más estrafalaria de las conquistas del dueño del aposento.

—Nada —le dice Rigoberto—. Lo que pasa es que Norberto es muy tímido.

—¿Y si viene contigo? —Rafa Parrales sigue a Rigoberto hasta el viejo escritorio donde descansan las únicas dos máquinas de escribir del periódico.

—¿Y yo que voy a hacer en la fiesta? —Rigoberto mete una hoja en el carro de la máquina—. ¿El papel de *El León de Nemea* dormido?

—Tomamos un tragito, oyes el disco, luego te retiras, dices que tienes sueño —Rafa Parrales extrae una lima del bolsillo de la quimona y se aplica a la tarea de limarse las uñas.

—Necesito un adelanto del sueldo —Rigoberto empieza a teclear a gran velocidad. Su habilidad de mecanógrafo le permite mirar a Rafa Parrales mientras escribe.

—Chantaje —Rafa Parrales se sopla las uñas.

—Favor con favor se paga —Rigoberto busca la palanquita para cambiar la dirección del carrete de cinta.

—¿Cuánto? —Rafa Parrales se arranca con los dientes una cutícula del dedo gordo.

—Todo el sueldo de octubre, tengo muchas deudas —Rigoberto teclea de nuevo y lo mira con mirada inflexible.

—Te estás aprovechando —Rafa Parrales pone cara de mártir—. Está bien. Todo el sueldo de octubre. Pero tiene que ser hoy.

—Hoy es la fiesta para Somoza —Rigoberto deja de escribir y apoya los brazos sobre la máquina—. ¿No vas a ir? Y además, yo tengo que actuar en *Tovarich*.

—Cómo no voy a ir —Rafa Parrales alza las cejas—. Digo, después de esa fiesta. Y después de tu función. Yo los espero aquí, a las doce.

—¿Puedo traer a los artistas de *Tovarich*? —Rigoberto teclea una última línea y jala del carro la hoja.

—¡Uy, mucha gente! —Rafa Parrales arruga la cara con desagrado—. ¡Y cómo se te ocurre! ¡La novia de Norberto, y la mamá de la novia!

—Bueno, entonces sólo él —Rigoberto mete una nueva hoja y reinicia su martilleo—. ¿Y mi plata?

Rafa Parrales se aleja con paso dichoso hasta la caja de hierro y vuelve con los billetes en la mano, extendidos en abanico.

—Trato es trato —agita los billetes en la cara de Rigoberto.

—A Norberto sólo le gusta el Black and White, el de los dos perritos, como a Somoza —Rigoberto recibe los billetes, y sin contarlos, los mete en el cartapacio imitación de cuero de lagarto—. No vayás a portarte miserable. A los churumbeles, no fuiste capaz de ofrecerles un brindis.

—¡De lo que pasó con los churumbeles a mí no me culpes! —Rafa Parrales se lleva las manos al pecho—. Semejante sorpresa. ¿Con qué cabeza iba a estar pensando a esas horas?

—Punto final a mi artículo de primera página sobre la candidatura de Somoza, sólo alabanzas —Rigoberto saca la segunda hoja del carro, recoge la otra, y se las entrega.

—Será para el lunes —Rafa Parrales recibe las hojas y se da aire con ellas—. Todo lo que va hoy en primera página, lleva mi firma.

—Mejor entonces, que lean mi artículo después —Rigoberto mete otra hoja en el carro—. Y ponémele un clisé de Somoza que no sea tan viejo. Los últimos que han salido son de los tiempos de cuando andaba en negocios de falsificación de moneda con *La Caimana*.

—Esa lengua es la que te pierde —Rafa Parrales acerca a su vista a las hojas. Tiene los anteojos en la quimona, pero nunca se los pone en presencia de varones—. ¿Qué ganas con andar de opositor?

—¿Opositor? —Rigoberto se muestra ofendido—. Leé bien lo que escribí allí.

Rafa Parrales pone las hojas bajo un pisapapeles, rodea el escritorio y llega a Rigoberto por detrás.

—Al teniente Moralitos, que es de los jefes de esa nueva oficina de seguridad, ¿lo conoces? —le dice.

—De cara —Rigoberto se ve obligado a torcer el cuello para buscar a Rafa Parrales—. Su mamá es vecina de mi novia, y a veces lo he visto en la puerta cuando viene a visitarla.

—¿Y qué es lo que pasará hoy 21? —Rafa Parrales le pone muy suavemente las manos en los hombros—. A toda hora la Radio Darío dice: «espere el 21, ¿qué va a pasar el 21?»

—Ésa es mi propaganda para el estreno de *Tovarich*, hoy 21 —Rigoberto subraya con golpes lentos el título del artículo que va a empezar: *Triple Corona para Orestes*.

—Moralitos dice que ésa es propaganda subversiva —Rafa Parrales se aleja ahora de Rigoberto, las manos en las bolsas de la quimona—. Y te está investigando. Está averiguando tus andanzas con Cordelio Selva en San Salvador.

—Que me investigue —Rigoberto trata de escribir, pero sus teclazos son dispersos—. No conozco a ningún Cordelio Selva.

—Cordelio Selva compró un revólver en una tienda de armas de San Salvador hace dos meses.

Y creen que entró clandestino al país, junto con el arma —Rafa Parrales mira la carátula de su reloj, y después se lo lleva al oído—. ¿Se paró esta mierda?

—¿Y cómo sabés vos todo eso? ¿Te lo contó el coronel Maravilla? —Rigoberto mira su reloj—. Son las nueve y veinte.

—Qué hombre más preguntón. Lo único que te puedo decir es que en todos los retenes de las entradas a León tienen fotos de ese Cordelio Selva —Rafa Parrales se ha acercado a la puerta que lleva al taller, y grita hacia adentro preguntando la hora. Le contestan que las nueve y veinte.

—Ni la hora me crées —Rigoberto saca la hoja haciendo rodar lentamente el carro, la estruja, y la lanza al suelo —Si son como las fotos que vos ponés de Somoza en el periódico, no creo que lo vayan a reconocer.

—¿De verdad, no conoces a Cordelio Selva? —Rafa Parrales se suelta el amarre de la quimona.

—Ese Moralitos es un pendejo —Rigoberto toma otra hoja y la arruga sin haberla usado—. Estuvo averiguando de mí en la Casa Prío. Si me tuviera agarrado en algo, ya me hubiera llevado preso a Managua.

—Si quisieras, ya estarías en Managua trabajando en *Novedades*, y nadie sospecharía de ti —Rafa Parrales empieza a quitarse la quimona—. Pero nunca has querido.

—Lo he estado pensando —Rigoberto mira el teclado como en busca de una letra perdida—. Me gusta la idea de irme a Managua, con un buen sueldo. Y así me puedo casar.

—*El hombre* delira por la gente inteligente. Hoy mismo le hablo sobre ti —Rafa Parrales vuelve la cabeza mientras se aleja, el torso desnudo y la quimona puesta sobre los hombros como una capa.

Rigoberto se dispone a teclear al fin el artículo que va a firmar bajo el seudónimo de *Mister Hit*, *Triple Corona para Orestes*, buscando antes en su cartapacio el cuaderno donde constan los *averages* de Orestes *El Chimpancé* Hernández: *con 80 carreras empujadas, 403 puntos de bateo, 23 jonrones, el sensacional* slugger *cubano, cuarto bate del equipo de los melenudos del León, se encamina a paso firme y seguro hacia la conquista de la triple corona, pues el más cercano de sus perseguidores, el también cubano Pedro Naranjo, de los indios del Boer, no le representa por el momento ningún peligro al haber caído en los últimos juegos en un profundo* slump.

Va en busca del clisé, Orestes Hernández apoyado en el bate, una rodilla sobre la grama, y lo limpia del polvo antes de ponerlo sobre las hojas escritas al lado de la máquina. Y mete una nueva hoja en el carro, accionando con decisión la cabeza del rodillo, para empezar a copiar del cuaderno en que constan los *averages* de beisbol y lleva también sus apuntes sobre Rubén Darío, la carta a su madre que dejará visible en el tramo superior del ropero, donde guarda ella en una lata de galletas inglesas el dinero de las ventas de la pulpería, para que no falle mañana en encontrarla.

Pasa entonces Rafa Parrales ya vestido, y antes de salir acciona la pera de hule escondida en su cintura para que Rigoberto vea bailar a la hawaiana en su corbata. Y apenas se ha ido, los cajistas empiezan a alborotar en el taller haciendo fintas con Kid Dinamita, el boxeador que purga condena en las cárceles de la Veintiuno tras haber acuchillado por celos a su esposa. El coronel Maravilla se lo presta a Rafa Parrales todos los días laborables, como reo de confianza, para que haga girar la pesada rueda de la prensa manual.

Son ya las diez de la mañana y lejos suenan las sirenas. Somoza está llegando a la Plaza Jerez. Rigoberto va a entregar su artículo sobre Orestes Hernández al jefe de los cajistas, un viejo de largo cabello que lleva la camisa sin ningún botón, y lo encuentra furioso: Kid Dinamita le había arrebatado de un refilón los anteojos que a falta de una de las patas se amarraba a la oreja con un cordón de zapatos, y la otra pata y uno de los vidrios se habían quebrado entre los pies de los operarios en la trifulca, le enseña los despojos. Rigoberto abre su cartapacio, saca un billete de diez córdobas y se lo entrega, y los operarios lo despiden entre aplausos que el propio Kid Dinamita comparte con gran entusiasmo.

Yo, si me perdonan, tengo que dejar a Rigoberto para encontrarlo después en el Hotel América. Hay mucho que trajinar este día. Ahora debo acompañar a Norberto, que ha encontrado cerrada la sucursal del Banco Nacional donde estaba citado para arreglar asuntos pendientes sobre deudas vencidas de sus cultivos de algodón en pasadas temporadas. Su finca Palmira de la carretera a Poneloya, el último de sus haberes, corre peligro de remate hipotecario, pero está visto que hoy nada se puede, con los empleados bancarios en la plaza. Aborda entonces su jeep descapotado, y se dirige a la joyería Perlas de Bassora en busca de la bala de plata.

Erwin había leído en el diario *Novedades*, en la sección Novelas de misterio que escribió la realidad, distribuida por King Features Syndicate, la historia de un crimen facilitado por un joyero de Alabama mediante una bala perforada que inyectó con una mínima dosis de ferrocianuro de potasio diluida en aceite de enebro, soldando luego el orificio con estaño.

La mañana del sábado 8 de septiembre, cuando para cumplir el encargo de sus socios Norberto se había presentado en la joyería, se dio en la intimidad del taller, al otro lado de la tienda, el siguiente diálogo entre él y el orfebre Segismundo:

Norberto: (Cauteloso). El gran falsificador viene a León, Maestro.

Orfebre: (Lo mira, sin quitarse el lente que aprieta en su ojo derecho, bajo la ceja hirsuta). Es una vergüenza, hermano. Vergüenza para nosotros y para la armonía del universo, que la bestia asiente su pezuña en estas calles.

Norberto: (Mira hacia el cielo raso). No olvidemos que el planeta Marte se acerca a la tierra.

Orfebre: (Acerca el soplete). Y como decía nuestro hermano, el gran Rubén: *un gran vuelo de cuervos mancha el azul celeste*. Ha nacido el anticristo, hermano. Y para nuestra desgracia, en Nicaragua.

Norberto: (Se acoda en la baranda que lo separa de la mesa de trabajo del orfebre). Pero Marte nos es propicio, y la voluntad suprema del Gran Arquitecto del Universo podría manifestarse.

Orfebre: (Manipula el soplete, surge una llama blanca, y la estancia se llena de una tufarada a kerosín quemado). La voluntad del Gran Arquitecto no trabaja sola. Debe conducir

una mano que ejecute su designio. Y esa
mano no existe, hermano. Éste es un país
de eunucos. Se engorda más fácil cuando no
se tiene testículos.

Norberto: (Inclina más el cuerpo sobre la baranda,
baja la voz). La mano, existe.

Orfebre: (El soplete, encendido, baila en su mano,
olvidándose de que puede quemarse). Ma-
nos para robar, falsificar. Manos escondidas
que sólo saben hacer la guatusa. Otra clase
de mano, no conozco.

Norberto: (Retrocede ante el deslumbre del soplete).
¿Y si le digo que los testículos también existen?

Orfebre: (Apaga la llama). Ésas ya serían otras palabras. Dichoso el que los tenga. Hasta donde
yo sé, el único que pudo presenciar el espectáculo de unos testículos descomunales
fue el sabio Debayle.

Norberto: (Se ríe, a su pesar, intrigado). ¿Cómo es
eso, maestro?

Orfebre: (Se quita el lente, y el ojo luce enrojecido).
Cuando Sandino, nuestro hermano ungido
en la Logia de Yucatán, pasó por León en
1926 rumbo al mineral de San Albino, pa-
decía de fiebres palúdicas, contraídas en los
campamentos de La Huasteca en Tampico.
Visitó en consulta al sabio Debayle en la
Casa de Salud. El sabio Debayle le pidió
que se desnudara por completo. Y cuál no
sería su asombro al contemplar los huevos
de su paciente, enormes y sonrosados, como la postura del ave fénix.

Norberto: (Reflexiona). Por eso fue que cuando lo mataron, tuvieron que enterrarlo en dos hoyos

clandestinos. Uno para el cuerpo, otro para los huevos.

Orfebre: No. Ése fue el caso del cantinero Basilisco y su potra. (Vuelve a colocarse el lente). Al ver aquel portento, el sabio Debayle le solicitó a Sandino autorización para publicar un opúsculo, haciendo la descripción anatómica del portento. Quería tomarles la medida, sopesarlos. Pero el héroe se negó. Quirón presenció la consulta.

Norberto: (Con decisión). ¿Usted estaría dispuesto a ayudar a que los huevos del ave fénix resurjan de las cenizas?

Orfebre: Es el ave fénix la que se levanta de las cenizas, no sus huevos.

Norberto: Huevo, o ave. ¿Está usted dispuesto?

Orfebre: (Se pone de pie, se lleva las manos a la cintura, adolorido de tanto permanecer sentado en el banquito). Despacio, y buena letra, hermano. En estos asuntos, la mala letra trae consecuencias ingratas.

Norberto: La mano tiene en su poder el arma. Las balas están listas. Pero una bala debe ser de plata para cumplir con la cábala salomónica de la jerarquía de los metales nobles. Y para que nada falle, la bala debe ser preparada con veneno mortal.

Orfebre: (Recoge las pinzas, y las deposita en el recipiente de alcohol; el lente sigue en su ojo). Tené mucho cuidado, no te vayan a joder por prestarle oído a semejantes fantasías.

Norberto: Se lo digo bajo juramento, maestro, mirando al poniente, como los antiguos hiperbóreos. (Se vuelve hacia el poniente, e inclina tres veces la cabeza).

Orfebre: (Avanza un paso hacia Norberto, lo agarra por el brazo). Jure por el compás y la escuadra del Gran Arquitecto que no está jugando conmigo. Y deme en prueba el doble abrazo de los Caballeros del Temple.

Norberto: Juro por el compás y la escuadra. (Levanta la mano en juramento). Le doy el doble abrazo de los Caballeros del Temple. (Lo abraza dos veces).

Orfebre: (Deposita el lente en la mesa, con el golpe de un dado). Ahora, hágame su revelación.

Norberto: El propio 21 de septiembre, cuando Marte cumple su acercamiento final a la tierra, será derramada la sangre impura de la bestia antes de la medianoche. Después, Marte empieza a alejarse y se pierde su patrocinio. Y la bala de plata envenenada, debe ser obra suya, maestro.

Orfebre: ¿Y el cartucho?

Norberto: (Busca en el bolsillo del pantalón). Aquí está. Se trata de extraer la bala de plomo, moldear una de plata, perforarla, y rellenarla de cianuro de potasio.

Orfebre: (Toma la bala, la eleva frente a los ojos). Es un trabajo sencillo. El resto es lo que no es sencillo. Metérsela a la bestia.

Norberto: Confíe en que todo está preparado.

Orfebre: (Lleva la bala a la mesa, se sienta en el banquito, la examina ahora con el lente que aprieta en el ojo). La bestia es masón, grado 33, consagrado por la Logia de Managua.

Norberto: La Cábala de Radamés dice que los grados de los tiranos son espurios.

Orfebre: (Coloca la bala en la prensa, aprieta la manivela para fijarla, toma una tenaza). ¿Puedo hacerle una pregunta final, hermano?

Norberto: Proceda, maestro.

Orfebre: (Manipula la tenaza para extraer la bala de plomo del casquillo). Esa mano vindicativa, ¿es la suya?

Norberto: No. Pero es la mano de un justo.

Orfebre: (Lleva las tenazas hasta un platillo, y deja caer la bala de plomo). ¿Pertenece ese justo a la confraternidad?

Norberto: (Tajante). No.

Orfebre: (Saca el casquillo de la prensa, lo sopla). Entonces, se facilita la cosa. Aunque el grado de la bestia sea espurio, acuérdese lo que manda el rito escocés: un hermano no puede mirar a la cara a otro al darle muerte. Melisandro Maravilla, en el último momento, tuvo que apartar la cara frente a Sandino.

Norberto: Ni usted ni yo vamos a estar allí para mirar a la bestia a la cara.

Orfebre: (Vuelve a incorporarse). Ahora, va a tener que jurar que este encargo queda como un secreto entre los dos. No quiero que por la infidencia de nadie me coman los zopilotes en descampado.

Norberto: Juro. (Jura)

Esta vez, Norberto encuentra al orfebre Segismundo mostrando a un cliente una colección de pendientes de fantasía fijados sobre un cartón forrado de felpa roja. Cuando el cliente se va, sin comprar nada, el orfebre Segismundo penetra al taller y regresa con un estuche. Lo abre ante los ojos de Norberto, y entre los pliegues de seda aparece la bala de plata. La operación, por demás laboriosa, ha requerido de los siguientes pasos:

a) Obtener un molde en cera de castilla, utilizando como modelo la bala de plomo descartada.

b) Vaciar en el molde una aleación de plata virgen, en proporción del 75%, y plomo en el 25%.

c) Pulir la pieza una vez enfriada, primero con el buril, después con la lima de acero No.5.

d) Colocar la pieza en la prensa. Perforarla con una broca fina previamente ajustada al taladro.

e) Inyectar en la perforación ferrocianuro de potasio, diluido en una solución de aceite de enebro, con una aguja hipodérmica de aplicación cutánea, ajustada a un émbolo de cristal.

f) Sellar el agujero con una gota de estaño, puliendo a continuación las escaras del sello, de nuevo con la lima de acero No.5 y finalmente con lija de agua No.8.

Y están ambos entregados a la contemplación sin palabras de la joya en su estuche, cuando entra Rosaura de la mano de uno de sus hermanitos. Arrastra hacia ellos sus chinelas de hule, muy sonriente, un pañuelo amarrado a la cabeza sobre las protuberancias de los rizadores de plástico que transparentan su color rosado. El orfebre Segismundo eleva entonces la voz con grave estridencia:

—Este anillo no se hace todos los días, mi amigo.

—Y uno no se compromete en matrimonio todos los días —la sonrisa de Norberto va dirigida a Rosaura, pues se vuelve hacia ella, ya el estuche en el bolsillo de la camisa.

—Veo que se prepara para una fiesta —le dice a Rosaura el orfebre Segismundo, las manos robustas sobre la vitrina asoleada.

—Voy a la fiesta de la proclamación, con Rigoberto —dice Rosaura, radiante, y el orfebre Segismundo se queda sin habla.

—¡Rigoberto, un patriota, en ese antro de serviles! —dice al fin, lleno de indignación.

—Eso no puede ser, que Rigoberto te lleva a vos a esa fiesta —le dice Norberto, sorprendido.

—¿Cómo que no puede ser? —dice Rosaura—. Ya conseguí las dos invitaciones.

—¿Se necesitan invitaciones? —le dice Norberto.

—Claro que se necesitan —le dice Rosaura—. No cualquiera puede entrar. Hay que presentarlas en la puerta. Son tarjetas numeradas.

—Para qué tanto control en una fiesta de borregos —dice el orfebre Segismundo, entredientes.

—Pero Rigoberto tiene que representar un papel en el estreno de *Tovarich* —dice Norberto.

—Una nada. Cualquiera puede entrar y decir: buenas noches —dice Rosaura.

—Buenas noches, padrecito —la corrige Norberto, sombrío.

—¿Y en qué puedo servirla? —le dice el orfebre Segismundo a Rosaura, dominado aún por la molestia que le causa aquella noticia.

—Quiero ver los anillos de boda —dice ella, y enrojece.

El orfebre Segismundo, con seco aire profesional, va sacando los estuches que pone sobre el vidrio.

—¿Cuándo es esa boda? —le pregunta Norberto, extrañado.

—En cuanto le den el puesto en *Novedades*, nos casamos y nos vamos a Managua —dice Rosaura, y coge uno de los estuches.

—¿En *Novedades*? ¿Que es esa infamia? —dice el orfebre Segismundo, y los estuches que aún tiene en las manos caen sobre el vidrio.

—Yo me tengo que ir —dice Norberto, apurado, y ya se va.

—Y yo voy a buscar mi anillo donde no se metan con una —dice Rosaura, y le devuelve al orfebre Segismundo el estuche sin abrir.

Los desacuerdos de este diálogo no se explican sin un antecedente inmediato: Rigoberto había hecho una estación en la casa de Rosaura en el barrio de San Juan, no prevista para mí, y por eso hasta ahora puedo darles cuenta. Ya dije que no era un día fácil.

Envió ella en su busca por todo León con el hermanito que al fin lo encontró, camino del Hotel América. Como si se hubiera ganado una rifa, desde la puerta, cuando lo vio acercarse de la mano del niño, le enseñó las tarjetas de invitación, regalo de su vecina, la madre del teniente Moralitos, que no va a fiestas, y atrapado en su insistencia terminó por decirle que sí. ¿De verdad que sí? Iba a ser un baile tan alegre, y todo gratis. ¿A las nueve y media de la noche pasaba por ella? Que se estuviera lista en la puerta, pasaba por ella.

Y sin saber en qué momento ni porqué, atareado como andaba, se había entretenido en contarle la plática con Rafa Parrales sobre el trabajo en *Novedades*, ella de pie en la grada superior de la puerta, él sentado en la de más abajo. Y oyó enseguida correr su entusiasmo sin atreverse a atajarla en sus planes de casamiento que iba sacando como cartas de una baraja, y así llegó al precio de los anillos, y a un ahorro que guardaba de su trabajo de coser gorras en su propia casa. Todavía la acompañó una cuadra en su camino a la joyería, y haciendo sombra con el cartapacio la vio alejarse, el hermanito ahora de su mano.

A Lucio Ranucci, de todas maneras, va a hacerle falta un actor en el elenco de *Tovarich*, pero Rigoberto no va a decírselo, si desde ahora lo ve que no puede con sus nervios, paseándose por el corredor del Hotel América con cara de trágico que no ha dormido. Pero de verdad es un papel tan nimio, que el director podrá él mismo sustituirlo sin dificultad cuando se dé cuenta que ya no llegó a vestirse a los camerinos con el chaleco a rayas de Anatole, el portero de la mansión de la princesa Ninoshka Andreyevna (*La Rosa Niña*), exiliada en París. Ya se sabe que solamente debe decir al final del primer acto: «buenas noches, padrecito», tras abrirle la puerta al príncipe exiliado Fedor Sergeievich (*Jorge Negrete*), el desconsolado pretendiente de la princesa; y luego de colgar en el perchero el abrigo del visitante, desaparecer de escena para siempre.

Ese príncipe Fedor Sergeievich, golpeado por la edad y sus achaques, obligado a ganarse la vida en París en el despacho de un boticario de la rue de Vaugirard, va a sentarse como siempre en el sillón Voltaire junto al samovar, donde nadie presta atención a su plática, burlado una y otra vez por la inconstancia de la princesa Ninoshka Andreyevna, enamorada en secreto de su joven primo, el capitán de húsares Vasili Ivanovich (*Tirso el albino*), pese a que ella vive ya su otoño. El otro, a quien realmente pretende es a la princesita Natasha Petrovna (*La Mora Zela*), y si no obtiene su mano, mejor quiere hacerse *starti* y seguir para siempre vida de ermitaño.

Lucio Ranucci, nervioso y sofocado, las mangas de su eterna camisa de seda blanca casi transparente enrolladas hasta los codos, viene presuroso hacia Rigoberto repitiendo su consabido gesto de apartarse las guedejas rubias de la frente. La hora del estreno se acerca ineluctable, y bajo la estricta vigilancia militar que hay en la ciudad todo se dificulta, a los electricistas y carpinteros les han decomisado sus herramientas, la primera actriz y su hija, que son también las encargadas del vestuario, no aparecen por ningún lado, para que la camioneta de perifoneo salga a la calle se necesita un permiso especial, ha llegado a informarle hace un momento *Jorge Negrete*, al que reprendió por presentarse en traje de escena, el sombrero de copa bajo el brazo, alegando que así la propaganda es más atractiva, como si se tratara de una función de circo. Y sus ojos azules, ya aguados de por sí, se llenan de lágrimas copiosas.

Rigoberto saca del cartapacio dos pastillas Valium que Lucio Ranucci recibe y contempla por un momento en la palma de la mano antes de tragárselas sin agua.

—Cuando el elenco salga a recibir los aplausos, no te olvidés de mencionar que el plan de propaganda fue idea mía —le pide Rigoberto.

De acuerdo. Hará que dé un paso adelante, y pedirá una ovación sólo para él, no importa que su papel en la puesta en escena haya sido tan nimio. Abrir la puerta nada más y decir: «buenas noches, padrecito».

Este mundo terrible en duelos y espantos

Ha pasado la hora del almuerzo y en el sopor, la banda de la Guardia Nacional, dirigida por el Capitán Ramiro Vega Miranda, se forma en las gradas del Teatro González y ataca el vals *Amores de Abraham* en compases soñolientos. Unos músicos más, y el cambio de algunos instrumentos, y la banda se transformará en orquesta tropical para tocar esta noche en la fiesta del Club Social de Obreros.

La Casa Prío ha ido vaciándose de convencionales, que aturdidos por el ron y las cervezas vuelven sin mucha prisa a su Gran Convención que tardará aún en reiniciarse en espera del presidente y candidato a presidente. El Capitán Prío recoge el plato de su almuerzo, que suda entre sus manos cubierto con otro plato, y regresa a su atalaya; y al subir, los escalones de madera resuenan con los mismos ecos sordos con que resonaron cuando Eulalia bajaba del aposento de Rubén ya preñada con la semilla de la gloria.

La semilla de la gloria, que espera ahora su turno en la casa de su tía Casimira para ser saludada por Somoza, había visto a su padre en su lecho mortuorio, y después en el catafalco la primera de las noches áulicas en el Paraninfo de la Universidad de León, una lejana efigie entre las lámparas de acetileno y el aparato de flores, vaciado ya de su cerebro. A medida que su cabecita de bucles rubios emergía de

entre los pétalos de raso de una rosa armada con varillas de paraguas, y mientras tanto su madre decla-
maba *La rosa niña: cristal, oro y rosa, alba en Palestina,
salen los tres reyes a adorar al rey...*, había ido descu-
briendo la figura color de cera vestida con un peplo
griego y coronada de mirtos, sin saber que era su
padre.

La *Rosa Niña* va a ser saludada por Somoza
que ha llegado al fin, por unos minutos, a casa de su
suegra, y pese a la insistencia de la señora que desde
su silla de ruedas está dando órdenes incesantes para
que le sirvan a su yerno el almuerzo en el comedor
cerrado con vidrieras que casi nunca, o nunca, se abre,
él se ha negado a comer porque no tiene tiempo, va
y la abraza, mil gracias, pero no tengo tiempo; antes
de dirigirse de nuevo al Teatro González probará en
sus aposentos del Palacio Municipal un sándwich de
pavo con tómate y lechuga, otro de atún, y un vaso
de leche malteada, traído todo desde Managua en
sus termos por su edecán, el Coronel Lira. Y saluda
ahora a los concurrentes, a cada uno por su nombre
propio que en ese arte de recordar nombres, apodos
y caras es campeón, y campeón en el arte de dejar que
se acerquen a su oído quienes quieren demostrar su
intimidad con él, como ahora el doctor Baltasar Cisne
que se empina para alcanzarle la oreja y él asiente,
llama a uno de sus guachimanes, tómame nota de
eso que es importante. Todo es importante.

Y ya está frente a *La Rosa Niña*, la besa en la
frente, y ella siente su olor a Eau de Vétiver aunque
disipado, el mismo perfume de Norberto cuando
entra cada noche sacudiendo el pañuelo, ¿ahora andás
de artista en las tablas?, ya supe, la sentencia con el
dedo: ¿verdad que la obra se llama...? *Tovarich*, lo au-

xilia ella, y Somoza se voltea hacia Van Wynckle, después hacia Moralitos: primero me habían informado que era una obra comunista, por lo de tanto nombre ruso. Y Moralitos, inexpresivo, sí señor, asiente, mientras Van Wynckle juega con su lapicero, sin apuntar nada, desatendido del tema. Pero después investigamos, y es un asunto más bien de rusos que se van huyendo del comunismo, se ríe Somoza, y vuelve a besarla, ahora en la mejilla, y la abraza: además, me le han hecho propaganda a mi proclamación. Y sube la voz, para que todos lo oigan, sin soltar de su abrazo a *La Rosa Niña*: ¿qué pasará el 21? ¡Pues mi proclamación! ¡Somoza *forever*! ¡Que viva Somoza! y todos responden el viva, aplauden, ríen, y entonces ya se va, pero Rafa Parrales lo persigue, también se acerca a su oído y Somoza se detiene, unos segundos, segundos que a quien no está pegado a aquel oído le parecen una eternidad.

Y si quieren escuchar qué le dice, acérquense conmigo a ese oído, y también usted aguce el suyo en su atalaya, Capitán, y ustedes, las hermanas remendonas, despierten, es tiempo ya de poner atención y alistar los hilos de su labor: le tengo, General, un excelente candidato para que se lo lleve a Managua a *Novedades*, muchacho serio, inteligente, despierto, no se va a arrepentir. Y llama al guachimán Somoza, apuntáme ese nombre que no se me olvide, se va, sale a la calle entre el revuelo de guardaespaldas y se queda Rafa Parrales con el secretario, yo mismo se lo apunto, le dice, solícito, y de su puño y letra escribe en la libreta que el otro le alcanza, apurado, viendo hacia la calle, porque se ha quedado fuera de la comitiva: *Rigoberto López Pérez, para periodista del diario* Novedades. *Contactarlo a través de*

Rafael Parrales, director de El Cronista, tel. 234, León. (Exhibit Number 6) ¡Oh, tristes costureras! ¡Con qué hilos equivocados se alistan a remendar la tela!

Pero ahora, no debo permitir que el Capitán Prío coma en tanta soledad su almuerzo asomado al balcón, el plato en su mano, masticando mientras mira a la plaza, los ojos atentos sin dejar de tragar. Somoza y su séquito regresan a los aposentos provisionales, y se pierden en la esquina de La Rambla. *La Caimana* reposa en una banca en las piernas de *Caradepiedra* Diómedes Baldelomar que fuma con indolencia, ajena, al parecer, a la música de la banda, el sombrero de fieltro tapándole la cara.

Aunque hay algo más, Capitán. Quirón ha llegado ya a su lugar de costumbre en lo alto del frontispicio de la catedral, el campanario bajo los soportales de los atlantes, y se inclina para asomarse a la plaza, un libro en la mano. ¿Habrá descubierto antes a *La Caimana* en sus idas y venidas por la plaza? ¿Podrá saber ahora que aquel bulto lejano ataviado de rojo, tendido en la banca, es ella, (es él)? En su burdel come su cena todos los días, ustedes ya lo oyeron.

Muy niños, se pudieron haber cruzado en alguna gallera, en una mesa de dados, sin conocerse, cuando él era llamado a recitar y ella demandaba limosnas. Pero cuando de verdad se encontraron, ella estaba subida al pedestal de un ángel derribado, y él utilizó una pila de libros para poder ayudarla a bajarse. Los dos cumplían ese día doce años.

Quien mejor puede auxiliarme con esa historia es el doctor Baltasar Cisne. Regresa a pie a su casa, apurado por *La Rosa Niña* que no quiere perderse el reprís de *El Derecho de Nacer*, así se ahogue en sus angustias Lucio Ranucci. Sigue molesto el doctor Baltasar Cisne porque considera que Rafa Parrales, un perdido, estuvo más tiempo que él en el oído de Somoza, aunque las peticiones de los dos hayan sido apuntadas, la suya, cuatro lámparas fluorescentes para iluminar la estatua de Rubén que va a erigirse en el parquecito de San Francisco; la otra, escrita de propia mano del farsante, menos mal que beneficia a Rigoberto según pudo, a medias, darse cuenta. (No voy a ser yo quien le diga que esas líneas de Rafa Parrales en la libreta del guachimán han sido escritas con una tinta de color mortal, peor que el resplandor sanguinolento de Marte en su viaje hacia la Tierra; las costureras han guiado su mano, forzándola, como hacen las maestras de primaria con los niños rebeldes en caligrafía.)

Dejen al doctor Baltasar Cisne seguir su camino sin distracciones, porque lo necesito. Y que lo ayuden a arrancar las hojas del calendario las aspas de los abanicos, tan negras como alas de cuervos en su incesante batir. No estarán un solo momento ociosas en lo que falta de este día, como tampoco las costureras remendonas. Vengan, hay mucho que ver. Para empezar, es la noche del 6 de diciembre de 1912:

Quirón se sentó bajo el pórtico de su mausoleo preferido. Colocó su atado de libros en la grada junto a él, y encendió la mecha de la lámpara Colleman que siempre traía consigo. A su alrededor, las alas de los ángeles de mármol parecían agitarse con ruido apagado.

Aburrido de su papel de niño prodigio, había comenzado a retirarse a las soledades del cementerio de Guadalupe para leer sin estorbos. Llamado primero a recitar en sesiones solemnes del Ateneo de León, después en banquetes de boda y desayunos de primera comunión, con el tiempo fue relegado a número de complemento en las retretas municipales; y ya no se atrevía a pasar frente a las galleras, garitos de juego y cantinas, porque lo secuestraban de la calle para obligarlo a declamar *La Cabeza del Rawí* entre el llanto silencioso de borrachos y tahúres.

Empezó a escribir. Pero sus propias poesías nunca quisieron ser escuchadas por los socios del Ateneo. Y ahora, para su contento, olvidados de él lo molestaban poco, el primero el sabio Debayle que no le había prestado nunca mayor atención, más que como una curiosidad de la naturaleza. Barría siempre los aposentos de la Maison de Santé, desinfectaba los escalpelos y las pinzas tras las operaciones para guardarlos en las vitrinas, y al caer la noche se retiraba al cementerio con su atado de libros y la lámpara.

Y esa noche, mientras leía otra vez el *Juan Gabriel Borckman* de Ibsen, un tomito de pastas de cartón azul que Rubén le había dejado, escuchó un ruido de botas erradas, ramas de setos que se desgajaban, voces en inglés villano, y risas infantiles, ebrias, que lo distrajeron de su lectura.

Una botella vino a quebrarse en el pórtico del mausoleo, y en precaución, bajó la mecha de la lámpara hasta casi apagarla. Entonces, a la luz de la luna los vio venir. Tropezaban en las tumbas cargando en brazos, o a horcajadas sobre los hombros, a niñas de túnicas blancas que pataleaban borrachas; arrastraban de la mano a las que tenían miedo, y cuando se escapaban las perseguían entre gritos festivos, mientras iban otros a forzar a empellones las puertas enrejadas para meterlas en las capillas, ya desnudas, fingiendo voces de ultratumba.

Muy cerca de Quirón, uno de ellos, con lentitud de borracho, pero aplicando toda su fuerza, había conseguido despojar de la túnica a una de las niñas, desgarrándosela por la espalda, tras una enconada resistencia que le costó un mordisco en la cara, el mordisco feroz de unos dientecitos afilados; la sangre le bajaba por el torso de un blanco lechoso, pero no parecía darse cuenta. Otro había escalado un pedestal y trataba de derribar a empujones la estatua de un ángel de alas plegadas, que entre alaridos de júbilo vino al fin a dar con la cabeza contra el suelo partiéndose por el cuello. El que había desnudado a la niña reparó al fin en la sangre, y en venganza, sin dejar de reírse, la entregó a los demás para que la izaran en vilo hasta el pedestal vacío. Aterrada, la niña buscaba el equilibrio con los brazos abiertos, sin atreverse a lanzarse desde la altura como le reclamaban que hiciera.

Cuando se fueron seguidos de las otras niñas que corrían tras ellos por las veredas oscuras, dejándola en lo alto del pedestal, su llanto se hizo tan silencioso que Quirón, al pie ahora de la columna, no la oía llorar. Subió al atado de libros para alcanzarla, y logrando que se sentara en la peaña, la hizo resbalar hacia sus brazos; y cuando ella se agarró a su cuello, a punto de caer los dos, sintió contra su pecho el temblor friolento del cuerpecito desnudo; vacilando antes de ponerla en tierra le pedía que se estuviera quieta porque ahora ella se reía, y él también reía, muy cerca de su rostro aquel extraño aliento alcohólico.

Quirón fue a recoger la túnica, y así desgarrada se la metió ella por la cabeza con movimientos apresurados; y abandonando juntos el cementerio, la acompañó el largo trayecto hasta el refugio de Las Ánimas Benditas, el aura de la lámpara delante de los pasos de los dos que habían llegado juntos al mundo, recuerden ustedes, un centauro y una ánima del purgatorio, la una entre estallidos de pólvora, el otro en la oscuridad clandestina de un excusado.

La Caimana acababa de recibir apenas, aquella noche de su cumpleaños, su túnica blanca de ánima bendita de manos de *La Luz Terrenal*, cuando los marines del destacamento Pendleton, que regresaban de la *soirée* en homenaje a su comandante en el Club Social, llegaron al burdel ya cerrado, alborotando con las bocinas de sus automóviles descapotados a los perros del vecindario.

Y sin saber a qué horas volaba ya, apretujada entre botas, rodillas y correajes en el asiento trasero del primer automóvil al que subía en su vida, un armatoste negro que se desplazaba por los baches de las calles como un insecto descomunal, agarrada al cuello de uno de los marines que sudaba con olor a leche de cabra y le daba a beber bourbon de una cantimplora.

Pero esperen. Una hora antes *Nuestra Señora de los Campos* había sido aplastada bajo las ruedas de una carreta que cargaba dulce de panela, cuando el tiro de bueyes reculó, asustado por una serpiente coral. Llorosa y asustada ante la muerte, se le apareció al santo Mardoqueo que todavía rezaba de rodillas por la niña mancillada; y temblando en el aire sanguinolento que la envolvía, la cabeza amelcochada de lodo y boñiga hundida en el parietal, le advirtió que los fundos de Santos Lugares serían disputados a balazos por su parentela en la guerra santa que estaba por empezar.

Aquella primera noche de disparos sorpresivos y carreras de unos que huían de sus casas bajo sitio, y otros que golpeaban las puertas de las armerías en demanda de municiones, la *soirée* de gala en homenaje al Coronel Pendleton se había dado de todos modos en los salones del Club Social, aunque diezmada por los velorios, muchos de los asistentes empistolados bajo los faldones de los fracs, acechándose temerosos; y el retrato, obra maestra de *El Dragón Colosal*, ardió majestuoso a la medianoche en la Plaza Jerez tras el discurso del sabio Debayle, el estallido de los petardos ensartados en la armazón de varillas confundiéndose con las lejanas balaceras.

Preocupado por el estallido de la guerra santa, el obispo Simeón volvía al Palacio Episcopal después de decir la primera misa del alba, cuando se encontró a Quirón que lo esperaba en la puerta para entregarle un legajo. Lo leyó en la mesa del desayuno. Era un relato pormenorizado de los hechos del cementerio, cada línea estremecida por un pespunteo telegráfico; desde la entrada, había reconocido el mismo estilo elegante y conciso de Rubén escribiendo para La Nación de Buenos Aires.

Al mediodía se presentó al cementerio donde celebró un oficio campal para sacralizar de nuevo el recinto. Los ataúdes de las primeras víctimas de la guerra santa se alineaban en las veredas, entre deudos armados, en espera de los enterradores que no se daban abasto. Pero a pesar del duelo, la ciudad hervía ya de protestas ante la profanación, y el Coronel Pendleton se había apresurado a ordenar la lectura de un bando militar en las esquinas, negando toda responsabilidad de sus subordinados.

—Voy a escribir un editorial contra esos vándalos, aunque me quemen el periódico —le dijo al obispo Simeón el doctor Escolástico Cisne soplándose agitadamente la cara con el sombrero, cuando salían del cementerio.

—Faltan pruebas... hasta ahora, la conducta de los soldados americanos ha sido intachable —el sabio Debayle, incrédulo, tomaba distancia de aquella exaltación.

—Yo tengo las pruebas. Un testimonio de *visu* —el obispo Simeón se acarició la cruz pectoral.

El sabio Debayle lo miró con desconcierto.

—De haber pruebas, sería un hecho aislado —respondió al cabo—. Sin las fuerzas del norte, este país caería en la anarquía. El caos, monseñor.

—El caos es el que siembran esos hijos del averno —volvió a soplarse con violencia el doctor Escolástico Cisne—. ¡Gorilas colorados, como los ha llamado el mismo Rubén! Monseñor, ¿me entrega ese documento? Voy a publicarlo.

Sin decir nada, el obispo Simeón le entregó el reportaje que guardaba bajo el manteo, frente al gesto de desconsuelo del sabio Debayle. Y esa tarde, *El Cronista* lo publicó íntegro en su primera página orlada con barras de luto, en tipos menudos de seis puntos, los únicos que abundaban en las cajas.

Muy temprano de la mañana siguiente los marines penetraron a saco en la Maison de Santé descerrajando puertas y rompiendo vitrinas y muebles en medio del clamor de los enfermos del pensionado, sacados de sus camas a punta de culata; y al entrar al pabellón del traspatio, los disparos al aire habían hecho huir a los locos, sueltos a esas horas por las calles.

Llegaban en busca de Quirón que no estaba allí, sino en el Palacio Episcopal, adonde el obispo Simeón se lo había llevado a dormir por prudencia; pero advertidos de la precaución, también entraron sin reparos a los aposentos episcopales. Se les escapó, saltando por una ventana del consistorio, y lo persiguieron hasta agarrarlo en el atrio mismo de la catedral. Allí le dieron los primeros culatazos. Volvió a escaparse de sus manos, entró corriendo por la puerta mayor, lograron dominarlo al fin en el baptisterio, lo golpearon a su gusto, en la cabeza y en las costillas, y lo dejaron tendido en un charco de sangre.

Otra patrulla entraba a esas mismas horas a los talleres de *El Cronista*; voltearon las cajas de tipos móviles que se regaron por toda la acera, quebraron a martillazos las platinas y los pedales de las prensas, y al Doctor Escolástico Cisne lo condujeron amarrado hasta el cuartel de los marines frente a la Plaza Jerez.

El obispo Simeón, auxiliado por sus sirvientes, llevó a Quirón a la Maison de Santé. El sabio Debayle, que había acudido desde su casa en *robe de chambre* al recibir aviso del asalto, le suturó las heridas y le vendó la cabeza. Despertó al tercer día en el cuchitril donde vivía, al lado del pabellón de los tísicos y los locos. Despertó, pero había perdido el habla. Y volvió a sus oficios habituales al lado del sabio Debayle, que dirigía personalmente la reparación de puertas, mamparas y vitrinas, y aprovechaba para colgar en la pared, al lado del retrato de Stendhal, la fotografía que se había hecho tomar junto a Rubén, sentados los dos en el jardín.

Ahora hay que salir de la Maison de Santé, y acudir a la estación del ferrocarril. Escuchen ese lastimero pito del tren que está llegando a León la medianoche del 7 de enero de 1916, tres años después. Es Rubén que vuelve. Los cuadrados amarillos de las ventanas del vagón pasan en la oscuridad frente a las puertas cerradas a lo largo de la vía férrea.

Nada tenía que ver este regreso con la apoteosis de 1907 que *El Dragón Colosal* oyó contar en su prisión de Santos Lugares. Ustedes han visto las fotos del maestro Cisneros. Ahora, en cambio, un pequeño grupo se acercaba al estribo del vagón al detenerse la locomotora en el andén alumbrado a trechos por la luz blanca de las lámparas Standard en mano de los marines del destacamento Pendleton, que se paseaban con los fusiles en bandolera. El obispo Simeón, el sabio Debayle, dos enfermeros con una camilla de lona. Quirón. Y alejada entre las sombras del andén, cerca del portal, Eulalia, las primeras arrugas en las comisuras de los labios, de su mano una niña de cabellera de oro peinada en bucles.

Rubén apareció en la portezuela envuelto en una manta escocesa, los gruesos párpados caídos, la barba canosa. Vaciló al descender, ayudado por Rosario Murillo, y su vientre hidrópico se reveló al abrirse la manta. Detrás, bajó su cuñado Andrés Murillo.

Los saludos fueron breves, reservados, y Rubén no respondió a ninguno. Pero cuando descubrió a Quirón, que ayudaba a los enfermeros a preparar la camilla, sus ojos brillaron.

—Quirón el centauro, hijo mío —lo llamó con los brazos abiertos—; ya supe de tu desgracia.

Quirón se dejó abrazar y con entusiastas juegos de mano quiso contarle algo. Rubén, pretendiendo entenderle, rió con esfuerzo. Rechazó la camilla, rechazó el brazo del sabio Debayle y la solicitud de la esposa, y se confió a Quirón para ayudarse a caminar, la cabeza vencida bajo las alas del sombrero de fieltro. Y al llegar al portal, se detuvo como si lo llamaran; se volvió, y descubrió a Eulalia en lo oscuro, la niña siempre de su mano. Temeroso de un incidente desgraciado el sabio Debayle lo urgió a seguir, y Rubén continuó su marcha hasta el carruaje que esperaba al pie de las gradas en la plazoleta.

—A la Maison de Santé —ordenó el sabio Debayle al cochero.

—No hay que aborrecer a la ignorada emperatriz y reina de la nada —le dijo Rubén a Quirón, que sintió arder en fiebre la cabeza recostada en su regazo.

—Te vas a curar —le dijo el sabio Debayle, las manos apoyadas en el pomo del bastón para protegerse de los tropiezos del coche.

—Gracias, Louis —le dijo Rubén, y puso sobre sus manos su mano candente.

Lamento la incomodidad de este viaje, pero no hay tiempo que perder; ya es el 2 de febrero de 1916, y debemos estar al lado de Rubén en su lecho de enfermo, sin descuidar lo que ocurre fuera, en los corredores de la Maison de Santé. Pueden ustedes pasar de nuevo:

En el aposento desnudo de paredes encaladas que olía a ácido fénico, Rubén reposaba en un catre de fierro negro bajo un mosquitero lila que parecía envolverlo en una leve niebla. En el halo de luz que entraba por la claraboya horadada en lo alto de la pared, flotaban diminutas motas blancas. El sabio Debayle se mecía en un sillón de mimbre junto al catre, y restregándose suavemente la perilla le explicaba la operación que debía practicarle para extraer la pus del hígado mediante el trócar de Maydl-Reclús. Rubén, vuelto de espaldas, callaba.

Mientras discurría esta escena, que por el momento no acusaba conflicto, fuera, en cambio, se cernía la tormenta. Eulalia se había presentado desde temprano en la Maison de Santé desafiando las prevenciones del sabio Debayle que ya no pudo mantenerla alejada más tiempo, y fue directamente en busca de Rosario Murillo. La sorprendió en *déshabillé* mientras se dirigía al baño, con el vaso de sus enjuagues bucales en la mano. Ahora conversaban en el jardín bajo una parra, adonde había arrastrado cada una su propia silleta.

Ya Rosario Murillo, sin alzar la voz, igual que si se tratara de una plática amistosa entre dos viejas amigas, había vuelto a llamar puta a Eulalia, como hacía años. Y mientras Andrés Murillo las vigilaba desde el corredor, los parlamentos continuaron así:

Rosario: Yo sé todo lo de ustedes dos. Mi corazón de esposa no me oculta nada... (la mano en el corazón).

Eulalia: ¡Su corazón de esposa! Toda aquella pantomima la planeó el hermano de usted... (dirigiendo una mirada solapada a Andrés Murillo). A punta de pistola, le hizo prometer que se casaría. Y usted no era virgen.

Rosario: Miente, miente... (reprimiendo su descontrol).

Eulalia: (Sonríe, con tristeza fingida). Una infamia maquinada para arruinar la vida de un ingenuo y salvarla a usted del deshonor.

Rosario: (Alzando la barbilla). ¡Basta ya! Infamia es la suya, que sedujo a Rubén solamente para concebir un hijo ante la impotencia de su esposo...quería usted un hijo de la fama... ¡qué digo!... ¡una hija!

Eulalia: Amante de un viejo decrépito, pero capaz de brindarle dinero a usted, y a su hermano. (Elevando su mirada al cielo, quiere parecer despreocupada). ¡No se preocupe de negar nada! ¡Rubén lo contó todo en un banquete! ¡Le daba usted a su amante la medicina en la boca!

Rosario: No sé por qué me quedo a oírla. Usted tiene fama de lunática... una neurasténica... (incorporándose, como si la plática hubiera terminado). Ofende usted la memoria de un caballero ya muerto. Y en lo que respecta al testimonio de Rubén, recuerde usted su vicio... paraíso artificial, como lo llama él...

Eulalia: (Sin soltar su presa). Estaba perfectamente sobrio al hacer esa confesión pública. ¡Cómo lo embaucó usted! ¡La garza morena la llamó en sus versos! ¡El pobre!

Rosario: ¡Arpía! ¡Mil veces arpía! Yo soy la esposa, y usted, la amante. (Desafiándola, las manos en la cintura).

Eulalia: Sí, la esposa. La esposa a la que nunca soportó, de la que siempre se quiso divorciar. Fue usted a Francia, enviada por su hermano, durmió Rubén una noche con usted, turbado por el alcohol, y fue suficiente para detener el trámite de divorcio...

Rosario: Pues sepa que esa hija suya no recibirá un centavo. Todo lo que deja Rubén es mío, de su legítima esposa... (Señalándose enérgicamente el pecho con el índice). ¡Y la gloria también!

Eulalia: (Poniéndose también de pie). ¡Todo lo que quiera! ¡Pero Rubén nunca la amó!

Rosario: ¡A usted tampoco!

Eulalia: ¡Cuánto se equivoca! (Recorre su cuerpo con las manos y las deja finalmente sobre el vientre).

Rosario: ¡Puta! ¡Grandísima puta! (Da un paso adelante y alza la mano, dispuesta a darle una bofetada).

Eulalia: (Retrocede, con aire divertido). Serénese, señora. Si usted me toca, prepárese a llevar la peor parte. Tengo un revólver en la cartera. Y sería el colmo que en su bata guardara usted el vitriolo desde tan temprano. Buenos días.

Eulalia fue a sentarse en un sofá del corredor dejándola con la mano en alto; y cuando su hermano acudió a su lado empezó a sollozar, apoyada en su hombro, mientras miraba con furia a la otra que alisaba plácidamente los pliegues de su falda, preparándose para una larga espera.

Rubén, mientras tanto, había llamado a Quirón para preguntarle si conservaba el *Juan Gabriel Borkman* de Ibsen; y cuando le trajo el tomito se acomodó con dificultad en las almohadas, hizo que le alcanzara sus anteojos de montadura de oro y que descorriera el mosquitero, y sentándolo a su lado en la cama, le leyó con voz íntima que el sabio Debayle apenas percibía desde la mecedora: *¡Has matado mi vida para el amor! ¿Lo entiendes? La Sagrada Escritura habla de un pecado misterioso para el que no hay redención. Yo no comprendía qué pecado era ése, pero ahora ya lo sé. ¡El crimen que no puede borrar el arrepentimiento, el pecado que la gracia no alcanza, es el pecado de matar una vida para el amor!*

—Las dos están discutiendo afuera, ¿verdad? —le preguntó, devolviéndole el libro. Quirón asintió.

—Deberías leerle a Rosario este pasaje terrible, para que se calle ya —le dijo—. Lástima que no puedes hacerme ese favor.

Aprovechando la distracción, el sabio Debayle sacó el pañuelo bordado con su monograma, señal convenida con los practicantes en guardia ya junto a la mampara de la puerta. El olor a agua de colonia del pañuelo sofocó a Rubén.

—Hueles a *cocotte* —le dijo frunciendo la nariz, y otra vez se volvió de espaldas.

El sabio Debayle se rió, comprensivo. El pañuelo siempre en la mano, apresuraba a los practicantes que disponían frascos e instrumentos en una mesita de rodos de hule.

—No te voy a anestesiar —le dijo—. Sólo pondré un apósito de cocaína en la región hepática.

—Comé mucha mierda —le contestó Rubén, y se cubrió la cabeza con la sábana.

Uno de los practicantes comenzó a vestir al sabio Debayle con el batón blanco manchado de viejas huellas de sangre. Los otros acercaron la mesita. Sobre las bandejas enlozadas tintineaban las tijeras, el trócar y los escalpelos al chocar contra los frascos oscuros.

Rubén se volteó de pronto. Se agachó, haciendo crujir los resortes del catre, y tanteando con la mano las baldosas hasta encontrar la bacinilla de porcelana, la lanzó casi sin fuerzas contra el sabio Debayle. La bacinilla vino a derramarse a sus pies, mojándole de orines los zapatos y salpicando su bata.

Los practicantes, alarmados, se abalanzaron sobre Rubén, aprisionándolo entre todos de brazos y piernas.

—Te estás comportando como un párvulo —le dijo el sabio Debayle, sacudiéndose los zapatos.

—¡Quirón, no dejés que este hombre me toque! —se oyó apenas decir a Rubén.

Quirón miró por un momento al sabio Debayle e hizo un amago de acudir al catre.

—Si te acercas, te irá muy mal —le advirtió el sabio Debayle con toda calma.

—¡Doctor! ¿Me escucha? ¿Pasa algo? —se oyó a Rosario Murillo detrás de la puerta.

—Nada señora, esté usted tranquila —respondió el sabio Debayle.

Quitaron a Rubén la camisa de la pijama y cubrieron sus ojos con un lienzo negro. Un practicante desinfectó con una solución de fenicol la piel del bajo vientre, y marcó dos puntos con un lápiz azul. Quirón sollozaba en una esquina, donde el sabio Debayle lo había confinado.

Se oyeron golpes amanerados en la puerta y el sabio Debayle, enojado por la nueva interrupción, ordenó a Quirón que fuera a abrir. Era su cuñado, el Doctor Juan Bautista Sacasa. Con una sonrisa, le entregó a Quirón el sombrero.

El sabio Debayle se ponía ahora los guantes de caucho mientras esperaba a que terminara la aplicación del apósito de cocaína en el sitio de la punción.

—Sálveme usted de este bárbaro, doctor —dijo Rubén al escuchar la voz del otro médico.

—Este procedimiento es inútil —el doctor Sacasa se apoyó en el respaldar del catre y sonrió servilmente, como si Rubén pudiera verlo.

—¿Y por qué no se opone entonces como hombre, jodido? —la voz de Rubén se oía cada vez más desgastada.

—Lo siento mucho, queridísimo poeta, pero usted sabe cómo es Louis de terco —el doctor Sacasa cerraba ahora un ojo al sabio Debayle.

—Usted no es más que una nulidad sonriente —le dijo, y abatió hacia un lado la cabeza.

El sabio Debayle clavó con energía el trócar en uno de los dos puntos marcados por el lápiz. Una queja de dolor llenó el aposento y Quirón se tapó el rostro con el sombrero que se había olvidado de colgar. Uno de los practicantes acercó una palangana. El chorro de sangre gruesa, negra como la tinta, se derramó de la boca del trócar cuando el sabio Debayle empujó el émbolo.

—Te lo dije —el doctor Sacasa sonrió triunfante—. No hay pus.

—Procedamos en el otro punto marcado —ordenó el sabio Debayle a los practicantes, ignorando a su cuñado.

—¡No, no! —suplicó Rubén—. ¡Me van a matar!

Sujetaron de nuevo a Rubén. Quirón lloraba detrás del sombrero. El sabio Debayle volvió a clavar el trócar, y ahora el grito llegó a la calle. En el corredor, Rosario Murillo y Eulalia se miraron, estremecidas.

El practicante acercó de nuevo el recipiente. El sabio Debayle empujó el émbolo. Otra vez, la sangre, negra y espesa, fluía lentamente.

—¿Así que tenía sano el hígado el panida? —dijo el orfebre Segismundo abriéndose los botones de la camisa. Hacía más calor que nunca esa noche.

—No. Lo tenía destruido —dijo Rigoberto, y se sopló con el cuaderno—. Cirrosis hepática avanzada. Con las punciones, se aceleró su muerte.

—Una esponja embebida en ajenjo —dijo
el Capitán Prío, yendo a botar las colillas que llenaban el cenicero.

—¡Ese sabio Debayle! —dijo el orfebre Segismundo, de pronto indignado, dando un golpe
sobre la mesa.

—Se indigna solamente porque el sabio Debayle le ofreció una fiesta de gala al coronel Pendleton —le dijo Erwin estirándose en la silla con un
largo bostezo.

—Que el sabio Debayle era yankista, ya se
sabe —dijo el orfebre Segismundo—. Me indigno
por esas sus famosas operaciones. Oiga usted el ala-
rido del pobre Rubén, indefenso en sus manos.

—Volvió el príncipe a León para morir en
un catre de fierro, entre carniceros —dijo el Capitán
Prío.

—Atrás quedaron sus grandes fiestas de los
salones aristocráticos de Europa —dijo Norberto.

—Qué salones aristocráticos ni qué grandes
fiestas —dijo Erwin—. En una cuartería de Barcelona, Francisca, su mujer, con el hijito, pasando hambre. Eso es lo que había dejado atrás.

—En esa cuartería del Tibidabo estaba Francisca lavando los platos cuando oyó que voceaban la
noticia de la muerte de un príncipe —dijo Rigoberto—. Corrió a comprar el periódico, y allí leyó la
noticia.

—Y era el príncipe de las letras castellanas el
que había muerto —dijo el Capitán Prío.

—¿Y no es que ella era analfabeta? —dijo
Erwin.

—Rubén le enseñó a leer, como a Quirón
—dijo Rigoberto.

—Mejor se hubiera dedicado a maestro de párvulos, como le hizo ver aquella tarde el sabio Debayle —dijo Erwin.

—Y a Francisca le dejó en su testamento todos los derechos de sus libros —dijo el orfebre Segismundo—. ¡Para qué tanto bochinche de la Rosario Murillo!

—¿Oyeron a Eulalia? Ahora no quedan dudas de que voy a emparentar con Rubén Darío —dijo Norberto.

—Claro, si esas páginas están escritas en colaboración con tu suegro —le dijo Erwin.

—El doctor Baltasar Cisne sólo aportó lo que tiene que ver con la orgía en el cementerio, y la represalia de los marines —dijo Rigoberto.

—Entonces el diálogo entre Rosario Murillo y Eulalia, la abuela de éste, es cosecha tuya —dijo Erwin.

—No —dijo Norberto—. Yo le presté a Rigoberto un cuaderno donde ese encontronazo entre las dos, quedó apuntado por Eulalia.

—Ya estás dedicado también a las investigaciones históricas, en lugar de buscar como pagarle al banco —le dijo Erwin.

—No tuve que investigar nada —le dijo Norberto—. El cuaderno lo sacó *La Mora Zela* del ropero de su mamá.

—El que anda investigando de verdad es Moralitos —dice el Capitán Prío—. Pero a los de esta mesa.

—¿Cómo es eso? —le pregunta Erwin, tartamudo, y deja de reírse.

—Se presentó aquí hoy en la mañana con varios agentes de la seguridad, en son de revisar la casa, por la venida de *el hombre* —dice el Capitán Prío.

—¿Acaso va a venir Somoza a la Casa Prío? —dice Norberto con cara de quien ha tragado una medicina.

—No interrumpás —le dice Erwin, atajándolo con el brazo.

—Para ellos esta casa está en el perímetro de vigilancia —dice el Capitán Prío—. Revisaron hasta los excusados.

—Y preguntó por nosotros —dice Erwin.

—Cada nombre lo tenía escrito a máquina en unas hojas rosadas que sacó de un folder —dice el Capitán Prío—. A ustedes los llamó «los asiduos», y a mí, «el propietario».

—No dijo «la mesa maldita» —dijo Erwin.

—No, el nombre que en la seguridad le dan a ustedes es ése, «los asiduos» —dice el Capitán Prío—. De cada uno sabe la dirección, y el oficio.

—¿Y preguntó acaso por mí ese caballero? —dice el orfebre Segismundo.

—A usted lo tienen por fanático de la peor calaña —le dice el Capitán Prío.

—¡Favor que me hacen a mí esos sicarios! —dice el orfebre Segismundo.

—¿Y cuál es el objeto de andarnos en esa lista? —dice Erwin.

—Porque ustedes «los asiduos» están chequeados todos como enemigos de *el hombre* —dice el Capitán Prío.

—Pero si yo no me meto en política —dice Norberto.

—Eso se llama profilaxia —dice Rigoberto—. Quieren tenernos a raya, asustarnos.

—Por el que más preguntó fue por vos —le dice el Capitán Prío a Rigoberto—. Anda averiguando qué estuviste haciendo en El Salvador.

—¿En El Salvador? —dice el orfebre Segismundo.

—Por lo que pude sacar, le siguen los pasos a Cordelio Selva —dice el Capitán Prío—. Y creen que Rigoberto tiene que ver con él.

—¿Quién es ese Cordelio Selva? —pregunta Erwin.

—Un patriota muy valeroso —le responde el orfebre Segismundo.

—Cordelio Selva fue recogido en El Sauce por el padre Olimpo Lozano, que después recogió a *Jorge Negrete* —dice el Capitán Prío—. De allí se fue a enrolar en la Legión del Caribe, llevándosele al cura la mujer, y los reales de las alcancías para la causa.

—Guarde las invenciones para más tarde, que esto es muy serio, Capitán —le dice Erwin, y no deja de tartamudear.

—¿Y por qué Moralitos mejor no me pregunta a mí? —dice Rigoberto.

—Ellos tienen sus métodos —le dice el Capitán Prío—. Yo de vos, mejor me iría de León hasta que pase toda esta chochada. Sólo quedan tres días para la convención.

—No puedo abandonar la representación de *Tovarich* —le dice Rigoberto—. Se cae todo el plan de propaganda.

—Sobre eso volvía Moralitos —dice el Capitán Prío—. Cree que tu propaganda tiene doble sentido.

—Cuando pase el 21 se va a dar cuenta que no tenía ningún doble sentido —dice Rigoberto.

La princesa está triste

Antes de salir por la mañana Rigoberto le había pedido a su madre que le preparara de almuerzo su plato preferido, sopa de gallo con albondigas. El gallo de la sopa de hoy, regalo de *Jorge Negrete*, es nada menos que *Luzbel*, derrotado el domingo anterior de una sola estocada en el primer revuelo de plumas por *El Arcángel Gabriel*, el gallo del cura Olimpo Lozano; y tras ese último lance, para tristeza tanto de su dueño como de su carnal *Belial*, *Luzbel* había pasado a dormir el sueño de los justos en la congeladora de la pulpería, acuñado entre los popsicles malva y rosicler teñidos con su sangre.

Después del almuerzo, habiéndose servido dos veces de la sopera humeante, Rigoberto se retira a dormir la siesta en el cuarto que huele a calcetines sucios, y cierra antes la ventana corrediza de madera que da al patio porque prefiere la oscuridad aunque así el bochorno se vuelva más denso y pegajoso.

Se despierta bañado en sudor, sin saber la hora. Corre a abrir la ventana, temeroso de que haya caído la noche, pero antes de mirar el reloj comprueba, ante la intensidad de la luz que llena el hueco, que hay tiempo de sobra. Son las dos y veinte de la tarde. Vuelve a vestirse y sale al corredor para lavarse la cara y humedecerse el cabello en el pequeño lavamanos adosado al pilar, que desagua al pie de un limonero siempre cargado de limones.

El cura Olimpo Lozano, su maestro de violín, se despierta también en la hamaca del corredor en la que se había tumbado en camisola y calzoncillos de regreso del almuerzo con la Primera Dama, al sentir en el estómago esponjado de gases el peso nervioso de *El Arcángel Gabriel* que ha saltado desde el suelo para buscar la compañía de su dueño, aburrido de la soledad de la casa cural por la que se pasea suelto.

El gallo lo está mirando con ojo fijo, y él, aún hundido en el sopor, le sonríe, pero tiene de pronto el recelo de que alguien más lo mira desde alguna parte en el corredor. Se incorpora para depositar al gallo en el suelo, con cuidado, como si fuera de porcelana, y casi a tientas busca la sotana de dril blanco que yace sobre un taburete junto con su quepis militar, con prisa porque sabe que lo han sorprendido en ropas menores.

—No se aflija —oye decir—. Peor es que lo hubiera hallado en los brazos de alguna fémina en esa hamaca.

El cura Olimpo Lozano, que ya no intenta vestirse, registra inútilmente la sotana en busca de sus anteojos.

—Aquí están, se cayeron al suelo —vuelve a oír.

Ahora que tiene puestos los anteojos se da gusto mirándolo. El muy puñetero no ha cambiado tras tantos años. Se rasuró las patillas, tal vez algo más gordo, más tostado el color; pero es el mismo.

—Te me fugaste con todos los reales de las alcancías —le dice.

—Eso pasó hace siglos —le dice Cordelio—. Yo creí que ya ni se acordaba.

—Y eso no fue lo peor —le dice el cura Olimpo Lozano.

—La Diana Coronado se vino conmigo por su gana —le dice Cordelio—. Yo no la obligué.

—La pobre muchachita —dice—. Tan desamparada, y perderse con vos.

—Haga de caso que era tan inocente —le dice Cordelio—. Se sabía las posiciones más corrompidas, y todas se las enseñó usted.

—¿Y qué se hizo? —ahora sí, se está vistiendo con la sotana manchada de aguacate y achiote, donde luce sus hombreras de Capitán.

—Imagínese si lo voy a saber yo —le responde Cordelio—. Anduvo contenta conmigo en Cuba, en Dominicana, en Costa Rica. Pero llegados a Guatemala se me fue detrás de un alto militar cuando vino la revolución de Arbenz. Jamás la volví a ver.

—Matancingas, revolutas, a eso te has dedicado en el extranjero. Para eso ocupaste los reales de las alcancías del Señor de Esquipulas —le dice. La sotana ha quedado mal abotonada; le sobra un botón arriba.

—Ni mil córdobas recogí —le dice Cordelio—. Y hubiera visto el peso de ese costal de monedas.

—¿Ni mil córdobas? ¡Gran mentiroso, era toda la limosna de los promesantes! ¡Si sólo esperabas que pasara la peregrinación para fugarte! —ahora ha logrado meterse las chinelas de hule encima de los calcetines.

—Un día se lo voy a pagar todo —le dice Cordelio.

—No te estoy cobrando —le dice el cura Olimpo Lozano—. ¿Qué veniste a hacer a Nicaragua?

—¿Para qué le voy a mentir? —le dice Cordelio—. Vine a organizar un alzamiento contra Somoza. Pero me regreso desilusionado. Ese hombre está más fuerte que nunca.

El cura Olimpo Lozano rebusca en la sotana y encuentra un palillo que deja entre los labios.

—Somoza está en León —le dice.

—Tarde supe que me había venido a meter en la boca del lobo —le dice Cordelio.

—¿Ya no vas a colgar entonces de los huevos al coronel Melisandro Maravilla? —le dice el cura Olimpo Lozano.

—¿Yo? —le dice Cordelio.

—Hace tiempo jurabas que alguna vez le ibas a cobrar la muerte de tu padre —ahora se escarba un diente, los ojos cerrados.

—Tal vez porque era yo muchacho pensaba en venganzas —le dice Cordelio—. Y ahora, mi padre es usted.

—Mejor explicame qué pretendés de mí —le dice el cura Olimpo Lozano—. Con sólo haber entrado en esta casa, ya me estás poniendo en peligro.

—Quiero que me dé donde dormir por esta noche —le dice Cordelio.

—¡Ni un minuto! —le dice el cura Olimpo Lozano, negando con vehemencia—. Me joden para siempre. Sólo de vos hablan arriba. Ya saben que entraste a Nicaragua.

—Nadie se va a dar cuenta —le dice Cordelio—. Sólo la noche, y mañana no amanezco. Se lo prometo.

—¡Promesas tuyas! —le contesta—. Así prometiste cuando te agarré en coloquios con la Diana Coronado, que hasta allí llegaba tu irrespeto. Y te la llevaste, junto con los reales.

—Le dejé la victrola —le dice Cordelio.

—La vendí, ni cien pesos me dieron —le dice el cura Olimpo Lozano.

—¿Con todo y los discos? —le pregunta Cordelio.

—Hace de cuenta que hubieran sido de oro —le dice—. Y sino ha sido por mí, que amenacé a aquellos ladrones desde el púlpito con las llamas eternas, no recuperás nunca ni la victrola ni los discos.

—No tengo para donde agarrar —le dice Cordelio—. A *Jorge Negrete* ni me le acerco. Es un miedoso.

—Miedoso el que no te hace caso —le dice el cura Olimpo Lozano—. Además, anda muy ocupado en una función de teatro. Va a salir de artista.

—Ya ve, con mayor razón —le dice Cordelio.

—Éste mi *Arcángel Gabriel* se le comió vivo a su *Luzbel* —le dice mirando al gallo que se ha quedado quieto todo el tiempo entre los dos—. Lástima me dio mi pobre hijo. Pero pelea es pelea.

—Entramos juntos a Nicaragua, en el mismo barco —le dice Cordelio—. Allí conocí a *Luzbel* y *Belial.*

—Ya ves que hermano más leal. Ni siquiera a mí me contó nada de ese encuentro —le dice el cura Olimpo Lozano—. Y cuando te fugaste, bien que te guardó las espaldas. Hasta que estaba ya alto el sol, llegó a darme el aviso, calculando que ya ibas lejos.

—Usted estaba durmiendo la mona —le dice Cordelio—. Se pasó bebiendo recio con aquellos músicos de Masatepe. ¿No se acuerda? Entre los dos fuimos a acostarlo.

—Empecé echándome con el maestro Lisandro Ramírez a ver quién sacaba mejor las variaciones del Carnaval de Venecia en el violín —dice el cura Olimpo Lozano—. Tocábamos y bebíamos. Y así nos fuimos picando.

—Ahora haga culpable al violín —le dice Cordelio.

—¿No se habrán repartido entre ustedes dos el botín de las alcancías? —le dice el cura Olimpo Lozano.

—Qué forma de agradecerle a mi hermano, que se quedó con usted, cuidándolo, cuando yo me fui —le dice Cordelio.

—¿Cuidándome? Empezó a trasponer los gallos más finos, alegando que habían muerto de morriña —le dice el cura Olimpo Lozano—. Y un día también desapareció. A los años me lo hallé aquí en León, ya dueño de una cantina.

—Se ha vuelto muy próspero —le dice Cordelio—. Y véame a mí.

El cura Olimpo Lozano alza al *Arcángel Gabriel* y le soba la cresta.

—Bonito modo de pagarme, ustedes dos, por haberlos recogido desvalidos —le dice—. Te podés quedar. Una noche, y nada más.

—Está bien, entonces más tarde regreso —le dice Cordelio.

—¿Qué acaso pensás salir a pasear con toda la guardia en las calles? —le dice el cura Olimpo Lozano—. Si no te quedás aquí, escondido, ya no volvás.

—Tengo que recoger un pasaporte que me van a entregar, para poder irme del país —le dice Cordelio—. A eso vine a León.

—Un pasaporte falso, me imagino —le dice el cura Olimpo Lozano.

—No voy ir a solicitarle uno legítimo a Moralitos —le dice Cordelio.

—Siempre acabo haciendo tu gusto —le dice el cura Olimpo Lozano.

Esa conversación todavía no ha terminado cuando Rigoberto sale a la pulpería, listo para irse a la calle, y su madre, que despacha a un cliente, quiere preguntarle algo, pero él le dice que hablarán más tarde, va atrasado; ese cliente se llama Lisímaco Arturo Bejarano Ortiz, viudo, de oficio talabartero, con domicilio en el barrio El Calvario; compró dos Mejorales para el dolor de cabeza, pagó con un billete de un córdoba, recibiendo el vuelto, y dice no haber sostenido ninguna clase de conversación con el sujeto, que demostraba urgencia, y en el que notó gran nerviosismo.

Por la calle frente a la pulpería pasa un camión con altoparlantes instalados sobre la cabina, en los que resuenan borrosos vivas con una música de toros de fondo. Desde los barandales del camión, reclutas rapados, de uniformes flojos, van regando carteritas de fósforos con la efigie de Somoza, que los niños recogen en algarabía.

Ya son las tres de la tarde. Rigoberto puede oír, mientras camina, el reprís vespertino de *El Derecho de Nacer* porque los radios están sintonizados en todas las casas en los 740 kilociclos de la YNW, Radio Mundial. Las voces de los artistas se derraman por encima de las celosías de las puertas, salen de los dormitorios y las cocinas y van persiguiéndolo por las aceras para esperarlo en la siguiente esquina donde los pasantes escuchan, las cabezas juntas, y un electricista que repara un medidor se ha quedado a medio camino al subir la escalera, el oído puesto en los llantos, las preces y los suspiros.

La Rosa Niña está sentada, al fin, en su sala, junto al radio Telefunken de baquelita celeste, colocado encima de la vitrina bajo llave donde se guardan, con sus respectivas etiquetas de cartulina, los artículos dejados en empeño por los deudores. Mantiene las manos aferradas a los brazos de la silla mecedora para detener el balancín que no debe alejarla de la caja del receptor en ningún vaivén involuntario, atenta al ojo mágico que parpadea a cada ráfaga musical, en el regazo su traje de velvet amaranto de condesa Ninoshka Andreyvna que hilvana mientras duran los anuncios del jabón Fab que lava y lava y nunca se acaba.

Desde el corredor escucha también *La Mora Zela*, las hojas del libreto a su lado, sobre la mesa, porque debe repasar su papel; pero se olvida de sus parlamentos marcados con lápiz rojo por el propio Lucio Ranucci, y dibuja al dorso de una de las hojas los rasgos de Albertico Limonta que no son sino los de Norberto, sólo que más delgado, y si tuviera a mano un crayón verde, sus ojos serían verdes, como insiste el narrador.

El doctor Baltasar Cisne se pasea yendo del corredor a la sala, enfurruñado porque su esposa pierde el tiempo en majaderías en lugar de apresurarse en socorrer a Lucio Ranucci que no cesa de enviar recados; aunque tampoco quita oído a la radionovela. Teme en sus adentros lo que pueda pasar, y sufre por ello: si don Víctor del Junco no recupera el habla, Albertico Limonta jamás sabrá quién es su madre; el ataque de apoplejía es gravísimo, así se lo ha confirmado su amigo el doctor Atanasio Salmerón, miembro de la directiva de la Guardia de Honor, que nunca falla en sus diagnósticos.

Y es él, pese a su aparente disgusto, el que pide silencio a Rigoberto al verlo llegar, el cartapacio imitación cuero de lagarto bajo el brazo, indicándole con ademanes mudos que se siente. Rato más tarde, el ojo mágico se contrae en un espasmo de agonía a los compases iniciales del concierto para piano Núm.1 de Chaikovski; y cuando el coro cantarino alaba por última vez al jabón Fab, se acerca furtivo al aparato de radio para apagarlo de un zarpazo, con aire vindicativo, mientras el anuncio sigue todavía oyéndose desde las casas del vecindario. *La Rosa Niña*, que ya conoce este punto de la ceremonia, alza sus anteojos para secarse, otra vez, las lágrimas, y entra en su aposento, el vestido de su actuación acunado en los brazos.

Sin perder más tiempo, el doctor Baltasar Cisne arrastra una mecedora y va a sentarse al lado de Rigoberto, el tomo de poesías completas de Rubén Darío en mano, dispuesto ya a continuar la discusión sobre los versos que serán grabados en letras de cemento en la base de la estatua. A eso viene, supuestamente, Rigoberto.

El doctor Baltasar Cisne le oculta, por un asunto de honor propio, que su intento de abordar a la Primera Dama para invitarla a inaugurar la estatua, había fracasado. Pero le informa, en cambio, que la solicitud de las lámparas el general Somoza la catalogó de muy importante, y fue apuntada por el secretario. Y cerrando de pronto el libro, acerca más su silla, y vigila la puerta con la mirada antes de hablar.

—La gente que cuida a Somoza, anda muy pendiente de Cordelio —le dice—. Cada vez que oía mencionarlo, me daba un brinco el corazón.

—Y usted, ¿porqué se tiene que preocupar? —le dice Rigoberto.

—Vos me aseguraste que ya no se metía en política, lo cual no es cierto —le dice el doctor Baltasar Cisne—. Para el teniente Moralitos, es como si fuera el demonio.

—Es una exageración de ellos —dice Rigoberto.

—Nada de exageración —dice el doctor Baltasar Cisne—. ¡Y vos y yo en aquel barco con él!

—Ese Moralitos lo que busca es darse importancia —le dice Rigoberto—. Quiere demostrar que manda más que el Coronel Maravilla.

—En eso, tenés razón —le dice el doctor Baltasar Cisne—. Desde la vez que lo mandó preso a Managua, cuando era aquí su oficial de guardia, no lo perdona.

—Ya sabe el general Somoza de tu propaganda tan inteligente para el estreno de *Tovarich* —se oye decir a *La Rosa Niña*, que sale de su aposento vestida de princesa Ninoshka Andreyevna porque tiene que tallarse el traje.

—¿Y por qué anda un presidente ocupándose de minucias? —dice Rigoberto.

—De esas cosas no se ocupa él, para eso tiene al teniente Moralitos —dice el doctor Baltasar Cisne.

—¿No es un americano el que dirige la Oficina de Seguridad? —dice Rigoberto.

—Se llama Van Wynckle —dice la princesa Ninoshka Andreyevna—. Un caballero muy serio. Habla un español perfecto, con acento argentino. Parece que estuvieras oyendo a Luis Sandrini.

—¿Y qué opina entonces Somoza de mi propaganda? —pregunta Rigoberto.

—Que un gran favor le hacían, porque así la gente debe pensar que es propaganda para su proclamación —dice el doctor Baltasar Cisne.

—¿Y me mencionó él a mí como autor de esa propaganda? —pregunta Rigoberto.

—Para qué mentir, no te mencionó —dice entonces la princesa Ninoshka Adreyevna, apenada de decepcionar a Rigoberto—. Y tampoco hubo tiempo de que nosotros se lo pudiéramos explicar.

—Mejor así, no se preocupe —dice entonces Rigoberto—. Que no sepa de mí. ¿Para qué?

—Pues que ya sabe de vos, creo que sí —dice el doctor Baltasar Cisne.

—¿Y por qué va a saber de mí? —pregunta Rigoberto.

—Yo no oí, pero me contaron que ese tal Rafa Parrales pidió que te den un puesto importante, no sé de qué —le dice el doctor Baltasar Cisne.

—Por allí hubiera empezado —le dice Rigoberto—. Ojalá fuera un buen puesto. Jefe del depósito de aguardiente, me gustaría.

—Ésos son puestos altos —dice el doctor Baltasar Cisne.

—Pues un puesto pendejo no aceptaría —dice Rigoberto.

—Empecemos —le dice el doctor Baltasar Cisne y abre el libro, señalando la página que ha subrayado—. ¿Qué te parece esto para una de las caras laterales?: Y León es hoy a mí como Roma o París.

Ya saben ustedes que la inscripción del *frontis* está decidida: ¡ay Salvadora, Salvadorita..! Y la princesa Ninoshka Andreyevna va a dar en ese momento su opinión, pero se queda con la palabra en la boca: Norberto no aparece aún en la puerta pero el cascabeleo del motor de su jeep se oye ya de lejos, y lo oye también *La Mora Zela* que corre a la sala vestida con el traje de lamé dorado de la princesita Natasha Petrovna, aún suelto el ruedo, deteniendo en el último momento el impulso de su carrera cuando va ya hacia la puerta. El doctor Baltasar Cisne, por encima de sus anteojos, la princesa Ninoshka Andreyevna, por encima de sus anteojos, la paralizan con miradas de hielo: no venga Norberto a llevársela otra vez para pasearla en su jeep, que ese atrevimiento le ha costado ya a *La Mora Zela* duros castigos de reclusión; y menos, vestida de princesita Natasha Petrovna.

El jeep Willys descapotado de Norberto es sólo chasís, ruedas, timón, y los asientos delanteros. Un jeep como un caballito criollo, sin alzada y sin alarde de arreos pero muy propio para el trote manso, como le gusta a él conducir, deteniéndose, sin bruscos frenazos, junto a las puertas donde las muchachas sacan al sol de la calle sus mecedoras, o junto a las aceras de pretil alto donde se juega desmoche y puede él tirar sus cartas sin bajarse, un jeep para entrar a los patios arbolados de las cantinas, la palanca de cambios en neutro, el motor apagado, y arrimarse a una mesa, servirse, brindar, beber; el jeep donde pasea a *La Mora Zela* a la vista de todos aunque juren los dos que se trata de paseos furtivos.

El motor se apaga. Norberto aparece envuelto en Eau de Vétiver, todo halago, todo sonrisa, todo mansedumbre. Va y besa en la mejilla a la princesa Ninoshka Andreyevna que se deja besar, va y extiende los brazos al doctor Baltasar Cisne que le extiende sólo la mano, va y sólo le da la mano a la princesita Natasha Petrovna. Y va a saludar a Rigoberto pero desiste en el camino y más bien se ocupa de sacar el estuche de lo hondo del bolsillo del pantalón. Es lo convenido.

—El anillo —dice, y deja ver el estuche.

Silencio, doloroso silencio. ¿El anillo? La ansiedad de la princesita Natasha Petrovna se extiende como un velo procelosamente agitado sobre la cabeza de la princesa Ninoshka Andreyevna y el doctor Baltasar Cisne siente la ondulación rozar su cara. Es fácil para Rigoberto reclamar su estuche y terminar con el equívoco. En el guión está escrito que se trata de su anillo de compromiso. Pero sólo sonríe, juguetón, frente a la cara acongojada de Norberto.

Otra visita impedirá el desenlace de la escena. Descubriéndose de su sombrerito tirolés, entra el orfebre Segismundo. No piensen que se trata de una visita imprevista. Camino a su joyería después de almorzar en una comidería del vecindario, donde se entretiene en pláticas de sobremesa con los estudiantes, siempre pasa por aquí. Ha visto, desde el principio, el estuche en manos de Norberto; lo reconoce, y sabe disimular su extrañeza. Y mientras se sienta en la mecedora, pide a la princesita Natasha Petrovna un vaso de agua que ella trae de la cocina en una escudilla que tiembla en su mano.

—Me vengo ahogando —dice el orfebre Segismundo, después de beber.

—Hay un calor de mil demonios —le responde el doctor Baltasar Cisne, sin quitar los ojos del estuche.

—No —dice el orfebre Segismundo—. Un solo demonio es el que hay, y está aquí en León. Y si me vengo ahogando, es de rabia.

—No se sulfure con la política —le dice el doctor Baltasar Cisne, resignado ya a cerrar el libro.

—No es asunto de política —dice el orfebre Segismundo, tras agotar el vaso de agua—. Es cuestión de sanidad pública. El aire huele a azufre, a mierda de diablo.

—¿Se refiere al general Somoza? —le pregunta Rigoberto.

—¿A quién más? —le *riposta*, severo, el orfebre Segismundo.

—A los estadistas hay que juzgarlos con serenidad —le dice Rigoberto.

—¿Serenidad? ¿Qué palabras son esas en su boca, poeta? —le dice el orfebre Segismundo—. Serenidad es la que tiene el gángster ése. No le tiembla el pulso para ordenar sus carnicerías.

—Dejémosle eso a la historia —dice Rigoberto—. Sólo la historia puede juzgar a los gobernantes.

—¡No salgo de mi asombro! Entonces, es cierto —dice el orfebre Segismundo.

—¿Es cierto qué cosa? —le pregunta Rigoberto.

—Que usted va a asistir a esa fiesta de serviles, como afirma su novia —le dice el orfebre Segismundo.

—Voy porque tengo que acompañarla —dice Rigoberto.

—¿Y tu papel en *Tovarich*? —le dice la princesa Ninoshka Andreyevna, que se ha quedado de pie y tampoco deja de mirar al estuche.

—Llego tarde a la fiesta, no importa —dice Rigoberto.

—Para esa fiesta hay tarjetas numeradas, según oí en el almuerzo —dice el doctor Baltasar Cisne—. El mismo Moralitos va a controlar la puerta.

—Perdón, se me había olvidado que vienen ustedes de almorzar con el gángster —dice el orfebre Segismundo y mira con sorna al doctor Baltasar Cisne, que prefiere hacerse el disimulado.

—El teniente Moralitos es una persona demasiado importante para ese oficio de portero —dice Rigoberto.

—Usted, poeta, como ya le mandaron sus invitaciones no necesita preocuparse —le dice el orfebre Segismundo, con la misma sorna.

—Moralitos tiene que estar allí —dice la princesa Ninoshka Andreyevna, volviéndose hacia su marido—. Dijeron que sobre todo por ese hombre, Cordelio Selva. Lo andan buscando como aguja, hasta con fotos.

—Persona a la cual no tengo el gusto de conocer —se apresura decir el doctor Baltasar Cisne, sin que nadie se lo pregunte.

—¡Yo sí! —dice el orfebre Segismundo, y mira desafiante al doctor Baltasar Cisne, y después a Rigoberto—. Tengo esa honra.

—Cuidado lo oyen —le dice el doctor Baltasar Cisne—. Las calles hierven de espías.

—¡Claro! ¡Hay que bajar la cerviz! —le dice el orfebre Segismundo poniéndose de pie.

—No es para tanto, siéntese —le dice la princesa Ninoshka Andreyevna, queriendo más bien que se vaya porque estorba el desenlace.

—No, me voy —dice el orfebre Segismundo, y enfrenta a Rigoberto—. Por lo que veo, también es cierto lo del puesto en *Novedades*.

—¡Ése es el puesto que te iban a dar! —le dice el doctor Baltasar Cisne a Rigoberto—. Te felicito.

El orfebre Segismundo, que ya se ha calado
en la puerta el sombrerito tirolés, se vuelve de pronto hacia Norberto. Todavía no acierta a saber qué hace allí exhibiendo en la mano aquel estuche que
contiene un secreto tan grave.

—¿Y ese estuche? —le dice en forma repro-
batoria.

Rigoberto, callado, tampoco ahora va en su
auxilio.

—Es un anillo matrimonial —dice Norberto, y no sabe porqué ha sonreído.

La princesita Natasha Petrovna, otra vez
entre el pánico y la alegría, retrocede hasta la puerta
que lleva al corredor. La princesa Ninoshka Andreyevna no puede evitar que sus rezos la hagan mover
los labios. El doctor Baltasar Cisne, el tomo de poesías completas en su mano, pone cara adusta, como
piensa que debe ser según la gravedad del momento.

—El anillo es para éste —dice Norberto por
fin, y se acerca a Rigoberto alargándole el estuche—.
Todo el día lo he buscado para entregarle el encargo
que me hizo.

Rigoberto recibe el estuche pero no lo guarda en su cartapacio. Juega con él dándole vueltas, sin
mirarlo, y apenas alza a ver a la princesita Natasha
Petrovna que ha ocultado el rostro entre las manos.
La princesa Ninoshka Andreyevna va a sentarse, impávida, a su mecedora.

—Mañana miramos eso de los versos, doctor —dice Rigoberto. Mete el estuche en el cartapacio, y se encamina a la puerta.

—Nosotros nos vemos en la función de esta
noche —le dice con voz desmayada la princesa Ninoshka Andreyevna desde su silla.

El orfebre Segismundo, muy pálido, está esperando a Rigoberto en la puerta.

—Entonces, usted tiene un papel en la función de esta noche —le dice, con un vozarrón inesperado aún para él.

—Un aporte pequeño, una nada —le dice Rigoberto.

Anatole, encorvado y casi ciego, ha sido por tres generaciones criado de la familia; dejó en Moscú a su propia hija, viuda de un ferroviario, para venirse a París tras la princesa, sin otra cosa que hacer ahora que abrir la puerta cuando suena la campanilla, demasiado viejo para otros oficios.

—Él se ha encargado también de la propaganda —dice la princesa Natasha Andreyevna con la misma voz lánguida.

—Sí, ya sé, todo eso de qué pasará el 21 —dice el orfebre Segismundo, sin quitar los ojos de Rigoberto.

Rigoberto saluda con el cartapacio en alto y se va, pero lo sigue Norberto a la carrera y los dos se detienen en la acera donde los ve conversar de lejos. Y ya cuando por fin se aleja y va a desaparecer a la vuelta de la esquina, el orfebre Segismundo se quita el sombrerito tirolés y lo guarda contra su pecho.

La caja de armonía que guarda mi tesoro

Vengan conmigo cuanto antes para situarnos junto al Capitán Prío en su atalaya, a tiempo de ver salir a Somoza del Teatro González entre nuevos gritos, vivas y descargas de pólvora. Ya ha sido proclamado por votación unánime candidato presidencial por un nuevo periodo (1957-1963), y la sirena del Benemérito Cuerpo de Bomberos se suma a la algarabía que se mete, borrosa, en el receptor Grundig, de nuevo a todo volumen en la planta baja.

Vean a *La Caimana* en sus atolondrados gestos como la ve el Capitán Prío. A la zaga de la comitiva que cruza la plaza alienta otra vez los gritos de los manifestantes que siguen a Somoza, más díscolos y en menor número que por la mañana. Y aquel otro, allá, subido al frontispicio de la catedral bajo el amparo de los atlantes, es de nuevo Quirón. Inclinado hacia el abismo, las manos en las rodillas, va siguiendo el rumbo de la procesión y por la altura en que está colocado tiene un mejor punto de mira que el del Capitán Prío en su atalaya. A los ojos de Quirón, el remolino alrededor de Somoza pierde velocidad en su avance a medida que sus círculos se alejan del centro, y por muchos esfuerzos de *La Caimana* y sus lugartenientes los manifestantes van quedándose dispersos y atrasados, y los vendedores de sorbete no tienen ninguna dificultad en atravesar con sus carritos las filas desmedradas.

Ya están encendidas las luminarias mientras oscurece. Somoza ha entrado a sus aposentos y el desbande de los manifestantes comienza a crecer sin que nadie pueda impedirlo. Cuando acompañado de la Primera Dama salga al balcón a saludar por última vez, no habrá mucha gente para oírlo, porque la mayoría está buscando acomodo en los camiones de volquete y en las jaulas de algodón. Las sombras, en cambio, van llenando la plaza. Desembocan por las bocacalles como una marea silenciosa y borran las bancas de cemento, los laureles de la india rasurados, camiones, jaulas, manifestantes, mientras arriba de los techos el cielo sin nubes se enciende con la tonalidad de una lámpara de aposento.

Si a *La Caimana* se le ocurriera alzar un momento la cabeza vería a Quirón antes de que se lo trague aquella oscuridad. Y la alza. Se quita el sombrero de fieltro, lo agita con alegría, y él le devuelve el saludo con una mímica, y luego otra, para decirle que ya pronto estará allá, en el burdel de las Baby Dolls, porque se acerca la hora de su cena. Dos hebras metidas en la urdimbre del paño remendado que zurcen ya las costureras, sin apresurarse, despreocupadas de que caiga la noche porque no necesitan de ojos para trabajar bien sus puntadas.

¿Y si uno de ustedes bajara del balcón y fuera a ver si los abanicos del Teatro González, que ahora entra también en la noche, están todavía encendidos? Aunque yo lo dudo; ya los agentes de seguridad se fueron todos de allí y los empleados, cansados de no hacer nada, deben haberlos apagado como un acto de recuperación de su poder.

Quédense mejor todos donde están. *La Caimana* y Quirón, que ahora intercambian señales de despedida que a ambos les causan mucha risa, bien pueden llevarnos adonde es necesario ir, al 6 de febrero de 1916. Anochece como ahora aquí, y no pueden seguir perdiéndose ustedes de lo que allá ocurre. Hay una gran expectación en toda la ciudad. Rubén agoniza. Acaba de recibir los santos óleos de manos del obispo Simeón.

La multitud oraba de rodillas en un sostenido rumor a las puertas de la Maison de Santé iluminadas por las lámparas de acetileno, y el tañido de la esquila que avanzaba desde los interiores fue cubierto de pronto por los dobles de la campana mayor de la catedral que se extendían por el cielo malva. A la cabeza de la procesión, los seminaristas del Colegio Mayor de San Ramón cantaban el *Laudates Dominus*. Envuelto en el humo de los incensarios, el obispo Simeón enseñaba la custodia en alto bajo el palio azul llevado por cuatro canónigos domésticos, detrás la tropa de sacerdotes del clero secular, y así se alejaron hasta entrar a la catedral.

Todavía en la mano el cirio de la ceremonia, Rosario Murillo oraba en el reclinatorio frente al altar improvisado mientras Quirón barría las flores marchitas. Tras la niebla lila del mosquitero Rubén yacía recogido de costado, envuelto por una gruesa frazada gris, la boca abierta en un leve ronquido. Entre los dedos aferraba el Cristo de plata que Amado Nervo le había regalado en París cuando compartían la misma pocilga del Faubourg Montmartre, y que llevaba siempre en el *nécessaire* de viaje.

Eulalia seguía en el corredor pero había perdido la batalla, y la ceremonia del viático tuvo que seguirla de lejos. Su decisión de hacer entrar a la Maison de Santé a su hija Leda, que asistía asustada a los ajetreos que rodeaban la agonía, en lugar de reforzar su posición había terminado por hundirla, porque el sabio Debayle se valió de aquella acción provocadora para prohibir a madre e hija cualquier acceso al aposento.

El sabio Debayle ya había, a esas alturas, obtenido de Andrés Murillo la promesa de cederle en propiedad el cerebro de Rubén. Apartados del lecho, los dos conversaban ahora en susurros, consultándose una hoja. Acérquense ustedes y conocerán la lista de personas autorizadas a ingresar al aposento a partir de ese momento, de entre los muchos que esperaban impacientes en el corredor. Tras ser convocados, fueron haciendo su ingreso, con pasos cuidadosos, el poeta Santiago Argüello, en representación del Ateneo de León; el poeta Manuel Maldonado, por el Ateneo de Masaya; el dibujante Alejandro Torrealba, para que tomara al agonizante un boceto al carbón; el pintor Alejandro Alonso Rochi, admitido con su caballete, paleta y caja de pinturas; el maestro Cisneros, con su trípode, el cajón de la cámara y el baúl claveteado; el santero José López, para tomar en yeso la mascarilla mortuoria; y el peluquero Ovidio Parajón, para hacer la *toilette* del cadáver.

En la profundidad del corredor, ahora vacío porque los solicitantes excluidos de la lista se habían ido indignados, se oían de cuando en cuando los sollozos lejanos de Eulalia, y cada vez Rosario Murillo, que ahora ocupaba de pie su lugar junto al lecho, alzaba los ojos enrojecidos para desafiar aquel llanto terco que Quirón, apartado cerca de la puerta, copiaba sin alardes.

El sabio Debayle vigilaba los estertores de la respiración de Rubén y a ratos le acercaba el oído al pecho, despreciando el estetoscopio que colgaba de su cuello. A los pies de la cama, Andrés Murillo mantenía en su mano un reloj Ingersol de tapadera, sin quitar los ojos del moribundo. En algún momento Rosario Murillo se despegó de su sitio, se acercó a su hermano, le dijo algo al oído y salió de la habitación. Iba al baño.

Tras un rato, el sabio Debayle, inclinado otra vez sobre el pecho de Rubén, hizo una señal apresurada a Andrés Murillo que rompió con gesto enérgico la cuerda y alzó el reloj para que todos advirtieran que las manecillas se habían detenido a las diez y quince minutos de la noche. Rosario Murillo, que volvía en ese momento, se llevó las manos a la boca y dejó escapar un breve grito.

Tropezaron con ella Santiago Argüello y Manuel Maldonado, que se disputaban la puerta para salir a dar la noticia, y hubo un breve deslumbre blanco porque el maestro Cisneros elevaba la paleta de magnesio para fijar el instante. Y antes de que llegaran a la calle un retumbo atravesó la noche, como el aviso de una lluvia lejana. Las voces de la multitud estallaron entonces en una exclamación de temor.

Quirón, que aún no se atrevía a acercarse al lecho de Rubén, puso la mirada en la distancia y un nuevo retumbo, ahora más ronco y poderoso, igual a aquellos de la batería de la isla del Cardón hacía tiempo, sacudió el artesonado del techo desprendiendo una fina lluvia de polvo. Era el volcán Momotombo, los gritos de la calle lo confirmaban. Un resplandor anaranjado iluminaba en chisporroteos el cielo hacia el oriente.

Y ahora un tropel de pies descalzos y burdos zapatones invadía sin tropiezos la Maison de Santé, como si las puertas se abrieran por sí solas al paso de las sombras que llenaban el corredor y llegaban con sus ramos hasta el dintel encendido por la claridad que parecía surgir del cuerpo mismo mecido en la barca del lecho, el velamen lila de las gasas del mosquitero infladas por el aire cálido que batía en las claraboyas trayendo el eco ya cada vez más lejano de los retumbos.

La Caimana iba en aquella procesión de aurigas, putas, borrachines, matarifes, boyeros, lavanderas, tahúres, mercaderas, carretoneros y mozos de cordel, y al entrar al aposento vio a Quirón que se inclinaba junto a la quilla de la barca, ahora sí, para cerrar los ojos fijos aún en la bruma donde vagaban los cisnes que habían desvelado a *El Dragón Colosal*; y entre los rostros oscuros que rodeaban el lecho, vio también el de una niña de bucles dorados que contemplaba al príncipe yacente llena de asombro. Una rosa niña, *La Rosa Niña* que pasado mañana, en la segunda de las noches áulicas, se dormirá de tedio entre los pétalos de raso de una rosa artificial.

A la medianoche, y trancadas las puertas de la Maison de Santé, el cadáver fue trasladado a la morgue subterránea en el traspatio, más allá del pabellón de los tísicos y de los locos. El sabio Debayle, acompañado de Andrés Murillo, descendió con su corte de practicantes, vestidos todos de mandiles. Se disponía a extraer el cerebro.

Apoyado en el bastón, Andrés Murillo vigilaba. Alcanzaron el bisturí al sabio Debayle, y al trazar la incisión en la frente el escalpelo brilló como una estrella en su mano. Recogió y dobló cuidadosamente el cuero cabelludo. Le dieron la sierra, y los finos dientes empezaron a morder con tenacidad el hueso del cráneo. Al fin, el duro estuche se abrió tras un crujido y la masa encefálica quedó a la vista. Cortó febrilmente los ligamentos, tomó en sus manos el cerebro, y ya libre de sus ataduras lo elevó frente a sus ojos buscando el mejor ángulo bajo la luz artificial.

—¡Helo aquí! —dijo—. ¡El vaso íntimo de las musas! ¡Helo aquí!

—Póngalo en la balanza, quiero saber cuánto pesa —le dijo Andrés Murillo, señalando el cerebro con la contera del bastón.

El sabio Debayle llevó el cerebro a la balanza y lo depositó en uno de los platillos que cubrió antes con un lienzo de gasa. En el otro platillo, fue colocando pesas de distinto tamaño.

—¡Mil ochocientos cincuenta gramos! —exclamó, después de sumar el valor total de las pesas—. ¡Qué portento! El cerebro de un adulto común, de la raza blanca, no llega a pesar más de mil trescientos setenticinco gramos.

—¿Qué otro cerebro ha habido más pesado que éste? —le preguntó Andrés Murillo, y fue a sumar él mismo los números grabados en cada pesa.

—Ninguno, que yo sepa —le contestó el sabio Debayle, excitado—. El cerebro de Víctor Hugo pesó mil quinientos veinte gramos. El de Schiller, mil quinientos diez. Los de Cuvier, Abercrombie y Dupuytren, aún menos. ¡No hay comparación!

—Póngalo en el frasco de formalina —le ordenó Andrés Murillo.

—Un momento —y el sabio Debayle llamó a uno de los practicantes—. ¡Anote, anote!

—Apúrese, que se puede dañar —lo urgió Andrés Murillo.

—Exuberancia de los lóbulos frontales y parietales del hemisferio izquierdo —dictaba apresuradamente el sabio Debayle mientras iba señalando el cerebro con el bisturí.

—Todo eso hay que dejarlo para después —Andrés Murillo, impaciente, golpeaba el suelo con el bastón.

—Sobresale la circunvolución de Brocca —seguía dictando el sabio Debayle—. Notable, muy notable, la ínsula de Reil. Honda la cisura de Silvio, y no menos la de Rolando.

—Métalo en la formalina de una vez, le digo —Andrés Murillo, colgándose el bastón del brazo, se disponía a coger el cerebro él mismo.

Pero el sabio Debayle, alarmado, lo detuvo. Levantó con cuidado el cerebro y lo depositó, por fin, en el frasco esmerilado lleno de formalina. Procedió entonces a rellenar de aserrín la cavidad vaciada, y después de reponer la pieza del cráneo se dedicó a coser con finas puntadas de crin la piel de la frente.

—Voy a profundizar más tarde, con calma, sobre la morfología de las meninges —decía mientras cosía—. Me inquieta, por su portento, esa circunvolución de Brocca. Quiero superar el estudio que Antomarchi hizo del cerebro de Napoleón.

Andrés Murillo, entregado ahora a paseos inquietos en el reducido espacio de la morgue, lo dejaba hablar; y mientras el sabio Debayle aún trabajaba con la aguja, fue a colocarse sigilosamente junto al frasco que guardaba el cerebro.

El sabio Debayle vio que se apoderaba del frasco cuando alzó la vista para pedir más hilo.

—¿Qué pretende usted? —exclamó.

—Tomar lo que es mío —le contestó Andrés Murillo.

—¡Cómo! —el sabio abandonó su labor y acudió a enfrentarlo—. Usted me prometió, doña Rosario me prometió...

—De lo contrario usted no sacaba el cerebro, le dijo Andrés Murillo—. Y reteniendo con dificultad el frasco bajo el brazo del que colgaba su bastón, abrió la puerta de la morgue.

—¡Me arrebata algo que está en mi derecho! —gritó el sabio Debayle, y sin despojarse de su indumentaria corrió para detenerlo, agarrándolo por la manga del saco cuando empezaba a subir las gradas.

—Qué derecho ni qué derecho —le dijo Andrés Murillo, volteándose apenas.

—¡Un derecho científico! —el sabio Debayle estaba desolado—. Usted, lo que quiere es venderlo. ¡No sea ruin!

—No hay más derecho que el de la familia doliente —le respondió Andrés Murillo zafándose con violencia de su mano, y desapareció gradas arriba.

El sabio Debayle, perplejo, vaciló un momento. Pero de inmediato se lanzó también por las gradas, recogiéndose la bata. Jadeante, salió al traspatio, corrió hacia el pensionado atravesando el pabellón de los locos, y sólo alcanzó a ver el coletazo de Andrés Murillo que desaparecía ya por la puerta de la sala de recibo, al final del corredor. Esforzándose en la carrera le dio al fin alcance cuando estaba a punto de abordar el coche de caballos que lo esperaba, y los dos se enfrentaron en la mediacalle ante la sorpresa de los centinelas del cuerpo de marines que hacían su ronda habitual.

—¡No se lo lleva usted! —gritó el sabio Debayle, ronco de ira.

—¡Que sí me lo llevo! —gritó aún más alto Andrés Murillo.

Se trabaron en feroz forcejeo. El frasco cayó al suelo y se rompió en pedazos. El líquido se derramó, y entre los añicos del cristal esmerilado, el cerebro quedó expuesto sobre las lajas. Los marines montaron los fusiles y los rodearon.

A los gritos, Rosario Murillo, que reposaba en uno de los aposentos del pensionado, salió a la calle.

—¡Dios Santo! ¿Qué es todo esto? —exclamó llevándose las manos a las sienes.

—Este individuo, que pretende robarse el cerebro de tu esposo —Andrés Murillo señaló con el bastón, primero al sabio Debayle y después el empedrado, donde el cerebro parecía ahora reducido de tamaño.

—¡Ningún robo, señora! Usted me autorizó a conservarlo para mis estudios frenológicos —el sabio Debayle, que aún llevaba puestos los guantes de hule, se inclinó para recoger el cerebro.

—¡Esconda eso, doctor, escóndalo! —Rosario Murillo, a la vista del cerebro, se cubría los ojos.

En ese instante, un automóvil negro apareció a la vuelta de la esquina, alumbrando la escena con sus faros. El mayor Cyril Appleton, comandante de policía de León, bajó seguido de su escolta.

—*What the hell is going on?* —preguntó a los centinelas.

—*No idea, sir* —dijo uno de ellos cuadrándose militarmente.

El sabio se adelantó, con el cerebro entre las manos, y le habló en francés al mayor Appleton, que no entendió una palabra.

—*Take that damned thing to the quarters!*
—ordenó, cubriéndose la nariz.

Obedeciendo la orden, uno de los centinelas requirió al sabio Debayle para que le entregara el cerebro.

—Déjeme ponerlo en otro frasco, no puede permanecer así, al aire libre —suplicó el sabio Debayle, y señaló con la boca los cristales rotos dispersos en el empedrado.

El mayor Appleton entendió la demanda. El sabio Debayle, compungido, entró llevando el cerebro, escoltado por dos marines. Rosario Murillo volvió a su aposento, mientras su hermano se quedaba en la calle tratando de hacer ver sus argumentos al mayor Appleton que ahora fumaba con mirada vacía, sin prestarle ninguna atención. Los soldados volvieron con el frasco; lo subieron al automóvil, donde ya esperaba el mayor Appleton, y partieron raudamente.

Más tarde, sentado a medias sobre el escritorio de la oficina de guardia, la urna a su lado, buscaba descifrar una esquela de la viuda remitida por medio de su hermano, que aguardaba la respuesta en una banca del vestíbulo:

Estimado Mayor:

Es un escándalo y una profanación que el cerebro de mi esposo permanezca en un cuartel de policía. Le suplico devolvérmelo inmediatamente, por ser yo la heredera legítima en propiedad.

De Ud. atte,
ROSARIO MURILLO VDA. DE DARÍO

Levantó por un momento los ojos de la esquela y se encontró, estupefacto, con Quirón, que lo observaba sin ninguna zozobra, más bien lleno de curiosidad. Podía jurar que le sonreía. Y luego, olvidándose por completo de él, le quitaba la mirada para dedicarse, absorto, a la contemplación de la urna.

El mayor Appleton volvió la vista a la puerta ahora abierta, que había cerrado al entrar, y por fin al cinturón con su pistola automática colgado en la pared, a espaldas del sillón. Y en un movimiento calculado, que consideró sorpresivo, se abalanzó sobre su pistola. Pero cuando la desenfundó, y quiso encañonar al intruso, otra vez estaba solo en la oficina. El cerebro había desaparecido del escritorio. En el silencio, el hueco de la puerta devolvía el reflejo de la pintura amarilla bajo la luz eléctrica.

Atravesó el vestíbulo con la pistola en alto, entre un revuelo de soldados que acudían a tomar sus fusiles de la armería, tras ellos Andrés Murillo sin saber lo que pasaba, mientras Quirón corría ya en desenfreno por las calles, a sus espaldas el coro de los silbatos, la estampida de un disparo de alarma, y otro, pero él se alejaba a galope tendido devorando las cuadras, sus rudos cascos golpeando contra el empedrado, los lomos sudorosos, hasta que desapareció de la vista de sus perseguidores.

La Caimana se había levantado al ruido del galope y lo vio atravesar el portalón del patio de juegos, jadeante, en sus manos la urna donde el cerebro sumergido en el líquido ambarino se movía en pesado vaivén como una gran medusa de mar. Se la entregó, y sus primeros gestos al librar los brazos entumidos fueron de advertencia, cuidado iba a quebrarse. Los dos tenían para entonces quince años cumplidos. Ella se rió. ¿Y no había trotado él tantas cuadras con riesgo de botar eso que traía allí? ¿Qué traía? Arrimaron las cabezas, y los dedos de Quirón dibujaron arabescos sobre el cristal, para señalar la cabellera de la medusa.

Y cuando las ánimas benditas despertaron, fue su gozo encontrar la sala de jolgorios despejada de los muebles que bajo estricto inventario *La Luz Terrenal* había entregado a *La Caimana* el día que se fue a tomar posesión de Cafarnaún, una de los nueve fundos en disputa, porque sus parientes que peleaban la guerra santa, clientes del burdel, se concertaron en no estorbarla.

Al fondo de la sala desnuda, la urna reposaba en una palangana de baños de asiento sobre el mueble más preciado del burdel, un canapé de talladuras fúnebres que semejaba una góndola. Los cirios ponían en el cristal de la urna los reflejos violeta del permanganato que teñía la palangana, como si más allá del boscaje de ramas de madroño, corozos y resedas que enfloraba el altar, la medusa se agitara en las profundidades de una caverna submarina.

—De modo que aquel sueño de que le arrancaban la cabeza, fue una profecía —dijo el orfebre Segismundo.

—Ese episodio del sueño de Rubén lo contó mi papá en unas declaraciones que le tomó la revista Ercilla de Chile —dijo el Capitán Prío dirigiéndose a Erwin—. Arriba la tengo, si la querés ver.

—¡Qué cabeza más descomunal! —dijo el orfebre Segismundo—. ¿Cuánto mediría de sombrero?

—Siete pulgadas y un cuarto —dijo Rigoberto—. Tenía una horma especial.

—¿Y es cierto también que lo vistieron y desvistieron como un maniquí para velarlo? —preguntó Erwin—. Una noche de peplo griego, otra en uniforme de embajador ante la corte de Madrid. La última, de etiqueta.

—No consta que le pusieran el sombrero número siete y cuarto —dijo Norberto.

—Todo eso es porque se le adoraba como a un santo. Nicaragua entera se sabía de memoria sus poesías de tanto leerlas —dijo el Capitán Prío.

—Casi no las habían leído, vea qué extraño, Capitán —le dijo Rigoberto buscando en su cuaderno—. Los libros importados en 1906, según los registros de aduana, fueron mil trescientos veinte en total. ¿Cuántos de ésos eran de Rubén? No se sabe. Tal vez ni cincuenta. Y aquí no se imprimió ninguno.

—Lo adoraban los demás borrachos —dijo Erwin—. Un país de analfabetos no se preocupa de la poesía.

—¿Y el entierro? Nunca se ha visto otro entierro igual —dijo Rigoberto.

—Por muy alcohólico que haya sido, fue grande y lo enterraron en grande —aprobó el Capitán Prío.

—Y aunque lo hayan paseado por las calles ya sin su cerebro. La caja de armonía —dijo el orfebre Segismundo.

—¿Qué salió en los periódicos del robo del cerebro? —preguntó Norberto.

—Nada —dijo Rigoberto.

—Menos mal que reconocés tu propia mentira —dijo Erwin.

—Nadie estaba interesado en divulgar el robo —dijo Rigoberto—. El mayor Appleton, por no quedar en ridículo. Andrés Murillo, porque creyó que era una maquinación de los yankis para quedarse con el cerebro, y no iba a meterse en problemas. Y el sabio Debayle, porque pensó que se lo habían devuelto en secreto a la viuda.

—Todo muy bien hilvanado —dijo Erwin.

—Yo he visto la tumba del cerebro —dijo Rigoberto—. Me la enseñó Quirón.

—¿Dónde está esa tumba? —dijo el orfebre Segismundo, poniéndose de pie como dispuesto a salir a buscarla.

—En el patio del burdel, donde enterraban los fetos —dijo Rigoberto—. Si alguien quiere ir a verla un día, encima hay un rosal.

—¡Una espía de los Somoza, sepulturera del cerebro más portentoso de todos los siglos! —dijo el orfebre Segismundo sentándose de nuevo.

—Y allí en el burdel también vi la góndola fúnebre —dijo Rigoberto.

—¿Cuál góndola fúnebre? —le preguntó Norberto.

—El canapé en forma de góndola donde pusieron el cerebro para velarlo —dijo Rigoberto—. Lo tiene *La Caimana* en un cuarto de trastes viejos. Le propuse que me lo vendiera, y me dijo que sí.

—¿Y para qué querés vos ese canapé? —le preguntó el Capitán Prío.

—No sé —dijo Rigoberto—. Es una reliquia. Cuando tenga los cien pesos que me pidió, se lo compro. También me gustaría comprar el reloj Ingersol que marcó la hora suprema, pero ése sí está difícil de conseguir.

—Ese no lo tiene *La Caimana* —dice Norberto.

—No —dice Rigoberto—. Lo tiene Moralitos. Rubén compró ese reloj en New York, el 21 de enero de 1915. Así está anotado en su libro de cuentas.

—¿Un ebrio llevaba libro de cuentas? —dice Erwin.

—Aquí están las cuentas de ese día que yo copié —dice Rigoberto—: *Periódicos y galletas: cincuenta centavos. Tranvía: diez centavos. Lunch: setenta centavos. Dos docenas cuchillas Gillette: ochenta centavos. Un reloj Ingersol: un dólar.*

—Un reloj bien barato —dice Norberto.

—Y una botella de whisky, quién sabe cuánto —dice Erwin.

—Ese día no hubo botella —dice Rigoberto, cerrando el cuaderno—. Cuando la botella aparece en la lista, dice: *M H D.*

—¿Y eso que quiere decir? —pregunta Norberto.

—*M H D* significa *Mi Hermana Doliente* —dice Rigoberto.

—¡No me digan que un sicario como Moralitos es un devoto de Rubén! —dice el orfebre Segismundo.

—Ese reloj es la causa de su pleito a muerte con el coronel Maravilla —dice Rigoberto—. Moralitos se lo ganó jugando póker. Al día siguiente el otro se arrepintió de la apuesta, le ordenó que como subalterno se lo devolviera, y como se negó, lo remitió esposado a Managua, bajo cargo de sedición.

—Fue cuando Somoza, su padrino de bautizo, lo mandó a especializarse a la Zona del Canal para alejarlo de aquella pendencia —dice el Capitán Prío.

—Lo que no me explico es porqué frecuenta usted tan a menudo a *La Caimana*, poeta —le dice el orfebre Segismundo a Rigoberto, mirándolo con curiosidad.

—Sólo una vez he ido, porque tenía que empeñar una cosa —le dice Rigoberto—. Se me enfermó mi mamá, y necesitaba dinero.

—Vos habías dicho que fuiste al burdel a dejar una carta —le dice Erwin.

—Se me había olvidado —dice Rigoberto—. Dos veces, entonces.

—¿Y qué cosa fuiste a empeñar allí? —le pregunta Norberto.

—Sí —dice Erwin—. ¿Qué cosa?

—Cualquier cosa que sea, *La Caimana* es una persona honrada —dice Rigoberto—. Lo que uno deja allí en empeño, bien guardado está.

—¡Honrada *La Caimana*! —dice el orfebre Segismundo, y sin salir de su asombro intenta reírse.

—Pasado mañana 21 se me vence el plazo —dice Rigoberto—. Ese día, antes de que caiga la noche, voy a recuperar lo que empeñé.

—Vos sos capaz de cualquier osadía —le dice Erwin, sombrío.

—Ninguna osadía —dice Rigoberto—. Sólo un asunto de necesidad.

El destino prodigioso y fatal

En la tarde desolada y casi sin ruidos Rigoberto se acerca a la estación del Ferrocarril del Pacífico, el cartapacio bajo el brazo, como un cobrador cualquiera de suscripciones de ataúdes por abonos. El viento arrastra en bocanadas calurosas al portal de la estación los remolinos de basura desde los tramos al aire libre de El Mercadito, desierto a esta hora de clientes y vendedores, los taburetes de las fritangas volteados sobre las mesas, tranquila la avenida Debayle sin vehículos y tranquilo el parque San Juan que deja a sus espaldas.

Ovidio Parajón, el peine a la oreja, repasa las páginas de un número atrasado de Ecran arrimado al dintel de la puerta de su peluquería Las Flores de Citeres, y Rigoberto, que se alegra de verlo porque le faltan los datos sobre la *toilette* del cadáver de Rubén, está a punto de meterle plática cuando advierte a lo lejos la voz de tenor que viene creciendo como una ola bajo el sol de la tarde, revuelta la alta cresta donde relampaguea el penacho de espuma y que en cualquier momento va a reventar y a inundar la atmósfera vacía. El peluquero, que reconoce la grave amenaza, deja la puerta y corre a proteger el espejo pero es ya demasiado tarde. Los pedazos de vidrio caen en sus manos partidos por la ola que ahora entra poderosa arrastrando los cabellos muertos del piso, y en todas las casas del barrio descalabra alacenas, destroza platos y vasos que estallan en reguero interminable, y derriba pailas y peroles que golpean el suelo con broncas resonancias.

Jorge Negrete, vestido de príncipe Fedor Sergeievich, sale todavía cantando de la caseta del excusado al fondo del patio al otro lado de la calle, y va a lavarse las manos a la pileta mientras la atmósfera todavía se estremece. Desde allí, saluda con un guiño de ojo a Rigoberto. El viejo Oldsmobile, con los parlantes de la propaganda callejera sobre la capota, se divisa bajo un bajareque de zinc entre las jaulas de los gallos.

Ovidio Parajón llora otra vez por su espejo y barre los pedazos junto con los ovillos de cabello; y aunque perdona cada vez al hechor porque él mismo padece el rigio del canto, ya le sale carísima la diversión. Y ahora Rigoberto, sin perder tiempo, anota lo que el otro no olvida y va dictándole sin dejar la escoba: *esperó a que el cadáver volviera de la morgue, ya despojado del cerebro. Lo dejaron absolutamente solo en su trabajo. Arregló pelo y barba con las tijeras españolas Fígaro, cuidando de disimular la sutura en la frente, y al peinar untó gomina arábiga de botica, suavizada en alcohol alcanforado; tiñó las hebras canas con pomada de carbón kohl, aplicada con un cepillo de dientes nuevo; usando pincel de maquillaje encendió de* rouge Belle Femme, *que venía de Francia, mejillas y labios; pintó las uñas con esmalte nacarado. Con la bellota puso talco lavanda en manos y cuello. Ya cantaban los gallos cuando terminó. Entraron a ver su obra y se admiraron. Pidieron todos ovillos de cabellos como recuerdo, que él entregó. El sabio Debayle, más que contrariado por el percance del cerebro, lucía alicaído.*

Rigoberto guarda el cuaderno en el cartapacio, y ahora sí, cruza la calle en busca de *Jorge Negre-*

te que ha subido las gradas de la puerta del solar para entrar a su oficina en los estudios de la Radio Darío, parte de su misma casa, llevando el rollo de papel higiénico bajo el brazo. Allí lo está esperando para presentarle la cuenta de gastos de propaganda tecleada en la máquina que de tanto descomponerse trabaja con las entrañas al aire. La chistera y el bastón de utilería, descansan sobre el escritorio.

Cordelio debe llegar de El Sauce en el tren de las cinco. El reloj eléctrico de la Alka Seltzer en la pared de la oficina marca ya las cinco y diez, y no se ha oído pitar el tren al entrar a la estación.

—Mañana cuando contemos el dinero, el primer pago es el tuyo —le dice Rigoberto devolviéndole los papeles—. La taquilla va a dar de sobra para levantar dos estatuas.

—Otra Judea, sólo que en lugar de túnicas nazarenas, van de cola de pato los artistas —se oye a espaldas de Rigoberto la voz de Cordelio que entra cargando un saco de bramante. El saco parece muy liviano.

Jorge Negrete se pone de pie de un impulso, y lo domina un acceso de tos que se va convirtiendo en risa nerviosa.

—Yo valiente no soy, hermano, mirame cómo tiemblo —le dice, y extiende las manos para que Cordelio advierta el temblor.

—Espero que no me vas a correr de tu casa por miedo —le dice Cordelio, poniendo el saco en el suelo.

—Aquí es un lugar público, entra gente que yo ni conozco —dice *Jorge Negrete*, que sin poder poner en paz sus manos, termina por metérselas en los bolsillos del pantalón.

—En el barco me dijiste que si te necesitaba, te buscara —le dice Cordelio—. Que me ofrecías tu casa como escondite. ¿Serían los tragos?

—¿En esta casa? ¿Y la *María Félix*? La *María Félix* se me enferma fácil de los nervios —le dice *Jorge Negrete*, y vuelve a reírse con desasosiego.

—Ella también va a salir en *Tovarich* —le informa Rigoberto.

—Si es valiente para las tablas, no se va a asustar de verme —le dice Cordelio—. Además, no es necesario decirle quien soy.

—¿Me estás pidiendo posada?, ¿en serio? —le dice *Jorge Negrete*—. Si te aparecés en León no será para nada legal.

—Vine a entrevistarme con Somoza, a ver si me perdona —dice Cordelio—. Ya no aguanto eso de andar con nombre falso, y escondido.

—Entonces, nadie para eso como el cura tu padre —le dice *Jorge Negrete*—. ¿Qué mejor que esperar la contestación de Somoza en la casa cural?

—¿Estás loco? ¿Después que me le llevé a la Diana Coronado? —le dice Cordelio.

—No hermano, no tengás miedo de presentarte ante él —le dice *Jorge Negrete*—. Ayer, jueves del Santísimo, después de la misa, me habló de vos con los ojos llenos de agua.

—Lágrimas de arrechura —le dice Cordelio.

—De perdón, porque como anda entre guardias, sabe que pueden llegar a matarte —le dice *Jorge Negrete*.

—Ese perdón te lo tiene que dar también a vos, porque la mitad del dinero de las alcancías fue tuyo —le dice Cordelio.

—No importa que andés en peligro mortal, pero la calumnia no la dejás —le dice *Jorge Negrete*, y se restriega en las solapas del frac las manos que no dejan de sudarle.

—¿Siempre le ayudás a decir su misa los jueves del Santísimo? —le pregunta Cordelio.

—Es una costumbre que me quedó —le dice *Jorge Negrete*.

—¿Te acordás cuando apareciste descalzo en la casa cural de El Sauce, con los pies llenos de niguas? —le dice Cordelio.

—Vos, que eras un recogido, no me querías dejar pasar de la puerta —le dice *Jorge Negrete*.

—Al cura mi padre lo perdían desde entonces más los gallos que las mujeres. Yo lo único que tenía para seducirlo era mi victrola —le dice Cordelio.

—Necedad tuya temerme. Ya viste qué bien llegamos a alcanzar los dos —le dice *Jorge Negrete*, y abre y cierra, sin propósito, la gaveta del escritorio.

—Pero al verte con tus jaulas de gallos, y tus navajas colgadas en collar del pescuezo, pensé: «Aquí está ya el que te viene a quitar tu lugar, Cordelio» —dice Cordelio.

—Ya no sigamos entreteniéndonos —le dice *Jorge Negrete* mirando a la puerta—. En cualquier momento viene la *María Félix* a traerme mi café.

—Y usted, poeta —le dice Cordelio a Rigoberto—, ¿no me puede buscar un escondite por esta noche?

—Pues no es tan fácil —le dice Rigoberto—. Pero vamos a ver qué puedo hacer.

—Al aposento de Rafa Parrales no se te ocurra meterlo, que es como si lo llevaras directo a manos del coronel Melisandro Maravilla —le dice *Jorge Negrete*.

—Me corrés de tu casa, y todavía te importa dónde me voy a meter —le dice Cordelio.

—¿Acaso no somos hermanos? —le dice *Jorge Negrete.*

—Aquí te dejo el saco, mientras hallo refugio —le dice Cordelio.

—No, hermano, llevate tu saco —le dice *Jorge Negrete.*

—Es lo menos que podés hacer por mí, no jodás —le dice Cordelio, y mete el saco debajo del escritorio.

Ya afuera, en el patio, la luz les parece demasiado intensa, casi cegadora, a pesar de que está atardeciendo. Han pasado las cinco.

—¿Veniste en tren? No oí pitar ningún tren —le dice Rigoberto.

—Quitaron los trenes hoy —dice Cordelio—. El único salió temprano con los manifestantes. Me tuve que venir en un camión de ganado.

—Moralitos te sigue los pasos —le dice Rigoberto.

—Ya sé —le dice Cordelio—. Todos los jueces de mesta andan con mi fotografía, preguntando finca por finca. De dos lugares donde encontré escondite, me pidieron que me fuera. Por miedo.

—¿Y los hombres? —le pregunta Rigoberto.

—Nada de los hombres —le dice Cordelio—. Pero conseguí las pistolas. Allí están en el saco.

—¿Qué clase de pistolas? —le dice Rigoberto.

—Son pistolas viejas, de finca —le dice Cordelio—. Es lo que pude hallar. Pero sirven.

—De todos modos, si ya no vienen esos hombres, no tenemos quien las agarre —dice Rigoberto.

—Hay que buscar otros —dice Cordelio—. Todavía hay tiempo.

—No, no hay tiempo. Lo del depósito de aguardiente es mejor cancelarlo —dice Rigoberto.

—Además, me enfermé —le dice Cordelio—. He pasado con paludismo. Aquí donde me ves, ando ardiendo en fiebre.

—Se te ve —le dice Rigoberto, y le acerca la mano a la mejilla.

—Yo sé lo que estás pensando —le dice Cordelio.

—¿Qué estoy pensando? —le dice Rigoberto.

—Que no sirvo para ni mierda —le dice Cordelio.

—No es culpa tuya —le dice Rigoberto.

—Desesperado de venirme, hasta pensé subirme al tren de los manifestantes —le dice Cordelio—. Hubiera entrado a León gritando vivas a Somoza.

—No hay que tentar tanto la suerte —le dice Rigoberto.

—Ya la tenté —le dice Cordelio—. Me presenté en la casa cural para pedirle posada a mi padre. Me la dio por esta noche.

—Es un albur. Pero si no te denuncia, es un lugar seguro —le dice Rigoberto.

—Tampoco tengo otro —le dice Cordelio.

—A Erwin le hace falta todavía una persona, el enlace C de la Calle Real —le dice Rigoberto—. Vos tenés que ser ahora esa persona. Andá buscalo.

—Erwin se va arrechar con tanto fracaso mío —dice Cordelio.

—Nada gana con arrecharse —dice Rigoberto—. Yo me tengo que ir. Sólo me queda rescatar al animalito.

—¿Rescatarlo? —dice Cordelio.

—Empeñé el revólver en un burdel —le dice Rigoberto.

—¡En un burdel! —le dice Cordelio—. Le hubieras pedido prestado a Erwin.

—Al bebé feliz de Mennen le embargaron la prensa Heidelberg —dice Rigoberto—. Llegó antier el juez con una turba de abogados y secretarios, y se la llevaron en un camión. Ahora están los operarios jugando beisbol en la calle.

—¿Y en qué burdel lo fuiste a empeñar? —le dice Cordelio.

—En el Baby Dolls, donde *La Caimana* —dice Rigoberto—. Y no fue por reales, sino por guardarlo en un escondite seguro.

—¿Donde *La Caimana*? —le dice Cordelio—. ¡Qué lugar más seguro!

—Como la casa cural de tu padre —le dice Rigoberto.

Un reportero del noticiero *Flash Vespertino*, flaco como una varilla de cohete, de escasos dieciocho años, entra montado en su bicicleta al patio, y saluda de lejos a Rigoberto. Deja la bicicleta y se acerca riendo.

—Vea que notición, poeta —le dice, sacando su libreta del bolsillo del pantalón:

Un individuo de nombre Manfredo Casaya, al que apodan El León de Nemea, se presentó muy bebido esta tarde a la redacción del diario El Cronista exigiendo hablar con su director, el doctor Rafael Parrales, al que pretendía arrancar una suma de dinero; le explicaron que todavía no volvía del almuerzo que en honor de la Primera Dama se efectuaba en casa de la madre de esta última, doña Casimira viuda de De-

bayle; no dio crédito a la que oía, y quiso entrar hasta el dormitorio a buscarlo, mientras gritaba obscenidades contra el doctor Parrales, acusándolo de relaciones inconfesables con el bachiller Norberto N., muy conocido en la ciudad por ser directivo del equipo profesional de beisbol León. Ante semejante actitud, el operario de la prensa, Kid Dinamita, le salió al paso. El energúmeno descamisado golpeó en la boca al boxeador, y cuando lo vio bañado en sangre, huyó.

—¿Y eso lo vas a sacar en el noticiero? —le pregunta Rigoberto.

—Sin mencionar lo de las obscenidades —le contesta el reportero, siempre riéndose, y sube de dos en dos las gradas.

—Al fin el gran luchador tendió en la lona a un contrincante —dice Cordelio.

—Mejor te vas de una vez donde Erwin —le dice Rigoberto—. Ya son dos enlaces los que faltan.

—Vamos juntos —le dice Cordelio—. Y hay que buscar a Norberto. Si cancelamos el negocio, tiene que ser entre todos.

—¿Cancelar el negocio? Qué disparate —le dice Rigoberto.

—¿Y si dejás el revólver guardado donde está, y usamos uno de los que traje? —dice Cordelio.

—¿Uno de esos vejestorios? ¿Y la joya, entonces? —dice Rigoberto, y palpa el cartapacio.

—Yo decía, para no seguir corriendo peligros —dice Cordelio.

—¡Peligros! —dice Rigoberto, y se ríe—. Todavía me queda conseguir la tarjeta de invitación. Van a exigirla a la entrada.

Ahora se han quedado callados, Cordelio inquieto, como dentro de una jaula.

—Algo tengo que hacer yo —dice.

—Ya no hay nada que hacer más que dejarme hacer a mí —le dice Rigoberto—. Aquí nos despedimos.

Rigoberto camina ahora hasta la plazoleta de la estación, despierta al chofer que duerme en el asiento trasero del único taxi a la vista, y se monta. El taxi suena como si fuera dejando atrás sus latas viejas y va dando tumbos por las calles de San Felipe que en el barrio de la Ermita de Dolores, en los linderos de León, se convierten en barrancos. Ya ha anochecido cuando el taxi se detiene frente al portalón del patio de juegos del Baby Dolls. Rigoberto le pide al chofer que lo espere, y el taxi apaga los focos.

La pared de la casa de taquezal ha perdido parte del repello. Contra el alero, ya casi apagada, una figura de mujer de tacones altos, la cabeza demasiado pequeña echada hacia atrás, bebe de una copa de champaña que nadie sostiene, como si se ahogara más bien en sus burbujas que parecen pompas de jabón. Las bujías en ristra del alero nada iluminan con su resplandor de frutas muertas, sino el tufo a basura, y el de orines que llega desde detrás de las puertas cerradas.

—Esa cara de Bienvenido Granda yo la conozco —oye decir cuando atraviesa el patio de juegos.

El sargento Domitilo Paniagua, vestido de civil, con gorra de beisbolero del equipo *Cinco Estrellas*, que viene de orinar, le cierra el paso.

—Dichosos los ojos, sargento —le dice Rigoberto llevándose la mano a la sien, como si lo saludara militarmente.

—Cuando te vi entrar de lejos, pensé: las casualidades de la vida, aquí está Bienvenido Granda que me escribió la carta —le dice el sargento Domitilo Paniagua.

Rigoberto quiere seguir su camino hacia la casa, pero el otro lo agarra del brazo.

—En esa carta pusiste cosas ridículas que a mí no me leíste —le dice.

—¿Qué cosas ridículas? —le dice Rigoberto.

—Todas esas vulgaridades sobre los marcianos que habíamos platicado entre nosotros —le dice el sargento Domitilo Paniagua y lo atenaza aún más—. Pusiste que la Minerva Sarraceno debía averiguar si yo era como los marcianos, sin paloma ni nada.

—Cuando ella leyó la carta en mi presencia y llegó a esa parte, se moría de risa —le dice Rigoberto.

—Y vos te reías también, a mis costillas —le dice el sargento Domitilo Paniagua.

—Yo necesitaba que la Minerva Sarraceno cogiera confianza conmigo —le dice Rigoberto sin intentar soltarse.

—¿Me la querías quitar con burlas? —le dice el sargento Domitilo Paniagua.

—Cómo se le ocurre —le dice Rigoberto—. Lo que pasa es que a mí me agrada venir a este lugar.

—¿Y eso qué tiene que ver? —le dice el sargento Domitilo Paniagua.

—¿Qué mejor que una amistad como la de ella en un apuro? —le dice Rigoberto—. La vez siguiente que regresé, como yo no tenía para pagar, de mil amores gestionó con *La Caimana* para que me aceptara en empeño una prenda.

—Nunca debiste haber escrito vulgaridades con mi firma —le dice el sargento Domitilo Paniagua, soltándolo.

—Dígame una cosa —le dice Rigoberto—: ¿le hizo caso o no le hizo caso la Minerva Sarraceno?

—Me acaba de aceptar como novio —le dice el sargento Domitilo Paniagua, sin cambiar el tono malcriado de su voz.

—¿Entonces? —le dice Rigoberto, y el otro ya no lo detiene. Pero lo alcanza en la puerta.

—Esa carta —le dice el sargento Domitilo Paniagua— ya la Minerva Sarraceno me la entregó de vuelta, y ya la quemé. Si llego a saber que andás divulgándola, te jodo.

Y toma a Rigoberto otra vez del brazo para llevarlo al salón. Las mesas con sobres de latón están desiertas, salvo la del sargento Domitilo Paniagua, donde hay una íngrima botella de cerveza y un vaso con restos de espuma. En las sillas playeras, arrimadas a las paredes, tres o cuatro mujeres, en chinelas de hule, sin ningún alarde de pintura, están sentadas en silencio. Y Rigoberto saca del cartapacio su cuaderno, y apunta: *desde hace mucho tiempo ninguna lleva vestidos de muñeca y sombreros de jardinera. Parecen más bien empleadas domésticas que han terminado ya sus oficios del día. ¿Cuánto duró esa moda desde que Somoza cambió el nombre del burdel y abolió las túnicas blancas? Preguntar a* La Caimana.

—¿Que acaso me vas a escribir otra carta como aquella? —le dice el sargento Domitilo Paniagua.

—Estoy tomando apuntes para una investigación —le dice Rigoberto.

—¿Investigación? Las investigaciones son cosa mía —le dice el sargento Domitilo Paniagua.

Detrás del bar parece no haber nadie, salvo por un trastejeo debajo del mostrador. Y cuando la

Minerva Sarraceno se incorpora, se ríe con gran diversión al sólo ver a Rigoberto.

No era costumbre de *La Caimana* recibir nada en empeño. Pero la Minerva Sarraceno lo había acompañado en su súplica delante de ella, el pañuelo en la boca mientras lo oía contar, otra vez, la historia de su amor desgraciado; solidaria con su confesión de que apenas saliera de sus deudas y rescatara la pistola se volvía a El Salvador a cobrar su venganza pendiente. Y después las metió en risa con la historia del luchador invencible, y los esfuerzos de garañón de un maestro joyero que por poco muere en el combate: al luchador ellas lo conocían, entenado de una comadre de *La Caimana* del barrio de Subtiava, vago toda su vida; y al maestro Segismundo, lo conocían también; visitaba el Baby Dolls, pero temprano de la tarde para no dejarse ver de ningún otro cliente.

Ahora la Minerva Sarraceno, sin moverse del mostrador, mira al uno y al otro y más se ríe. Y siempre riéndose, saca dos cervezas del fondo de la hielera, y se las lleva.

—Y tu Judea con el italiano, ¿qué pasó al fin? —le pregunta a Rigoberto el sargento Domitilo Paniagua.

—Ya no fue Judea, sino la obra de teatro *Tovarich* la que al fin montó Ranucci —le dice Rigoberto.

—Al fin le dieron gusto —le dice el sargento Domitilo Paniagua.

—Así fue —le dice Rigoberto—. Y yo salí de artista.

—Sos ocioso vos —le dice el sargento Domitilo Paniagua.

—No me ha contado qué anda haciendo por León, sargento —le dice entonces Rigoberto.

—Me reconcentraron para la vigilancia, por la venida de *el hombre* —le dice el sargento Domitilo Paniagua.

—¿Y adónde le toca esa vigilancia? —le pregunta Rigoberto.

—En el turno de la mañana, me tocó en la puerta del Teatro González —dice el sargento Domitilo Paniagua—. Más noche me toca posta en la puerta del Club de Obreros, a la hora de la fiesta. Estoy a las órdenes del teniente Moralitos.

Rigoberto va a dejar caer el chorro de cerveza en su vaso, y se detiene con el brazo en alto.

—Yo me imaginaba que esas postas de las puertas las hacía la gente de la seguridad de Managua —le dice, y ahora sí, llena el vaso.

—Las postas de las puertas son responsabilidad de la Quinta Compañía —dice el sargento Domitilo Paniagua—. Así lo decidió el teniente Moralitos. Por ser nosotros de aquí, conocemos a todo el mundo.

—Pero usted, sargento, que no está acantonado en León, ¿conoce tan bien a la gente como para que no se le pase nadie? —le pregunta entonces Rigoberto.

—De los demás, no respondo. Pero lo que soy yo, me pinto para eso de las caras —dice el sargento Domitilo Paniagua—. Por ejemplo, a vos. Te reconocería en medio de una oscurana.

—Quiere decir que no me le pasaría así no más si yo quisiera entrar a esa fiesta —le dice Rigoberto.

—Ni que te hicieras mono —le dice el sargento Domitilo Paniagua.

Rigoberto bebe, y pone de pronto el vaso sobre la mesa.

—Yo necesito llevar a mi novia a esa fiesta, sargento —le dice—. Pero no tengo tarjeta.

—Si no tenés tarjeta, te jodiste —le dice el sargento Domitilo Paniagua—. Cada cual tiene que entregar su tarjeta en la puerta. La tarjeta tiene un número, y al que entra, hay que apuntarlo en una lista, con su número al lado.

—¿Quien inventó tanta chochada? —le dice Rigoberto.

—El teniente Moralitos —dice el sargento Domitilo Paniagua.

—Qué extraño que un teniente cualquiera pueda darles órdenes a ustedes, subalternos de un coronel —dice Rigoberto.

—Moralitos no es un teniente cualquiera —dice el sargento Domitilo Paniagua—. Depende de un yanki. Y el yanki sólo a él le baja las órdenes.

—Además, él dichoso de montársele encima al coronel Maravilla, por el freno que le debe —le dice Rigoberto.

—Ah, sí —dice el sargento Domitilo Paniagua—. El pleito por un famoso reloj.

—Bueno, vamos a ver —dice Rigoberto—. Yo llego con mi novia. En la puerta hay de seguro una molotera, todo mundo queriendo entrar. Y entonces, usted me hace un seña, y nos deja pasar.

—¿Cómo no vas a tener tarjeta si sos de un periódico partidario de *el hombre*? —le dice entonces el sargento Domitilo Paniagua.

—La desgracia es que el director, que es mamplora, se las repartió todas a sus queridos —le dice Rigoberto.

—Qué degenerado que será —le dice el sargento Domitilo Paniagua.

—Y entonces me dejó a mí sin tarjeta. Y mi novia hostigándome porque no podemos ir a la fiesta —le dice Rigoberto.

—El problema es que el teniente Moralitos va a estar supervisando la puerta —dice el sargento Domitilo Paniagua.

—Son tres puertas —dice Rigoberto—. En el momento en que él se aparte de la que está a su cargo, sargento, es que usted me hace la seña.

—Parece que todo lo tuvieras estudiado —le dice el sargento Domitilo Paniagua.

—La necesidad tiene cara de perro —le dice Rigoberto.

El sargento Domitilo Paniagua se pone de pie.

—A nadie le vayas a contar que te hice este favor —le dice en tono de regaño.

—Tómese otra —le dice Rigoberto.

—Quisiera, pero no puedo; me esperan en el comando. Allí me van a dar un saco y una corbata —le dice el sargento Domitilo Paniagua.

—Pues yo sí me voy a beber otra, a la salud de su novia, para mientras regresa *La Caimana* y le pago el rescate —le dice Rigoberto.

—¿Qué cosa empeñaste aquí? —le pregunta el sargento Domitilo Paniagua, de pronto muy interesado.

Rigoberto se quita la espuma del bigote con un lento movimiento de los dedos.

—Un revólver —le dice Rigoberto.

—¿Revólver? —dice el sargento Domitilo Paniagua, y frunce el ceño bajo la gorra de beisbolero.

—Un revólver ajeno, que ya debía haberle devuelto hace tiempo a su dueño, ese cochonflete director del periódico —dice Rigoberto.

—¿Y para qué andás usando pistola vos? —le pregunta el sargento Domitilo Paniagua.

—Aquel pastor protestante que venía en el barco me amenazó de muerte, por carta, debido a una mujer que le quité en El Salvador —le dice Rigoberto—. Nada sabía él de esos amores, pero le escribieron de allá, de su congregación, contándole que ella iba a tenerme un hijo a mí. Por eso pedí prestada la pistola.

—¿Y te arreglaste al fin con él? —le pregunta el sargento Domitilo Paniagua volviéndose a sentar.

—No. Lo mataron en una pelea de gallos en Somoto, lejos de aquí, el otro domingo —le dice entonces Rigoberto.

—Pues a vos se te acabaron tus penas, y a mí las dudas —le dice el sargento Domitilo Paniagua.

—No entiendo cuáles dudas —le dice Rigoberto.

—Si el hombre de esta foto era el mismo pastor tuyo —le dice el sargento Domitilo Paniagua, y se saca una foto del bolsillo de la camisa.

Es una foto de Cordelio muy borrosa, de años atrás, tomada en una mesa de tragos porque se ven vasos y botellas en frente, un hombro desnudo recortado, y parte de la cabellera de una mujer.

—Algo se parece al pastor, pero no es él —le dice Rigoberto y le devuelve la foto.

—Ese que está en el retrato es Cordelio Selva —le dice el sargento Domitilo Paniagua.

—He oído que lo mientan mucho —le dice Rigoberto.

—Me llegó esta foto al día siguiente que ustedes bajaron del barco, ve qué casualidad —le dice el sargento Domitilo Paniagua—. ¿Te dije yo esa vez que a Cordelio Selva lo andábamos ya buscando? ¿Que me faltaba la foto?

—No recuerdo nada de eso —le dice Rigoberto.

—Pues ya con la foto en mi poder, me quedé con esa espina —le dice el sargento Domitilo Paniagua—. Dudando sobre el parecido.

—Me extraña de parte suya, sargento, que no se le pierde una cara ni en la oscurana —le dice Rigoberto.

—Fijate si será importante que con la foto circularon su historia en mimeógrafo —le dice el sargento Domitilo Paniagua.

—¿Y qué decía esa historia? —le pregunta Rigoberto.

Parte de esa historia decía que Cordelio Selva andaba errante en sus fechorías comunistas por el caribe, y que clandestino podía entrar en cualquier momento a Nicaragua, como errante anduvo con una victrola cobrando por bailar en los campamentos de los algodonales y en las perreras de las bananeras, un peso la pieza bailada por cada pareja, los discos en un salbeque, después que huyó de las balas mortales que llovieron sobre el poblado de la Mina La India cuando se alzaron los mineros en 1937, azuzados por su padre, el guardalmacén Euclides Selva; hasta que lo recogió por piedad el cura Olimpo Lozano una noche de romería en El Sauce en 1940, cuando lo dejaron mal herido en un quicio por robarle el saco de discos y la victrola; y para que se vea su mal corazón, huyó otra noche de romería con toda la limosna de los promesantes del Santo Cristo de Esquipulas.

—También es sabido que se le llevó una mujer al cura —dice Rigoberto.

—Si eso fue así, en el informe no lo pusieron —dice el sargento Domitilo Paniagua.

—Pero seguramente pusieron que el coronel Melisandro Maravilla fue el que dominó el alzamiento en la Mina La India.

—Eso claro que sí —dice el sargento Domitilo Paniagua—. Y voy a decirte un secreto.

—A ver —dice Rigoberto, acercándose.

—El coronel Maravilla le tiene pánico a ese hombre, porque cree que un día va a matarlo —le dice el sargento Domitilo Paniagua—. Todo porque al padre, que era el agitador de esa huelga, lo colgaron de los pies para meterlo en un pozo, fingiendo que lo ahogaban, y el mecate se reventó. Así fue su fin.

—¿Y el coronel Maravilla estaba presente? —le pregunta Rigoberto.

—¿Presente? Él mismo lo amarró, y lo colgó de cabeza dentro del pozo —dice el sargento Domitilo Paniagua—. Todavía no era coronel, a lo más capitán. El hombre lo mandó desde Managua a ponerle fin a esa sublevación.

—Bueno, si yo llegara a saber algo de ese Cordelio Selva, le aviso, sargento —le dice Rigoberto.

—Hay recompensa —le dice el sargento Domitilo Paniagua. —Entonces, mitad y mitad —le dice Rigoberto.

—Ojalá ese invertido no le vaya a pegar un tiro a uno de sus queridos cuando le devolvás la pistola —le dice el sargento Domitilo Paniagua—. Esos pleitos de cochones son amargos.

—Es una pistola que a lo mejor ya ni dispara —le dice entonces Rigoberto.

—Si no sirviera, aquí no te darían nada por ella —le dice el sargento Domitilo Paniagua—. *La Caimana* tiene los colmillos bien afilados.

—Vale porque es una reliquia histórica. Su dueño fue el sabio Debayle —le dice Rigoberto.

—¿El sabio? ¿Qué sabio? —le dice el sargento Domitilo Paniagua.

—El suegro del general Somoza, el mismo que operó a *La Caimana* para convertirla en hombre —le dice Rigoberto—. La pistola fue un regalo de doña Casimira para el maricón, que es su ahijado.

—Ésas son babosadas. Lo más seguro es que *La Caimana* traía su pichita y todo lo demás desde que nació —le dice el sargento Domitilo Paniagua—. Y no se te ocurra llevar esa pistola a la fiesta, aunque no sirva.

—De aquí voy directo a entregarla —le dice Rigoberto.

Apenas el sargento Domitilo Paniagua se pierde en la oscuridad del patio, alguien a quien Rigoberto no ha oído entrar se acerca entre las mesas. Es Quirón que viene por su cena como todas las noches, un libro siempre debajo del brazo.

La Minerva Sarraceno le dice que se espere un ratito, que ya va a ponerle su comida, y él le pregunta a Rigoberto, por señas, qué hace allí a esas horas, ¿y la representación dramática? Hoy es 21. Para todo hay tiempo, le dice Rigoberto, y Quirón se sienta a su lado. ¿Qué está leyendo? Quirón está leyendo, precisamente, *Tovarich*, en una edición de Emecé de Buenos Aires; una comedia regular, menos que regular, balancea la mano.

Y Rigoberto saca su cuaderno del cartapacio. La operación que le hizo el sabio a *La Caimana*, ¿sirvió o no sirvió?, le pregunta. Para nada. El pene artificial se infectó, terminó por despegarse de las suturas, Quirón hace seña de quitarse de entre las piernas algo inservible: el chorro de orines le baja desde aquel entonces entre las piernas, como de un caño roto. Por encargo del sabio Debayle el maestro Cisneros le tomó una foto desnuda, antes de la operación, y después iba a tomarle otra, con las cicatrices secas. Pero no hubo otra foto. La anterior, él la encontró dentro de un libro de cirugía, ya muerto el sabio Debayle, antes que vaciaran la Maison de Santé, y la guardó. Ella tiene la cabeza cubierta por una capucha negra, como los verdugos de las novelas. No puede enseñársela. Nadie ha visto esa foto, y *La Caimana* nunca supo qué él la tiene. No apuntés nada de eso, Quirón pone la mano sobre las páginas abiertas del cuaderno.

En la calle se oye el ruido del motor de un camión que llega y luego se detiene, y voces, la voz de la marchanta Catalina Baldelomar que se deshace en carcajadas, y el motor que arranca y se aleja de nuevo. Y la voz pendenciera de *El León de Nemea*, perdido de borracho.

La Caimana aparece con su corte, se levantan las mujeres de sus sillas a recibirla en un jolgorio silencioso, se acerca también la Minerva Sarraceno, pero es solamente de Quirón, que la celebra con alarde de mímicas, que ella se ocupa. La marchanta Catalina Baldelomar, al reconocer a Rigoberto, apartando las silletas con el nalgatorio va a darle un abrazo festivo, mientras su hermano *Caradepiedra* Diómedes Baldelomar se queda en guardia junto a la puerta del patio, fumando su cigarrillo Valencia; y *El León de Nemea*, asustado, fingiendo que no conoce a Rigoberto, se va directo al bar y pide un trago con golpes violentos sobre el mostrador. Los golpes no impresionan a la Minerva Sarraceno que pasa a su lado camino de la cocina en busca del plato de comida de Quirón, y más bien mira al escandaloso con severidad.

Rigoberto finge que tampoco lo conoce; no tiene ni ganas ni tiempo de lidiar con él. Son pasadas las siete y media. Ve a *La Caimana* irse por la galería, va tras ella y la encuentra sacando llave al candado de su cuarto.

—Vengo por mi prenda —le dice contando de una vez los billetes.

—¿Cuál es el apuro? —le dice ella, probando ahora otra llave.

Ella bien sabe cuál es el apuro. El freno de amor. El tío carnal de su novia salvadoreña, al que va a matar. Se la llevó con engaños un domingo a pasear a Santa Tecla en su automóvil, la invitó a un bar, la condujo luego ya bebida a las soledades de una fábrica de imitación de salsa inglesa propiedad suya, bajo el pretexto de que conociera cómo se falsificaba la salsa Perrins, con soya, pimienta de Chiapas y miel de tamarindo, y allí, entre los peroles y redomas, se hizo de ella, a la fuerza.

—Quiero coger *La Salvadorita* mañana mismo —le dice.

—Esas deudas se cobran de una vez, o mejor se olvidan —le dice ella—. Ya se te pasó el tiempo.

—Se olvidan hasta que se cobran —le dice él.

—Tanta codicia de matar a un hombre —le dice ella entonces—. Y nadie te certifica que no te vayan a matar también en la aventura.

Cierra de nuevo el candado en la argolla de la puerta ya libre. Se vuelve y se quita los anteojos oscuros. Nunca había visto Rigoberto aquellos ojos tan poco acostumbrados a la luz, que aún en la penumbra de la galería parpadean intensamente. Ojitos de ratón que brillan como patacones, rodeados de una aureola lechosa.

—Decile a la Minerva que te de la pistola —le dice entregándole el mazo de llaves—. Y a ella le pagás el rescate.

Luego entra al cuarto y aún sin encender la luz lo llama ya cuando va camino del salón.

—Debés tener cuidado de no meterte con borrachos como ese entenado de mi comadre —le dice—. Desde que se subió al camión, venía hablando de no se qué plan para hoy 21. Dice que él es parte, y vos sos parte.

—Yo nada más soy parte del plan de propaganda de una obra de teatro que Quirón anda debajo del brazo —le dice Rigoberto—. Se presenta hoy 21. Y mañana ya no estoy aquí.

—Andá que te den tu pistola —le dice ella desde la oscuridad.

—¿Cómo es eso de que al año siguiente que murió Rubén Darío las niñas de este lugar fueron disfrazadas de muñecas? —le dice todavía Rigoberto—. Con vestidos de vuelos y sombreros de jardinera.

—Andás creyendo en mentiras —le dice ella, y enciende la luz.

En el salón sólo permanece *Caradepiedra* Diómedes Baldelomar, en guardia en el mismo sitio. Se ha ido Quirón tras comerse su cena, y se ha ido la marchanta Catalina Baldelomar y toda la turba de secuaces, a vestirse para la fiesta. Mejor, se dice, cuan-

do ve que tampoco está *El León de Nemea*. Y ahora
que tiene ya el revólver, pasa al lado de *Caradepiedra*
Diómedes Baldelomar, que no le devuelve las buenas noches, en viaje al excusado, hasta el fondo del
patio de juegos; y sentado en el banco, a la luz de la
bujía amarilla enroscada en el techo, mete la bala de
plata en el tambor. Y la bala sobrante, y el estuche,
van a parar al fondo del hoyo.

Sumergido en la oscuridad del patio ve de
lejos a *La Caimana* que hace cuentas en el bar con la
Minerva Sarraceno. Está vestida ya de traje entero
para la fiesta, camisa a cuadros, una corbata adorna-
da con un quetzal que tiene en la cola plumas verda-
deras, sombrero borsalino de cinta roja, y prendido
en la solapa del saco, el botón de latón con la efigie
de Somoza.

Y la ve que rodea el bar, con sigilo, y que
acerca la mano a la nuca de la Minerva Sarraceno,
que estremecida por el roce, se vuelve, se le abraza y
se restriega, ávida, contra su cuerpo, y mientras se
acarician ninguna parece tomar en cuenta que *Caradepiedra* Diómedes Baldelomar sigue en la puerta,
imperturbable, el cigarrillo Valencia en la boca.

Y no porque su hijo del alma la esté mirando es que cubre con el sombrero borsalino su cara
La Caimana, y la cara de la Minerva Sarraceno
ahora que la besa sin quitarse los anteojos oscuros,
la besa y le mete la mano entre los senos, y Rigoberto se aleja en busca del taxi.

Que púberes canéforas te brinden al acanto

El Capitán Prío se asoma por última vez a la plaza. En un reprís sin entusiasmo, el otrora mariscal de letrinas ha salido nuevamente al balcón, en respuesta a los vivas desperdigados que suben desde las sombras, la Primera Dama siempre a su lado. Saludan los dos con movimientos mecánicos, como si estuvieran frente a una verdadera multitud, y finalmente desaparecen, abrazados, tras las vidrieras iluminadas.

Son cerca de las siete y media. Y mientras la Primera Dama se entrega en manos de la peinadora de su séquito que viste de blanco como una enfermera, todavía le queda a él tiempo de tumbarse un rato, con todo y ropa. Sin hacer ningún ruido, el coronel Lira, su edecán, va disponiendo con mano servicial y exacta sobre el espaldar de un sofá forrado de terciopelo, parte del juego de sala de la casa del coronel Melisandro Maravilla, el traje de casimir azul oscuro, confeccionado a la medida por Los Mejores Trajes Gómez; la camisa de cuello almidonado impecablemente planchada; la corbata de rombos verdes y los calzoncillos sanforizados *Fruit of the Loom*; y al pie del sofá, los zapatos negros de lustroso charol, zapatos de mago o bailarín, en el hueco de cada uno los calcetines de nylon, también azul oscuro.

Se incorpora pasadas las ocho, sin haber logrado más que un leve sueño. Sentado en la cama revisa la carpeta de fuelle con los partes del día llegada de Managua en motogasolina expresa, y con un lápiz de doble cabo, rojo y azul, marca los márgenes de lo que interesa. Luego va a ducharse, metido en una salida de baño de tela de toalla a rayas.

El baño queda bastante lejos del improvisado dormitorio, pues debo recordarles que aposento, sala de recibo y demás dependencias utilizadas por el mandatario, no son sino oficinas públicas vaciadas de escritorios y archivadores. Surgen dificultades (experimentadas antes, si se acuerdan, por Lucio Ranucci) porque ya enjabonado, al abrir otra vez la llave, descubre que falta el agua; y desnudo, cubierto de espuma, tiene que asomarse a la puerta para advertirle a gritos al coronel Lira del percance. Hay carreras de los agentes de seguridad que deben acudir, escaleras abajo, al auxilio del Cuerpo de Bomberos; un par de baldes son llenados en el grifo de uno de los camiones cisterna, y sólo así puede concluir su baño.

En la sala de recibo, donde hay por los rincones valijas abiertas, termos, subametralladoras Thompson, carabinas, fajones y cajoncitos de municiones, los altos oficiales haraganean en mecedoras de junco, vestidos en uniformes blancos de gala, ya listos para la fiesta, el coronel Maravilla entre ellos, aunque un tanto ajeno a la plática de los demás, su piel oscura brillando como cuero lustrado sobre el hueso de la calva. El coronel (GN) Justo Pastor Gonzaga, jefe del Estado Mayor Presidencial, gordo y sonrosado como un muñeco de celuloide, y además cegatón, y el coronel (GN) Heriberto Guardado, médico personal de Somoza, el pelo rizado entrecano, y anteojos de gruesa moldura de carey, conversan apartados en el balcón, dándose aire con los quepis; los dos, parecen más bien disfrazados de militares. Van

Wynckle, el traje aún más martajado que por la mañana, las gotas de sudor copiosas entre los troncos del pelo rasurado a la brose, luce extraño en aquel paisaje, sin buscar asiento.

Sale Somoza del dormitorio, ajustándose la faja muy arriba del globo de la panza, de modo que los bolsillos de la camisa casi entran bajo la pretina de los pantalones, y el olor a Eau de Vétiver llena la sala de recibo. Todos se mantienen en posición de firmes hasta que él, con un gesto casi desapercibido, los manda descansar.

Ése es el momento en que el coronel Lira se acerca con el chaleco antibalas, dispuesto a ayudarle a ponérselo, como si se tratara de un manto real. Pero él rechaza el chaleco con gesto de fastidio.

—*Mister President, I do beg you.* Por favor, póngase el chaleco —le pide Van Wynckle, sin moverse de su sitio, con su acento argentino, suave, pero imperioso.

—*Mind your own business* —le dice Somoza, severo, y luego se ríe, divertido. Los oficiales sonríen, mirándose entre ellos.

—Éste es mi negocio, *Mister President* —le responde Van Wynckle, la cabeza en sesgo, los ojos entrecerrados.

—Sos demasiado serio vos. *Too serious* —le dice Somoza, mirando a los demás, siempre divertido, y enciende un cigarrillo.

El coronel Lira se retira con el chaleco. Van Wynckle saca su libreta, y sin dejar de mirar a Somoza, apunta, como si fuera un reportero.

—*Mister President* —dice ahora, sin apartar los ojos de la libreta—, *that woman*, ¿qué mujer es ésa a la que usted se acercó a la salida del teatro?

Somoza lo mira extrañado, como si no recordara.

—Se refiere a *La Caimana*, jefe —dice desde el balcón el coronel Gonzaga.

—*Oh, that one* —dice Somoza riéndose—. Si querés llamarla mujer. Es una larga historia. ¿Hay algún problema con ella?

—Ninguno —le responde Van Wynckle—. Simple curiosidad. Una mujer rara.

—*Indeed* —le dice Somoza—. Pero leal. Muy leal.

—No lo dudo —dice Van Wynckle.

—General —se acerca entonces el coronel Gonzaga llevando del brazo al médico—, aquí Heriberto quiere pedirle permiso de irse a Chinandega a la fiesta de quince años de su hijita, pero no se atreve.

—Qué pendejo que sos —le dice Somoza—. Ya perdiste la primera pieza con ella. Andate ligero, y me le llevás este cariñito—. Y saca su cartera, y de la cartera un billete de mil córdobas, de los que traen su propio retrato.

Y aparece ahora la Primera Dama, vestida de tafetán azul con vaporoso sobrepelliz, casquete bordado de lentejuelas, zapatos de altos tacones, bordados también de lentejuelas igual que la cartera; gargantilla cuajada de esmeraldas, gruesas pulseras de variada orfebrería, y una estola de armiño en el brazo.

Una muñeca vieja, diría el orfebre Segismundo. Se viste con tan sobrecargado lujo, rayano en la insolencia, porque según opina su amado Tacho, experto en adornar muñecas, «los reales deben verse». La consigna es obedecida por esposas y concubinas de los altos oficiales de la Guardia Nacional

a toda hora y en toda circunstancia, y la Primera Dama, pese a su abolengo, capitanea lo que se conoce
como «gusto de mujer de guardia»: cada una quisiera ponerse encima, de una vez y cada vez, todo lo más
caro, chillón y discordante, incluida, por ejemplo,
esa estola de armiño que lucirá en la fiesta, desafiando el calor de suplicio de León.

—¿Y el chaleco? —pregunta con voz autori-
taria que hace nacer una sonrisa de esperanza en la
cara del coronel Lira.

—En esa mierda me he cocinado todo el día
y no me lo vuelvo a poner —dice él.

—Aquí no estamos para que cada quien
haga su gusto —alza la voz ella.

Y con un gesto de fastidio abre él los brazos
para que el coronel Lira venga a meterle el chaleco
ante la mirada imperturbable de Van Wynckle.

Pero hay en ese momento ruidos en la puerta. Entra Moralitos tenso, los puños cerrados, seguido de tres agentes de civil que, por el contrario, lejos
de cualquier agitación, cargan sus subametralladoras
con toda familiaridad.

—¿Qué pasa? —pregunta ella, mientras ajusta el cierre del zarcillo en la oreja.

—Tengo preso a Cordelio Selva —dice Moralitos, y choca los tacones.

—¡Gracias a Dios! —dice la Primera Dama,
sin abandonar su labor en la oreja.

El coronel Maravilla salta de la mecedora y
se desboca al encuentro de Moralitos. Van Wynckle,
molesto por el aspaviento, cruza los brazos como
hace cada vez que le toca recibir un informe, y más
bien retrocede unos pasos, dispuesto a presenciar
cómo se desenvuelve su alumno.

—¿Cómo fue la cosa, hijo? —se acerca Somoza, muy calmado, y deja atrás al coronel Lira con las manos extendidas que sostienen el chaleco.

—Venía con un saco caminando por la iglesia de la Recolección, no hace una hora —informa Moralitos—. Frente al atrio le dio el alto el oficial de una de las patrullas volantes que puse desde temprano, y él sólo dijo: «Me entrego, soy Cordelio Selva». En el saco había cuatro pistolas.

—¿Dónde lo tienen? —pregunta Somoza.

—En la cárcel de La Veintiuno, señor. Incomunicado —responde Moralitos.

—Que me lo dejen allí, yo me hago cargo —dice el coronel Maravilla, y Moralitos lo vuelve a ver apenas.

—A nadie se le ocurra tocarlo —advierte Somoza—. Me lo llevan a Managua, en la motogasolina, y me lo guardan allá. Hasta que yo regrese.

—¿Cómo está usted seguro de que es él? —le pregunta el Coronel Maravilla a Moralitos.

—Porque primero fui a buscar al cura Olimpo Lozano, y no moví al preso del lugar hasta que él lo había reconocido —responde Moralitos, pero dirigiéndose a Somoza.

—Es mi capellán —le informa el coronel Maravilla a Somoza.

—Y padre adoptivo de Cordelio Selva también —dice Moralitos, y ahora sí vuelve la cabeza hacia el coronel Maravilla.

—Pero muy buen somocista —dice la Primera Dama, que ha terminado con el zarcillo—. No tiene culpa de las andanzas de uno que recogió por caridad.

—Con todo respeto, señora, debo informarle que cuando tuvo enfrente al prisionero, se soltó en llanto —dice Moralitos, chocando otra vez los talones.

—Yo respondo por él —dice el coronel Maravilla, con enojo contenido.

—Tengo indicios para sospechar que Cordelio Selva estaba escondido en la casa cural de El Calvario —dice Moralitos, y se muerde el bigote.

—Dejá al cura en paz —le dice Somoza, y lo abraza—. Te felicito, hijo. Me has quitado un peso de encima.

—De todos modos, ponete el chaleco —le dice la Primera Dama.

—Nada de chaleco —dice Somoza—. Muerto el perro, se acabó la rabia.

—*Mister President, may I however...* —dice Van Wynckle.

—Nada de *however* —dice Somoza—. Y toda esa pendejada del control de las puertas en la fiesta, hay que levantarla. Que entre todo el mundo.

—Sí, señor —se cuadra Moralitos.

¿Preso Cordelio Selva? Ése sí que es un suceso imprevisto, Capitán. Las remendonas, porque están apuradas, equivocan los hilos, si es que ellas, ciegas y todo, son capaces de equivocarse. Pero no queramos averiguar más en este momento, pues sino la atención de ustedes va a distraerse; dejemos a la pareja presidencial discutiendo con ardor sobre el chaleco blindado y los controles de seguridad, materias para ellos familiares, y acudamos a Rigoberto que puede, con su llave maestra, abrirnos las puertas clausuradas que debemos traspasar. Rigoberto, que a esta hora no sabe nada de la prisión de Cordelio. Ya se ha vestido también para la fiesta; ya puso la carta para su madre en el tramo superior del ropero, junto con el cartapacio donde guarda su cuaderno de apuntes. Busquen ese cuaderno, lean rápido, que mañana ya no estará allí. Sólo para empezar, Rubén va a ser sepultado hoy 13 de febrero de 1916 en la catedral al pie de la estatua de San Pablo, y habrá, además, una petición de mano en pleno funeral:

Ya había caído la noche y en cada esquina la procesión fúnebre volvía a detenerse para dejar oír a los oradores desde lo alto de los balcones adornados con el pabellón nacional enlutado, subidos en sillas, o en mesas sacadas a las aceras por manos solícitas, mientras llegaba desde cuadras atrás el ronco clamor del helicón, demasiado lejana la banda de los Supremos Poderes, en la cola de la abigarrada multitud, para estorbar los discursos.

El sabio Debayle aguardaba para decir el suyo en el balcón de la Maison de Santé, última estación del cortejo antes de enfilar hacia la catedral. Canéforas de túnica de gasa y sandalias doradas, las bocas pintadas de bermellón, abrían la marcha formadas en dos filas, y regaban rosas de los cestos de mimbre que cargaban al hombro. El cadáver, vestido de peplo blanco y coronado de mirtos, iba conducido en andas descubiertas por directivos del Ateneo de León, bajo la seda azul del palio episcopal de flecos de oro alzado sobre las varas de plata que los alumnos de derecho, medicina y farmacia se turnaban para sostener. Rosario Murillo, del brazo de su hermano, iba en pos de las andas, sin que nadie en la ciudad pareciera reparar en ella.

Detrás seguían las autoridades supremas en sus trajes negros de etiqueta, como una densa zopilotera; los prelados del cabildo eclesiástico arrastrando sus capas pluviales de tafetán rojo; los ediles municipales portando el escudo de armas de la ciudad con el león rampante coronado que apoya su garra izquierda sobre un globo de azur; los gremios de profesiones liberales en escuadras bajo sus insignias, y los patronatos de artesanos con los estandartes de sus oficios. Luego, las carrozas alegóricas pobladas de niñas: La Poesía: un cisne blanco asido del pico por las riendas de seda que empuñaba la musa Calíope; La Victoria: un ángel decapitado a cuyos pies se abrazaban las tres gracias; La Fama: un Partenón entre cuyas columnatas surgía una tropa de bacantes, elevando al cielo sus trompetas; La Patria Agradecida: el volcán Momotombo fabricado en cartón piedra, con su fumarola humeante, y recostada contra el volcán, Palas Atenea que embrazaba un escudo. Por último, el pueblo llano que llevaba palmas.

La procesión se detuvo por fin a los pies del sabio Debayle y el murmullo de las voces se fue aquietando. Las lámparas de acetileno colgadas del alero para iluminar el balcón alcanzaban con su halo la seda azul del palio. Los papeles del discurso temblando en sus manos y el llanto enturbiando sus ojos, empezó por exaltar el cerebro prodigioso, e iba ya a ofrecer los datos sobre su peso sobrenatural cuando de las profundidades de la Maison de Santé, primero en un susurro lejano, llegaron hasta la calle los gemidos de Quirón.

Óiganlo. La voz, tras esforzarse en romper las ligaduras de su mordaza, dejaba de ser susurro y se entonaba libre para volar hacia la muchedumbre, traspasaba patios y puertas como un ventarrón y se arrastraba en remolinos hasta la soledad de los barrios de la ciudad congregada en las exequias. El sabio Debayle quiso seguir leyendo, quiso ignorar a Quirón, pero los soplos que parecían aventar de aquellos clamores incomprensibles le arrancaban de las manos los papeles. Ya nadie lo atendía, pendientes todos de la voz enardecida que al fin se desvaneció, apagando su furia. Guardó tristemente sus papeles y la procesión reemprendió su marcha a la catedral.

Desde la cima de la escalinata del atrio el obispo Simeón soltó al vuelo siete palomas blancas, símbolo de las siete virtudes teologales, que se perdieron en la oscuridad de la noche. El cadáver entraba ahora por la puerta mayor, cubierto de pétalos deshojados que la multitud arrebataba, rumbo a la cripta abierta al pie de la estatua de San Pablo, mientras el vocerío de feria se multiplicaba bajo la bóveda del techo, revuelto con el trueno del coro del Colegio Mayor que entonaba el *Miserere Domini* y los acordes de la banda de los Supremos Poderes que tocaba la marcha *Farewell* compuesta por su director, el maestro Saturnino Ramos.

No pocas canéforas, musas y bacantes se habían dormido ya en el regazo de sus madres, vacíos sus cestos y la guarda de sus túnicas sucias de polvo y cagarrutas de paloma, cuando alguien se acercó imprudentemente al sabio Debayle, que muy cabizbajo, vigilaba de cerca el trabajo de los albañiles. Era Anastasio. Vestía de traje de pana color carmelita, poco apropiado para un funeral.

El diálogo que se produjo entre los dos junto a la cripta, entre el ruido de baldes, piochas y cucharas —bastante difícil como podrá verse— fue el siguiente:

Somoza: ¿Me permite, doctor, que le salude? Soy Anastasio Somoza (Sonriente, le extiende la mano en medio del apretujamiento). Lo que hice, no fue nada. (Auxiliado de dos infantes de marina, y ya se ve que desde tan temprano iba a seducirlos con sus mañas, había penetrado a la Maison de Santé en busca de Quirón para acallarlo. Aquel intento fallido, estaba lejos del conocimiento del sabio Debayle, como puede suponerse).

El sabio: (Con sequedad). No sé de qué me habla. *Pardon*. (Le da la espalda).

Somoza: Necesito hacerle una consulta.

El sabio: (Se vuelve. Lo mira de pies a cabeza). Las consultas las atiendo en la Maison de Santé.

Somoza: Mi mal sólo tiene cura en usted, doctor. Salvadorita y yo somos novios. Nos amamos.

El sabio: ¿Qué? (Con gran esfuerzo, vuelve a su compostura). Éste es un funeral, *monsieur*. Le ruego retirarse de mi vista. (La cal que vierten en la mezcla lo hace estornudar repetidas veces).

Somoza: Sé que la ocasión no se presta. (Solícito, le alcanza su pañuelo, que el otro lógicamente rechaza, ya el suyo en la mano). Pero mientras me diga usted que no, mi corazón tocará a muerto, como esas campanas. (Efectivamente, las campanas de la catedral doblan en ese momento, majestuosas, señal de que la cripta está siendo sellada).

El sabio: ¿De dónde sale Usted? (Y piensa: «¿Qué pata puso este huevo?»).

Somoza: (Herido, conserva la serenidad). Soy un joven honrado. Mi padre es propietario de fincas de café en San Marcos. Tengo estudios de contabilidad. Sé hablar inglés. *Of course, I do.*

El sabio: Sepa que si llego a verlo cerca de mi hogar, llamo a la policía americana.

Fortuna, soberana de las veleidades. Anastasio se quedó en León, porque no iba a cejar en su empeño, y por influencia de los marines consiguió aquel empleo de lector de medidores, enemistado con el padre que ante su imprevisto regreso no estaba dispuesto a suministrarle un solo real. Ansioso esperaba cada mes el turno de arrimar a la pared de la casa de su amada la escalera que cargaba al hombro, para leer las agujas del medidor; y subido a uno de los últimos travesaños se tardaba más de lo conveniente en apuntar en su libreta, mientras Salvadorita llegaba hasta los barrotes de la ventana. En esta difícil situación, intercambiaban, de abajo hacia arriba, y de arriba hacia abajo, miradas lánguidas y recios suspiros; terminaba el coloquio, y se iba con la escalera, a estacionarla en la casa vecina. Hasta que el sabio Debayle, avisado de estos manejos, gestionó su destitución ante la Metropolitan Light and Power Co.

Recurrió otra vez a los marines, sus compañeros en las mesas de póker, y le consiguieron el empleo de inspector de excusados. Y de pronto se vio armado de un recipiente de creolina que debía llevar de casa en casa, y de un foco de pilas de tamaño descomunal que le servía para alumbrar el fondo de las letrinas. El sabio Debayle tenía inodoros de cadena, de modo que no corría el peligro de que el mariscal se presentara en su domicilio, y lo dejó en paz con su empleo.

Seguía en pleno apogeo la guerra santa, la quietud calurosa de los mediodías de León interrumpida por las imprevistas balaceras en las esquinas; y al ruido de tantos balazos fue que concibió la idea de intervenir en los litigios por la posesión de los fundos de Santos Lugares que se ventilaban en los juzgados, cuyas celosías y escritorios manchaba la sangre de los feroces contendientes. ¿Cómo? se preguntarán ustedes. Oigan:

Justo Pastor Gonzaga, un rábula al que había conocido en las mesas de póker de los marines, se lucraba consiguiendo favores escondidos de los jueces. Y bajo la promesa de una tajada en el botín, se dedicó a investigar los casos en que se podía pagar por una sentencia sin mayor escándalo, una vez cerrado el trato de compra con el más débil de los litigantes. ¿Con qué recursos iba a comprar? ¿Con su sueldo miserable de mariscal de excusados? No. Usando los troqueles para falsificar monedas dollar de plata que había traído consigo desde Philadelphia en el baúl de su magro equipaje.

Y puesto que quería hacerse rico a cualquier precio, Justo Pastor Gonzaga lo llevó a ver a *La Caimana*, que quería ser hombre a cualquier precio. Y el troquel, junto con la fragua de fundición, las barras de estaño y cobre, y los saquitos de limadura de plata para acuñar los símiles de las monedas, fueron trasladados a un cobertizo del patio de juegos de Las Animas Benditas, una vez alcanzado el acuerdo entre las partes.

Mala fortuna. Los sabuesos del destacamento Pendleton cayeron sobre la fábrica clandestina apenas las monedas relucientes, sabiamente troqueladas en noches de desvelo, empezaron a correr por las cantinas, garitos y galleras de León; y *La Caimana* junto con la fragua, el troquel y los cachivaches, fue conducida al cuartel de los marines, otra vez apretada entre botas, rodillas y correas en un automóvil descapotado que hoceaba como un cerdo pidiendo que le abrieran paso.

Anastasio, en mangas de camisa y visibles los tirantes, su saco de pana color carmelita colgado del espaldar de la silleta, jugaba póker con los marines en el vestíbulo del cuartel, la densa humareda de los cigarrillos Camel sobre la mesa, cuando entró *La Caimana* prisionera junto con los instrumentos de falsificación que descargaron con gran ruido. No dejó las cartas que tenía en la mano. Justo Pastor Gonzaga, que se había levantado a orinar, se asomaba escondido a la escena, sin saber si debía huir, o quedarse.

Los marines, ante la imagen tan familiar de *La Caimana* con su túnica blanca de capitana de las ánimas benditas, esposada, rompieron a reír. Anastasio decidió reírse también, como aventurado tahúr que era, sin saber cuál sería la siguiente carta que debía sacar del mazo si ella, en venganza, lo señalaba allí mismo como dueño de los troqueles, barras, y demás sustancias y aparatos decomisados. Pero no lo denunció ni entonces, ni nunca. Y gracias a las intrigas de Justo Pastor Gonzaga por los meandros de los juzgados, logró ponerla en libertad.

Fue entonces cuando la convenció de cambiar el nombre del burdel por el de Baby Dolls, como uno que había conocido en Philadelphia en Market Street. Gestionó en la Metropolitan Light and Power Co., donde conservaba amigos, para que tendieran una línea hasta Paso de Carretas, y una noche que ella volvía de Cafarnaún de pagar los emolumentos a *La Luz Terrenal*, se encontró la casa encendida, como si le hubieran prendido fuego. Le aconsejó encrespar el pelo de las niñas en bucles te-

ñidos de oro, hizo que les pusiera sombreros de jardinera y las vistiera de vuelos, y él mismo les enseñó
a abrir y cerrar los ojos de grandes pestañas postizas,
como muñecas de verdad.

La ansiada mano de Salvadorita volvía a aparecer lejana. Pero *La Caimana* insistía en ser hombre.
De manera que el mariscal hubiera seguido atrapado
entre los dientes de su perra suerte, azotando con sus
suelas de goma las calles de León en busca de excusados que alumbrar, sino ha sido por aquella terque-
dad. Y le escribió una carta al sabio Debayle, propo-
niéndole la operación.

No podía haber un mejor momento. Sus
enemigos en el Protomedicato de León prosperaban
en contra suya, empeñados en que nadie olvidara sus
pasados errores. Su clientela del pensionado diezma-
ba; y en los pabellones del traspatio ya no quedaban
sino unas cuantas tísicas haciendo croché en sus mecedoras vienesas, y algunos locos furiosos, de buenas
familias, encadenados en las celdas.

El sabio Debayle le contestó con una esquela cuidadosamente mecanografiada, que Quirón fue
a dejarle a su pieza en las vecindades del hospicio del
santo Mardoqueo. Le pedía que fuera a verlo a las
cinco de ese día a la Maison de Santé. Acudió en
punto, por supuesto; y he aquí el diálogo sostenido
en ese encuentro, tan diferente del anterior:

El sabio: (Muy cortés y afable). Tome asiento, por
　　　favor.
Anastasio: (Deposita, con golpe seco, su bastón de
　　　mariscal en el escritorio). Mil gracias.
El sabio: (Con impostada gravedad en el semblante).
　　　Por razones científicas, me interesa el caso.

Anastasio: (Haciendo girar el sombrero panamá entre sus dedos). Vamos a lo que vamos, doctor. Half and half. Yo le abro las puertas de la gloria, y usted me abre las puertas de la felicidad.

El sabio: (Para sí: «Al menos, es apuesto, no se puede negar. Y tiene agallas»). La jovencita de que me habla en su carta, ¿está dispuesta a someterse a mi escalpelo?

Anastasio: (Se adelanta en el asiento). Dispuesta, y ansiosa.

El sabio: (Juntando las yemas de los dedos). Necesitaría, no obstante, una entrevista médica con ella, para valorar su condición anatómica.

Anastasio: (Aún más al extremo del asiento). Mañana mismo se la traigo, siempre que...

El sabio: (Suspira). ¿Son rectas sus intenciones?

Anastasio: (Se pone de pie, muy erguido). Le solicito oficialmente la mano de Salvadorita.

El sabio: (También se pone de pie, y le extiende la mano). Por el momento, puede visitar mi casa. (Con un gesto de la boca señala el foco de pilas). Y abandone de una vez el bastón, mariscal. Ese oficio no calza en mi familia.

Anoten que esa misma noche, consumada ya la entrevista, Anastasio llegó desbordante de contento al Baby Dolls, el sombrero panamá de generosas alas electrizado en su mano, ya sin el bastón de mariscal que había quebrado a golpes contra la cuneta al no más salir de la Maison de Santé, y muy de paso porque Salvadorita lo aguardaba en su primera visita oficial de novio. *La Caimana*, por su parte, sintió unas ganas locas de orinar y se fue a la oscuridad del antiguo patio de juegos para tratar de ensayar de pie lo que sería su ansiado chorro largo; y alzándose la crinolina de su vestido de muñeca mayor, se bajó el calzón y apuntó al tronco de un naranjo. No pudo, por supuesto; no había llegado su hora. Y el chorro díscolo y despeinado le mojó abundantemente las perneras de vuelos del calzón.

Pero pasen al quirófano de La Maison de Santé. El sabio Debayle, por tratarse de una operación secreta, sólo admitió de ayudante a Quirón, que veía todo aquello con una mezcla de recelo y alegría. ¿Iba a poder tener ella, al fin, lo que tanto ansiaba? Dispuesto a poner todo de su parte, con más cuidado que nunca había esterilizado en la hornacina de leña el instrumental de tijeras, pinzas hemostáticas, caguts y escalpelos que la mano del sabio Debayle, el dorso pinto como un guineo maduro, ordenaba, como primer acto, sobre el lienzo de gasa en la mesita metálica que empezaba a herrumbrarse. Y tras ayudarle a ponerse los guantes de hule, que espolvoreó antes de talco, le amarró la mascarilla con firme lazo en la nuca.

La Caimana quiso sonreír a Quirón desde la camilla pero el miedo la perturbaba; y en ese momento el sabio Debayle le puso sobre la nariz un apósito de algodón y vertió encima un chorrito de cloroformo. Tras pocos minutos ya dormía, los labios apenas entreabiertos dejando adivinar las dos filas de dientes afilados.

El sabio Debayle, la cuchilla en la mano, vio en un relámpago al presidente Sadi Carnot cuando le entregaba su diploma *summa cum laude* en el acto solemne de graduación de La Sorbonne mientras afuera caía un alud de nieve; a Championnère que le sonreía desde el estrado, acaso no era él su discípulo más querido; a Clemenceau, su amigo de juergas, que lo vitoreaba desde la galería mostrándole bajo el abrigo la botella de champaña para la celebración. Y en otro relámpago vio el opúsculo en el que describiría en francés la solución quirúrgica del caso, con fotografías de antes y después. Volvería su nombre a la *Revue de Hautes Études de Médicine* y dejaría muda a la jauría del Protomedicato de León.

Y empezó. Con deleite de artista, lejos de toda fatiga, trabajó abriendo, ligando, suturando, mientras Quirón, a su lado, mantenía abiertos los libros en las láminas que él le indicaba, modificación del aparato génito-urinario por incisiones maestras según la prospección de Felix Guyon, formación del pene artificial de acuerdo al método de Beaumont, injerto testicular de Dartigues. Y al final, ya entrada la noche, colocaba las vendas en forma de estrella sobre las heridas donde habían estado los pequeños senos decapitados por la cuchilla conforme el manual quirúrgico de Poll-Kelly. Y con un gesto supremo de triunfo, se arrancó la mascarilla.

—Me falta todavía averiguar cuál fue el éxito de esa operación —dijo Rigoberto—. Tengo que hablar con Quirón.

—Preguntale a ella misma —le dijo Norberto—. ¿No te has vuelto su íntimo?

—El íntimo es el orfebre —dijo Rigoberto bajando la voz—. Se presenta al burdel temprano, para que nadie lo vea.

—¿Qué está diciendo de mí, jovencito? —le dijo el orfebre Segismundo, que entraba en ese momento.

—¿Es cierto que usted es cliente del Baby Dolls? —le preguntó Norberto desde lejos.

—No respondo a interrogatorios policiales —dijo el orfebre Segismundo, azorado.

—¡Entonces, es cierto! —dijo Norberto.

—Es clave conocer si la operación la dejó satisfecha, o no —insistió Rigoberto, muy pensativo.

—¿Clave para qué? —dijo Erwin.

—Para saber si le guarda rencor a Somoza —dijo Rigoberto.

—¿Rencor? —dijo el orfebre Segismundo sentándose—. ¡Es capaz de dar la vida por el gángster!

—¿Ella misma se lo ha confesado cuando visita usted el Baby Dolls? —le dijo Norberto.

—No tengo intimidades con marimachas, como usted con pederastas —le dijo el orfebre Segismundo, bravo de verdad.

—Ella maneja un gran poder que Somoza le da desde arriba —dijo el Capitán Prío.

—¿Poder en un lupanar? —dijo Norberto.

—¿Te parece poco el poder de denunciar? —le dijo Erwin—. Ella puede elegir sus víctimas, en secreto. Es como hallarse de noche en un camino, a merced de un animal agazapado.

—Es una persona sencilla, dedicada a su negocio —dijo Rigoberto.

—Esa mujer, o lo que sea, es una espía peligrosa —dijo Erwin—. El que ande en tratos con ella, sabe a qué se atiene.

—Pero según las cuentas del poeta, va a llegar a los altares primero que el santo Mardoqueo —dijo el orfebre Segismundo.

—Todo dueño de burdel informa a la guardia sobre lo que oye hablar a los clientes —dijo Rigoberto—. Sino, les cierran el negocio.

—*La Caimana* es más que una simple oreja —dice el Capitán Prío—. Maneja los Frentes Populares Somocistas en León—. Ella es la que va a llenarle mañana esta plaza a Somoza.

—Para eso tiene en los mercados a la Catalina Baldelomar, y en las comarcas a *Caradepiedra* Diómedes Baldelomar —dice Erwin.

—Lo único que conozco de esa marchanta Catalina Baldelomar, es que se metió en amores con Tirso el albino —dice Rigoberto—. Y no la preñó, porque se le vería el feto alumbrar en la barriga, como una bujía.

—El hermano es el más peligroso —dice Erwin—. Su oficio en la comarca de Lechecuagos era capador de toros. Le cogió gusto a la navaja, y se volvió asesino.

—Me da escalofrío cuando hablan de capar —dice el orfebre Segismundo, y apretó las piernas.

—Para caparlo a usted el sabio Debayle hubiera necesitado muchos días —le dice Norberto.

—Muchas gracias —le dice el orfebre Segismundo—. Con esa lisonja borra todo lo anterior, mi querido discípulo.

—Para probar que ha cumplido la orden de matar a alguien, le corta las manos a la víctima, y se las trae al Coronel Maravilla, dentro de un saco —dice Erwin.

—O les corta las orejas —dice Norberto—. Yo tuve un tractorista al que *Caradepiedra* lo fue a sacar de noche a su casa. Y cuando hallaron el cadáver, no tenía las orejas.

—Ahora son ustedes los que exageran —dice Rigoberto.

—No, poeta —dice el Capitán Prío—. Siempre que me toca hacer alguna diligencia en el comando, allí está *Caradepiedra* como esperando que le ordenen alguna maldad. Y el día que vino aquí Moralitos, andaba acompañándolo. Se quedó vigilante en la puerta.

—Se ve entonces que mañana va a estar muy ocupado *Caradepiedra* al lado de Moralitos —dice Erwin.

—Con Moralitos no va a andar —dice el Capitán Prío—. Ya les dije que poner la gente en la plaza es cosa de *La Caimana* y sus adláteres.

—Y debido a que el Capitán también va a estar muy ocupado mañana, mejor nos retiramos —dice el orfebre Segismundo, ya de pie—. Esto se va a llenar de alimañas, y tiene que prepararse para recibirlas.

—Siempre que las alimañas paguen, les sirvo —dice el Capitán Prío.

—Como mañana no puede haber sesión, saque de aquí esta mesa para que no se contamine, Capitán —le dice Norberto, que ya se va también.

—No es necesario, después la bendecimos de nuevo con las debidas libaciones —dice el orfebre Segismundo.

—Invitemos a Moralitos a departir mañana con nosotros. Así podemos tener sesión, debidamente protegidos —dice Erwin, levantándose con un gran bostezo y poniéndose su boina vasca.

—No se olvide pasar a mediodía recogiendo su anillo —le dice el orfebre Segismundo a Norberto.

—¡Otro anillo! —dice Erwin—. En tu vida anterior debiste haber sido puta de Babilonia. Y de las caras.

—No es un anillo para mí —dice Norberto.

—Eso de las otras vidas se llama metempsicosis —dice el orfebre Segismundo.

—¿Por qué querés saber si *La Caimana* le guarda rencor a Somoza? —le dice Erwin a Rigoberto, ya de salida.

—Porque entonces voy a estar claro de lo que ella puede ser capaz —dice Rigoberto.

¿A los sangrientos tigres del mal darías caza?

Se irá Somoza sin chaleco antibalas a la fiesta, así lo ha tramado una de las hermanas que se divierte con las sorpresas. Ojerosa y macilenta, corta ese hilo de la urdimbre con el filo de sus dientes porque el ruido de las tijeras herrumbradas no llame la atención de las otras que canturrean mientras zurcen en la oscurana. Pero esas otras dos se han concertado desde antes para jugarle una mala pasada a la bromista, de este modo suelen divertirse entre ellas las hijas de la noche: Rigoberto, que camino de la fiesta se detiene en la Casa Prío, no se preocupa del chaleco porque va a disparar en cuclillas, abajo de la cintura, como al muñeco de zacate.

Son más de las nueve. Todavía los convencionales forasteros llenan el salón, entretenidos en sus ruidosas conversaciones en tono de discurso, saludándose con alarde de abrazos y abriéndose paso hacia el bar con los billetes en alto en busca de un trago, como si apostaran; pero pronto empiezan a irse en bandadas, a la fiesta, o a sus casas de pensión, a los acordes de las marchas militares, pues el disco de la Boston Pop suena de nuevo desde hace rato a todo volumen. Uno de ellos flaco, picado de viruelas, que había llamado Bienvenido Granda a Rigoberto al verlo entrar, viene hasta el rincón de la mesa maldita para despedirse de él, palmoteándole sonoramente la espalda, como si se conocieran de toda la vida.

Ya va Rigoberto sobre el segundo sorbete de tutti frutti. Raspa la superficie tornasolada de las bolas que reposan en la copa de aluminio, y sin soltar la cucharita, pasa la lengua por los labios carnosos para no perder nada del claro dulzor de las escamas. ¿Mira el reloj? No. El Capitán Prío no recuerda que haya mostrado prisa, como lo prueba la parsimonia con que saborea el sorbete. ¿Nerviosismo? Debajo de la mesa, sus pies, calzados con los mocasines marrón, que envió a lustrar al parque San Juan al momento de vestirse, cambian constantemente de posición, pero eso no prueba nada; es su vieja costumbre.

En su pelo crespo brilla la grasa de la brillantina Glostora. Su traje azul claro, como de colegial, es de gabardina ligera, y la corbata tiene el dibujo de una pálida mariposa que en fondo gris perla liba el cáliz de un lirio de marfil. ¿Será capaz de ordenar un tercer sorbete de tutti frutti? Lo ordena. En San Salvador, el sorbetero Manlio Argueta no los hacía igual.

El Capitán Prío viene al fin a sentarse con él, trayendo el long-play de Mantovani y su orquesta que ha ido a sacar del mostrador donde guarda los discos. Ahora que el ambiente está más sosegado, quiere pasar a la música melódica de cuerdas, una vez que terminen las marchas.

¿No le extrañó al Capitán Prío que Rigoberto se ausentara de la representación de *Tovarich*, que ya debería estarse iniciando a esas horas en el Teatro Darío? ¿No le extrañó que se dirigiera, en cambio, a una fiesta en honor de Somoza? Le extrañó, y en cada caso se lo preguntó. Y sus preguntas fueron respondidas de la siguiente manera:

—Ya cumplí con lo que me tocaba, Capitán. Rubén va a quedar en su pedestal.

—¿Qué puedo hacer yo? Rafa Parrales me manda a cubrir la fiesta, quiere una crónica de primera página para mañana.

Y apenas terminaba Rigoberto estas explicaciones, cuando ambos alzaron la cabeza, como si los llamaran. En la puerta, inmóvil, estaba el orfebre Segismundo, la camisa empapada de sudor y el sombrerito tirolés estrujado en la mano.

—Yo lo vi todo —dice, acercándose.

—Siéntese —le pide el Capitán Prío, pero él sólo mira a Rigoberto y no atiende.

—Yo salía del templo de la Recolección como a las siete, y no me pregunte ninguno qué andaba haciendo yo en una iglesia —dice, con la respiración agotada—; y vi que le dieron el alto. Iba solo. No opuso ninguna resistencia. Registraron un saco de bramante que traía, y los tres guardias de la patrulla montaron entonces al mismo tiempo los rifles Garand. Hasta donde yo estaba oí aquel ruido seco, de amenaza. Creí que lo iban a matar. Pero lo que hicieron fue esposarlo, y subirlo en el jeep. Se oía que hablaban por radio. No se movieron de allí, hasta que al rato, pasaría un cuarto de hora, llegó Moralitos en otro jeep, con más guardias. El cura Olimpo Lozano venía con él. Moralitos hizo que bajaran al preso. Lo puso de rodillas, lo levantó por el pelo, y le alumbró la cara con un foco para que el cura lo viera bien.

—Era Cordelio —dice Rigoberto, con aire muy pensativo, casi distraído.

—Lo reconocí desde el primer momento —dice el orfebre Segismundo, y se derrumba en la silla.

El Capitán Prío se levanta a quitar el disco de marchas que ha llegado al final con *Semper Fidelis*, pero ya no pone el otro.

—Ya había perdido la esperanza de encontrarlo, poeta —le dice el orfebre Segismundo a Rigoberto—. Lo busqué en la casa de su novia, y me vine de allí, corriendo. Éste era mi último chance.

—¿Me sigue ella esperando? —le pregunta Rigoberto.

—En la puerta —le dice el orfebre Segismundo—. No va a llevarla a la fiesta, ¿verdad?

—No. Voy solo —le dice Rigoberto.

—Por ella entonces no se preocupe —le dice el orfebre Segismundo—. Yo la saco a un lugar seguro.

—El que necesita un lugar seguro es usted —le dice Rigoberto.

—Es a ella a la primera que va a buscar Moralitos —le dice el orfebre Segismundo.

—¿Y qué lugar seguro es ése? —le pregunta Rigoberto.

—Tengo a alguien que la puede poner en Puerto Morazán para que coja el barco que sale muy de mañana —le responde el orfebre Segismundo.

—Lo que no veo es cómo ella va a aceptar irse —le dice Rigoberto.

—Con un papelito que usted me dé —le dice el orfebre Segismundo.

El Capitán Prío se ha quedado discutiendo con uno de los meseros porque hasta ahora llega a informarle que los convencionales de una de las mesas se fueron sin pagar; y no sin intriga, ve que Rigoberto, apresurado, se pone a escribir.

—Dígale que hay complicaciones graves que después le va a explicar; que usted ya va adelante, que la espera en el puerto, que la única manera que se pueden casar es yéndose juntos a El Salvador.

Que ya no hay otra oportunidad. Que confíe en mí, y que conmigo le manda el anillo de compromiso. Yo voy a facilitar ese anillo —dice el orfebre Segismundo.

Rigoberto levanta los ojos.

—¿Y cómo piensa que va a arreglar todo ese viaje de aquí a la madrugada? —le pregunta.

El orfebre Segismundo lo mira, sin parpadear.

—Porque es mi propia fuga la que tenía lista —le responde—. Me da mucha vergüenza decírselo. Pero me entró miedo.

Rigoberto se entretiene en doblar el papelito antes de entregárselo.

—Entonces váyase de todos modos con ella —le dice—. Usted ya hizo su parte.

—El miedo es una cosa muy jodida, como una enfermedad —dice el orfebre Segismundo, y se mete el papelito en el forro del sombrero tirolés—. Pero ya me pasó.

—Ojalá que también se me pase a mí —le dice Rigoberto, y le sonríe apenas.

El Capitán Prío, que no ha terminado su discusión y está amenazando al mesero con correrlo, ve al orfebre Segismundo bajar la acera para irse muy precisado, por el rumbo de la plaza, y a Rigoberto, que ya en la puerta que da a la Calle Real se vuelve ligeramente para decirle adiós.

Ya han pasado las diez de la noche. Las sirenas de las motocicletas anuncian que la caravana presidencial se dirige hacia la fiesta. Rigoberto se detiene bajo la luz de una lámpara en la esquina de la Calle Real donde Erwin había marcado con tinta azul la posición del enlace B. No hay nadie allí. Nunca fuma, pero hoy tiene ansiedad por un cigarrillo y se palpa el bolsillo de la camisa como si siempre llevara un paquete consigo. Toma la primera avenida y advierte, de lejos, en la siguiente esquina, a la patrulla volante que vigila el acceso a la cuadra del club. Cruza al lado de los soldados, y alza la mano, saludándolos. Sólo lo miran, hoscos, bajo la sombra de los cascos.

Junto a la cuneta, en el lugar preciso que indica en tinta roja el plano, enlace A, está estacionado el jeep de Norberto, y al pasar roza con los dedos el latón de la carrocería. Más allá, la limosina blindada de Somoza, las motocicletas y los vehículos militares de la escolta, los choferes recostados junto a las portezuelas abiertas. Adentro, la orquesta termina de tocar el himno nacional.

El coronel Lira había corrido hacia el estrado de la orquesta de la Guardia Nacional agitando su pañuelo, y Somoza, como si se sintiera sorprendido al escuchar los acordes, se detuvo en su avance, la mano sobre el pecho con los dedos apuntando al corazón, muy junto a él la Primera Dama procurando no parpadear. El locutor de la Gran Cadena Liberal, subido a una silleta, extendió la mano en que tenía el micrófono para captar las notas confusas y distantes que cesan ya en los receptores; y ahora se baja de la silleta y trata de acercarse a Somoza, en busca de unas palabras suyas, arrastrando el cable que se enreda en los pies de los concurrentes. La pareja prosigue entre los aplausos, los dos repartiendo sonrisas y Moralitos abriéndoles campo, hasta que desembocan, por fin, entre los empujones y apretujamiento que dejan lejos al locutor, en el corredor occidental de la vieja casa de adobes donde esperan en sus sitios los invitados a la mesa de honor, ministros y funcionarios locales con sus esposas.

Rigoberto oye al locutor que se queja del alboroto y reclama un poco más de orden, ahora que entra a la pulpería Conny, vecina al club, donde el receptor de radio, metido en una funda de croché, suena a bajo volumen. Compra una cajetilla de doce pastillas de chiclets Adams, por la que paga un córdoba, entregando de su billetera a la dueña, Conny Aguilar de Cáceres, de cuarenta años de edad, casada, con domicilio en el mismo lugar, un billete de cinco córdobas, y recibiendo el vuelto en cuatro billetes de un córdoba cada uno. La billetera (exhibit number 5), guardada en el bolsillo derecho del pantalón, tiene tres depósitos de mica transparente para fotografías, todas vacías.

Al ser las diez y treinta va a iniciarse ya el primer set bailable. Rafa Parrales, que ronda la mesa de honor, se dirige al estrado de los músicos, y con aire de picardía habla al oído del Coronel Vega Miranda; los músicos, uniformados de kaki y corbatas negras, cada uno sentado frente al cajón de su atril donde luce el monograma OGN de la orquesta, buscan entre sus partituras, y cuando están listos, Rafa Parrales toma el micrófono para solicitar a Somoza que pase a bailar con la Primera Dama el vals criollo peruano *Estrellita del Sur*, la pieza preferida de los dos, que tendrá el placer de cantar en su honor. Hay un aplauso. Moralitos, ubicado de espaldas a la pared, detrás de la mesa de honor, hace una rápida señal a los agentes de seguridad, y él mismo se adelanta a despejar el camino a la pista. La gente se apretuja alrededor del patio embaldosado, curiosa de ver bailar a la pareja.

El vals termina, suenan otros aplausos, Rafa Parrales da las gracias y Rigoberto ya está en la puerta. El sargento Domitilo Paniagua, con una corbata que lo aprieta tanto que parece más bien la soga de un ahorcado, las puntas del cuello volteadas hacia arriba, oye desde la puerta que ahora empiezan a tocar el Mambo No. 5 de Dámaso Pérez Prado, y se siente eléctrico, con unas ganas de bailar que le dan vergüenza; y marcando el ritmo con movimientos reprimidos, le hace a Rigoberto alegres señales de que pase adelante, como está pasando todo el mundo en tropel, y entre empujones va a desembocar al remolino de la pista donde estallan más aplausos y vivas entusiastas porque Somoza viene a bailar de nuevo, ahora de la mano de la novia del club, señorita Azucena Poveda Siles, de dieciocho años de edad, con domicilio en el barrio de Zaragoza, alumna de mecanografía y taquigrafía del Colegio Académico Mercantil.

Los brazos en alto y los puños cerrados, mambo, que rico el mambo Somoza desafía a la muchacha que eleva los codos marcando austeramente el compás, apenas sonriente, el bozo perlado de sudor, y se baja rítmicamente frente a ella hasta quedar en cuclillas mambo, qué rico es, casi pegando los talones con las nalgas, para erguirse en un impulso entusiasta, de nuevo entre vivas y aplausos, y risas, y silbidos, y el mambo sonando todavía, la abraza con ímpetu y la besa cerca de la boca mientras estallan los flashes de los fotógrafos.

El locutor, lleno de euforia, narra en todos sus detalles la escena. Rigoberto, en el borde de la rueda, aplaude también, sonriente, y sigue con la vista a Somoza mientras vuelve a la mesa de honor, lo ve sentarse y ve al Coronel Lira que le alcanza un pañuelo empapado en Eau de Vétiver con el que se limpia el sudor, y, discretamente, los polvos de arroz que le han quedado en la boca al besar a la novia del club. El Coronel va ahora a su valijín, regresa con la botella de Black and White, y le sirve una medida doble.

La orquesta abre un nuevo set con el bolero rítmico de Bobby Capó, *Piel Canela*. Rigoberto mira su reloj. Son las diez y cuarenticinco. Se abotona el saco, y capeando las bandejas de madera de los meseros que pasan en alto repletas de vasos, va hacia el corredor donde las muchachas, sentadas en apretadas filas de sillas plegadizas, esperan dóciles a que las saquen a bailar, los platos de cartón con sandwiches y pastelitos en sus regazos.

La señorita Ermida Toledo Granera, empleada de mostrador de la Panadería Munguía, de veintidós años de edad, cinco pies dos pulgadas de estatura, morena, pelo lacio, cicatriz de viruelas en la barbilla, libre de antecedentes policiales o penales, requerida a bailar se levanta sin ninguna vacilación, aunque no conoce, ni aún de cara, al solicitante. Rigoberto la lleva hasta la pista, le ofrece un chicle, y él se mete otro a la boca; y desde que la toma de la cintura ojos negros piel canela que me llegan a desesperar, va abriéndose paso entre las parejas que pugnan por empujarlo, *me importas tú, y tú*, y tú hasta quedar frente a la mesa de honor, *y nadie más que tú*.

Somoza escucha con atención fastidiada a Rafa Parrales que inclinado sobre él le muestra *El Cronista* de esa tarde, mientras los invitados a la mesa de honor, que poco se levantan a bailar, elevan su conversación aprovechando el fin del bolero. El humo del cigarrillo Lucky Strike de Somoza, pendiente del pitillo de plata, se deshace en tenues virutas frente a su rostro lleno de pecas, para subir en hilachas aún más débiles y dispersas en busca del retrato gigante que tiene a sus espaldas, allí donde Moralitos hace guardia, un Somoza más joven mirando a la distancia, en uniforme almidonado y sombrero expedicionario de la infantería de marina, dos pequeños fusiles metálicos cruzados encima del cierre del cordón que rodea la base del sombrero, las manos asidas al fajón que sostiene la pistola.

Asiente, siempre oyendo, deja el pitillo en el cenicero, y ahora entretiene sus dedos con la carterita de cerillos en que luce también su retrato, de las mismas que el camión militar repartía a puñados en las calles. Sobre el mantel, al alcance de su mano, está el paquete de cigarrillos del que Rafa Parrales, confianzudo, toma uno; el cenicero que el Coronel Lira vacía cada tanto, y el vaso de Black & White. La Primera Dama, que apenas ha dado un sorbo de Ginger-Ale, oye la plática de Rafa Parrales, aprobando con la cabeza pero sin mirarlo, para que nadie en la pista de baile pierda su sonrisa que no va dirigida a nadie en particular.

Los músicos buscan rápidamente en los cuadernillos la partitura de *La múcura*, a ritmo de mambo, y arrancan a tocar. Son las diez y cincuenta. Entran más danzarines a la pista, algunos ya bailando. Los músicos, de pie frente a los atriles, dejan las boquillas de las trompetas y los saxofones y cantan en coro *mamá no puedo con ella, es que no puedo con ella*. Somoza se aparta un momento de la plática de Rafa Parrales y se voltea hacia la Primera Dama, moviendo rítmicamente las hombros, como si la incitara a bailar. Ella ríe con una corta carcajada, y lo desprecia en juego, con un gesto de la mano.

Rigoberto cuida de no ser desplazado de su sitio sin romper la cadencia de las manos, pies y cintura, y sin dejar de sonreír a la muchacha que baila fijándose en el trabajo de sus propios pies mientras masca el chicle *muchacha quién te rompió tu mucurita de barro*, la toma por el talle invitándola a ladear el torso como él mismo lo hace, se vuelve en un giro que lo deja de cara a la mesa de honor y eleva las manos como si agitara dos maracas *San Pedro que me ayudó pa'que me hiciste llamarlo*, las baja y las lleva al pecho, se arrodilla abriendo las piernas *la múcura está en el suelo mamá no puedo con ella*, y es Moralitos el que se adelanta asustado, lo ha visto meter la mano bajo el saco *es que no puedo con ella*, el pequeño revólver ya de pronto apuntando, el animalito negro que va a morder *tu mucurita de barro*, un vómito encendido, zarpazos deslumbrantes, estallidos apagados como cachinflines, y Somoza se dobla en el regazo de la Primera Dama como si tuviera sueño y ella extiende sus brazos para recibirlo derramando el vaso de Ginger-Ale *es que no puedo con ella*, suenan los disparos más poderosos de la pistola automática de Moralitos *no puedo con ella* y cada instrumento va a callarse por su cuenta, llama sin respuesta el cencerro y sólo el alboroto de la batería queda de último ya cuando las parejas corren, se atropellan, derriban los atriles, un reguero de zapatos de tacones altos en el piso, alguien ha tropezado entre los gritos y empujones contra el bombo de la batería y se sueltan restallando los platillos, caen las bandejas de los meseros que huyen, en la mesa de honor no queda nadie más que Somoza y la Primera Dama que lo sostiene, y el bailarín solitario, abandonado por su pareja que también ha huido, sigue acuclillado en el suelo en su pase final, bañado en sangre, las piernas ligeramente abiertas, el revólver todavía apuntando, ya sin balas, por debajo de la mesa; y cuando Rafa Parrales, escondido detrás de un pilar del corredor, se asoma, sin que acabe de salirle la voz, le grita:

—¡Poeta! ¿Qué está haciendo allí?

Y como si fuera una señal, las bocas de las subametralladoras Thompson se abren con furia sobre el bailarín acuclillado que ahora inicia un nuevo movimiento hacia arriba, violento, desconcertado, y otra vez hacia abajo, doblando las rodillas pero negándose a ponerlas en tierra, un estertor como si las timbas, las maracas y la quijada de burro siguieran percutiendo y el cuerpo que se agita en frenesí respondiera al llamado de las trompetas, se inclina en un último impulso hacia adelante, toca con la cabeza el piso espolvoreado de talco y el animalito huye, apenas unos pasos, de su mano abierta.

Y hay un último disparo a quemarropa porque el coronel Justo Pastor Gonzaga, con la pistola niquelada en alto, se acerca cegato al cadáver tendido en el charco de sangre que va cubriendo el piso embaldosado, busca con dificultad la puntería, se inclina y le vuela la cabeza. Ese balazo gratuito, de retumbo tan poderoso ahora que se han acallado los disparos, es demasiado ya para los oídos de la Primera Dama, que angustiada, atrae la cabeza del marido a su regazo como para protegerlo de todo ruido, y grita:

—¡Justo Pastor! ¿Qué se hizo Heriberto?

Como si se hubiera desinflado dentro del uniforme de gala, el coronel Gonzaga sólo se la queda mirando tras los lentes que magnifican sus ojos.

—El general le dio permiso de irse a Chinandega a otro baile, señora —le informa el coronel

Lira, que espantado y solícito rebusca en su valijín por alguna medicina que sabe que allí no tiene, y saca al fin el frasco de agua de colonia Eau de Véti-ver tamaño barbería que destapa para echársela en las sienes a Somoza, a manotadas, como si se tratara de un desmayo, y Rafa Parrales viene a soplarlo con el ejemplar de *El Cronista* como si tuviera calor.

—¿Estamos sin médico? ¡Sólo mierdas rodean a Tacho! —grita la Primera Dama con rabia—. ¡Llamen entonces una ambulancia!

—No hay teléfono aquí, señora —le dice el Coronel Lira, que ya llora.

—Que vayan las motocicletas a buscar la ambulancia —ordena entonces ella.

Y hay otro grito, que casi se diría calmo:

—¡No dejen salir a nadie!

Van Wynckle, a pesar de que ha estado allí siempre, parece recién llegado. Al sólo oírlo, Moralitos arrebata entonces una subametralladora de manos del primero que encuentra y corre dando órdenes para que lo sigan a las puertas donde hay una gran pugna por ganar la calle, que el sargento Domitilo Paniagua trata de contener inútilmente con sus pocos hombres desprevenidos. De la pista de baile hasta las puertas quedan en el suelo, machacados por la estampida, más zapatos, carteras de mujer, anteojos, sombreros.

Ustedes dejen a Moralitos ocuparse de las puertas. Conviene mejor permanecer cerca de Van Wynckle en la pista de baile donde reina ahora una extraña quietud, Rigoberto acribillado por incontables balazos, y Somoza frente a él, desmayado en brazos de la Primera Dama, al centro de la mesa de honor desierta.

Van Wynckle se acerca a trancos largos a la Primera Dama, no hay tiempo de esperar ninguna ambulancia, es necesario llevar al presidente al hospital en la limosina, y llama a tres agentes para que ayuden al coronel Lira a cargarlo hasta la puerta en la silla en que está sentado. Y mientras ya lo alzan, Van Wynckle se vuelve y observa a esos dos que a pasos silenciosos han venido acercándose al cadáver de Rigoberto. El hombre ésa, maquillado, aún en su mano el periódico que mostraba al presidente. Y la mujer ése, de saco y corbata estrafalarios, anteojos oscuros y sombrero de fieltro. La misma. Temprano le había preguntado al presidente quién era, sólo por curiosidad.

Los dos, cada uno por su cuenta, atisban el cuerpo desfigurado entre la valla de custodios. Lo conocen. Van Wynckle puede sentir de lejos su miedo, casi como un olor. Se llevan a Somoza en la silla, entre gritos para que aparten a los prisioneros confinados en el suelo, y él baja a la pista, y entrecerrando los ojos, retirando la cabeza, como quien escoge melones en un mercado un sábado cualquiera, le dice al hombre, estrafalario también, que tiene a su lado, sin fijarse muy bien a quién ordena: capture a esos dos. Espóselos.

Son tiempos de confusión, hay que reconocerlo. Los agentes de seguridad, ansiosos de ser mandados por Van Wynckle, se miran sorprendidos. Aquella orden, que se vuelve tan estrafalaria como quien la recibe, va dirigida a *Caradepiedra* Diómedes Baldelomar, que ni en estas circunstancias de fiesta dejó de traer la toalla arrollada al pescuezo. Le están dando la orden de capturar a su propia madre, y más que su madre, pero no se sorprende, y se apresura en cumplirla, la mano ya en la cacha de la pistola Colt de largo cañón que lleva siempre pegada al pellejo de la ingle.

El sargento Domitilo Paniagua, ya armado por Moralitos con una carabina y con órdenes de tirar a matar si alguien quiere fugarse, había visto como *Caradepiedra* Diómedes Baldelomar traía a *La Caimana* encañonada junto con el catrín que no conocía, los únicos dos esposados, para obligarlos a sentarse a plan entre los demás prisioneros, muy cerca de la puerta porque ya no quedaba sitio adentro, y se había extrañado. Pero más extrañado se muestra Moralitos que regresa de la calle donde hay un jeep abandonado, más que sospechoso, que ya están examinando con focos de mano.

Se dirige a paso rápido a *La Caimana* para preguntarle qué pasa, y la misma pregunta se la repite, con más extrañeza aún, a *Caradepiedra* Diómedes Baldelomar, mientras le ordena callarse a Rafa Parrales, que se deshace en súplicas. Y aunque madre e hijo son de pocas palabras, no tiene necesidad de forzarlos a responder porque Van Wynckle ya está a su lado.

—Ella conoce al asesino —le dice.

—Ése es su trabajo, señor, conocer a los enemigos. Ella es mi agente —le dice Moralitos—. Yo también lo conozco. Se llama Rigoberto López Pérez.

—López Pérez —dice Van Wynckle y saca su libreta—. ¿A este hombre usted le estaba dando seguimiento?

—Muy de cerca, señor —le dice Moralitos—. Cordelio Selva había entrenado en tiro a alguien en El Salvador. Podía ser él. Allá compraron el revólver.

—El revólver estaba escondido en el Baby Dolls y el muerto fue a sacarla hoy en la noche —se oye decir, de pronto, a *Caradepiedra* Diómedes Baldelomar.

Moralitos se vuelve hacia él, sorprendido.

—Fíjate bien lo que estás diciendo —lo previene.

Van Wynckle, con calma, saca el revólver del bolsillo del saco (exhibit number 1), y abre el pañuelo que lo envuelve.

—¿Este revólver? —le pregunta.

—Ése mismo —responde *Caradepiedra* Diómedes Baldelomar.

—¿En manos de quién estaba? —le pregunta.

Caradepiedra Diómedes Baldelomar vuelve muy lentamente la cabeza hacia *La Caimana*. Se miran, pero nadie sabe qué hay detrás de los anteojos oscuros de los dos.

—Vos tenías el revólver en tu poder —le dice, y en su voz hay un deje de compasión—. Por órdenes tuyas la Minerva Sarraceno se la entregó al muerto. Y venía ese luchador desnudo en el camión diciendo de un atentado y yo te advertí: hay que informar. Pero me dijiste que no hiciera caso de borrachos.

—Quiero a esa otra mujer, Minerva, inmediatamente. Y quiero a ese luchador —le ordena Van Wynckle a Moralitos.

Moralitos mueve lleno de decepción y rabia la cabeza mirando a *La Caimana* que sigue impávida detrás de sus anteojos oscuros. Luego, toma por el brazo a Van Wynckle para alejarse con él unos pasos.

—Al luchador lo tengo yo —le dice.

—¿Es una pieza importante? —le pregunta Van Wynckle.

—No —le dice Moralitos—. Es un agente mío que jamás sirvió para nada, todo lo enreda. Lo recluté para meterlo en San Salvador. Y cuando López Pérez volvía a Nicaragua, lo puse detrás de él. Nunca pude saber si lo siguió hasta aquí, o no lo siguió.

—Eso no suena bien —le dice Van Wynckle—. ¿Cómo aparece hoy ese agente suyo hablando de un atentado, sin que usted lo sepa?

—Ayer me buscó para pedirme dinero —le dice Moralitos—. Lo reconvine, y lo puse a seguirle la pista a López Pérez, por las sospechas que yo ya tenía. Pero con el dinero que le di se dedicó a beber, y a alborotarlo todo. Mejor resolví meterlo preso. Al fin lo hallaron, cuando salía del Baby Dolls.

—Pero habló de un atentado —le dice Van Wynckle.

—Porque averiguar sobre la posibilidad de un atentado estaba entre sus instrucciones —le dice Moralitos—. Pero no es más que un borracho irresponsable, y fanfarrón.

—Tal vez se emborrachó a propósito —le dice Van Wynckle—. Y tal vez nunca informó porque se identificó con ellos. Pasa eso en este negocio.

—Puede ser —le dice Moralitos.

—Y en este negocio, cuando se trata de traiciones, nunca hay que dejar correr las dudas —le dice Van Wynckle—. ¿Me entiende?

—Sí, señor —le dice Moralitos—. Le entiendo bien.

—Ya ve el caso de esa mujer, o lo que sea —le dice Van Wynckle—. Todavía esta noche el Presidente la creía muy leal. Y a esa hora, seguramente ya le había entregado el arma al asesino.

—El luchador ya nada tiene que hacer en este mundo —le dice Moralitos, volviendo la cabeza hacia *La Caimana*—. Pero ella sí. Mucho tiene que contar.

—Los dos muchachos, cuando se enteren, no querrán que toquemos a nadie aquí —le dice Van Wynckle—. Ella, y todos los otros, tienen que ser interrogados en Managua. Cordelio Selva el primero, que ya debe haber llegado.

—Cordelio Selva fue inteligente —le dice Moralitos—. Logró lo que quería. Ya decía yo que había sido demasiado fácil capturarlo.

—Oh, no, no tan exactamente —le dice Van Wynckle—. *The president, poor soul,* él mismo abrió las puertas para que el asesino entrara.

El sargento Domitilo Paniagua, desde su posición en la puerta, había escuchado antes a Moralitos pronunciar el nombre del asesino muerto, a *Caradepiedra* Diómedes Baldelomar reconocer el arma, y había escuchado también la orden de captura contra la Minerva Sarraceno. Y cuando Van Wynckle y Moralitos se retiraron a conversar, se fue llenando de una gran desazón que pronto se convirtió en miedo. Así como antes hubiera querido bailar el mambo, ahora quiere correr. Pero déjenlo en la puerta que de allí no se va a mover mientras Moralitos no le de una orden distinta. El miedo, precisamente, que lo hace pensar en correr, le impide moverse.

Ahora, mejor vengan conmigo al Hospital San Vicente. Mientras llega el cirujano que han enviado a buscar a su casa, Somoza yace desvanecido en una camilla en la antesala del quirófano desierto. Sólo la Primera Dama y el Coronel Lira están con él. Como ella no conoce a ninguno y desconfía de todos, ha ordenado que los médicos de turno sean encerrados en la cocina junto con los practicantes y las enfermeras, con lo que quedan los pacientes abandonados en los pabellones, un soldado en cada puerta y las luces encendidas.

Somoza da señales de despertarse, para regocijo de su esposa y el edecán; entreabre los ojos, y es entonces que se produce el siguiente diálogo. Oigan bien:

Somoza: (La lengua a rastras). ¿Dónde estoy?
Ella: (Tomándolo de la mano). En el hospital, ya viene el doctor.
Somoza: (Los ojos otra vez cerrados). ¿Quién me disparó?
Ella: (Con un rictus en los labios que le tiemblan). Un obrerito comunista de mierda.
Somoza: (Torna a entreabrir los ojos). ¿Qué se hizo?
Coronel Lira: (Se inclina cariñosamente sobre la camilla). Ya recibió su merecido, General.
Somoza: (Se revuelve, inquieto). ¿Lo mataron?
Coronel Lira: Sí, General.
Somoza: (Los ojos otra vez cerrados). Qué estúpidos... me lo hubieran dejado vivo... para agarrar los hilos... del complot... ahora por lo menos... que le corten... los huevos... (Silencio molesto). Es para que... me le den... sopa de huevos... a la guardia... (Sonríe).

Vuelve a la inconsciencia, la sonrisa aún en sus labios. Sopa de huevos. Un espíritu risueño aún en las peores circunstancias, capaz de bromas que gente como el Coronel Lira suelen tomar en serio. La Primera Dama, que por vieja costumbre las toma como lo que son, recibe el pañuelo empapado en Eau de Vétiver que el coronel Lira le alcanza, el último que aún queda limpio en el valijín, y seca el frío sudor de la frente del esposo.

Se escuchan entonces en el corredor pasos de botas militares, entrechocar de cantimploras, golpe de culatas en las baldosas. La puerta de batientes se abre y aparece el doctor Apolidoro Arana, en pijama a rayas y descalzo, el maletín en la mano. Con él entra una turbamulta de soldados en arreos de combate. Han ido a sacar al cirujano a su casa y lo han traído en la plataforma de un camión militar; se había acordado de su nombre la Primera Dama en el trayecto hacia el hospital. Es su sobrino lejano.

—¡Retírense de aquí! ¿Qué es esto? —les ordena ella, y todos huyen, asustados.

El cirujano, impávido, apenas ha alcanzado a musitar las buenas noches. Con mano temblorosa, que poco a poco va calmándose, extrae del valijín el manómetro y toma la presión arterial del herido; rebusca por su lámpara, y alzándole los párpados, examina las pupilas; saca el termómetro, y aflojándole la corbata, abre la camisa de faldones ensangrentados para tomar la temperatura en la axila, y finalmente le ausculta el pecho; y como si alguien copiara, ha ido dictando: presión arterial noventa máxima, sesenta mínima. Pulso, irregular. Pupila, dilatada. Temperatura axilar, treintiocho grados. Ritmo cardíaco, atónico.

Se quita el estetoscopio de las orejas, y mira a su alrededor, como si hasta ahora se diera cuenta de que la antesala del quirófano está desolada.

—Hay que desnudar al presidente para examinar las heridas —dice—. Necesito al personal.

—Aquí no puede entrar nadie más —le responde ella—. En nadie confío. Que lo ayude el Coronel Lira.

—Está bien, venga, ayúdeme —le dice el cirujano, después de reflexionar un momento.

—Al Jefe nadie puede verlo desnudo —dice entonces el coronel Lira, y da un paso para interponerse entre el cirujano y la camilla. El otro, confuso, dirige una mirada interrogante a la Primera Dama.

—Usted, obedezca —le ordena ella al coronel Lira—. Ayúdelo.

—Nadie puede ver desnudo al Jefe —insiste él, ahora con los ojos arrasados de lágrimas.

—¡Pedazo de estúpido! —lo sacude ella por las solapas de la guerrera—. ¡Hacés caso, o salís de aquí!

El Coronel Lira se enjuga las lagrimas con el dorso de la mano.

—Yo puedo solo —dice, y procede a desnudarlo.

Es hombre fuerte, y de verdad se basta solo. Lo alza a pulso para sacarle la camisa y después el pantalón agujereado por las balas, que jala por los pies; suelta los cordones de los zapatos, que no deja caer al descalzarlo, sino que deposita, uno por uno, en el suelo. Y una vez libre el cuerpo de camisa y pantalones, dobla cuidadosamente las prendas.

El cirujano se acerca entonces a la camilla, la tijera quirúrgica en la mano, y mira otra vez a la Primera Dama en muda solicitud de autorización para proceder a cortar los calzoncillos sanforizados, empapados de sangre. Ella se la da, con un gesto de la barbilla.

Limpia la sangre que brilla entre la pelambre del abdomen prominente, sustituyendo con celeridad los algodones empapados que va tirando al piso. Cuatro heridas. Una en la región abdominal izquierda cerca de la ingle; otra en el pubis, que ha perforado la bolsa aprostática; una en el muslo derecho, y otra muy leve, abajo de la rodilla.

Y la vieja herida que el Coronel Lira no quería que nadie viera, el ojal pudibundo por donde expulsa en una bolsa de hule, adherida con esparadrapos a la piel, lo que queda de los banquetes de gala y las comilonas campestres. ¡Oh, suerte perra!, diría el orfebre Segismundo. ¿Para eso te hiciste falsificador de moneda, mariscal de excusados? ¿Qué harías con diarrea?

Fin de fiesta

El Capitán Prío escucha desde su cama, como si le llegaran de una distancia remota, primero un rumor de pasos y luego lamentos apagados. Y mientras se despeja del sopor del sueño, ya mucho más cercanos, frenazos de vehículos, gritos, insultos y voces de amenaza. Se levanta, sin encender la luz, y tras la ventana, a la que llega cauteloso, puede divisar el gentío entrando en fila india a la plaza, los hombres sosteniéndose los pantalones y arrastrando los zapatos porque los han despojado de las fajas y los cordones, las mujeres descalzas o rengueando con un solo tacón, los vestidos de fiesta rotos en jirones, una nueva manifestación sin cohetes, ni música, ni cartelones, ni vivas a Somoza.

Ahora más prisioneros desembocan en oleadas por todos los costados de la plaza, traídos a pie o en los camiones anaranjados y los jipones militares que se detienen abruptamente en las esquinas, capturados en las cantinas, billares, burdeles y garitos de juego, opositores al régimen buscados lista en mano en sus aposentos, los convencionales de la Gran Convención sacados de las pensiones, igualmente sospechosos, como cualquiera que tenga su puerta abierta o se asome a ella, que busque una medicina o vuelva tarde a su casa.

Y en su atalaya está el Capitán Prío, entre las sombras, preguntándose qué pudo haber ocurrido, cuando oye abajo retumbar las puertas. También vienen a llevárselo preso, Capitán. Uno de los agentes de seguridad que rondaba la plaza de noche, le informó a Moralitos que usted se dedicó a poner marchas alegres, a todo volumen, para celebrar de antemano el atentado, prueba de que estaba metido en la conspiración. Moralitos, a estas alturas, todo lo cree posible. Y aún si no fuera, tiene razones de sobra para querer interrogarlo sobre uno, o quizás varios de sus asiduos; y más cuando se entere de quién pasó comiendo sorbete por allí, ya vestido para la fiesta.

Los prisioneros selectos están siendo metidos en el vestíbulo del Cuartel Departamental, y allí lo conducen, un corto trayecto de una esquina a otra, en calzoncillos y envuelto en su sábana tal como había acudido a abrir la puerta, y a empujones, innecesarios porque en ningún momento se resiste a caminar.

Las ventanas de los dos pisos del cuartel brillan encendidas esta noche de gran actividad, arrojando reflejos dispersos sobre la pintura rosa de las paredes. Más arriba, detrás de las columnatas de la balastrada que recorre la azotea, una batería de ametralladoras calibre cincuenta apunta hacia los prisioneros en la plaza, las sombras de los soldados que sirven las piezas moviéndose, inquietas, en la oscuridad.

Y en las gradas del portal, el Capitán Prío se encuentra con el orfebre Segismundo que viene con las manos amarradas con su propia faja, un severo golpe en la cabeza que le baña de sangre la cara. No hay acusación concreta, por el momento, en su contra. Pero los agentes de seguridad que por órdenes de Moralitos se han quedado registrando hasta el último rincón de su joyería (de la que se robarán descaradamente todo lo que hay en las vitrinas) van a encontrar la bala de plomo sin su casquillo en el tarro de desechos del taller (exhibit number 3), y entonces sí, va a empezar su verdadera agonía.

Obviamente no hay saludos en ese encuentro, y menos que el orfebre Segismundo pueda decirle al Capitán Prío, aunque lo piense: ¿muerta la alimaña, o sólo herida? Al fin hubo quien le sacara el estiércol por las perforaciones de la panza. ¿No siente llegar la tufalera, Capitán? Sepan, sí, que van a ocurrir en el vestíbulo acontecimientos singulares, y es una dicha para ustedes contar con esos dos testigos de primera mano.

A un lado, debajo del estribo de la escalera de caracol, yace el cadáver desnudo de Rigoberto, la cabeza orientada hacia la puerta de la oficina de guardia donde en estrecha vecindad se sientan ahora, uno frente a otro, a los dos lados del escritorio, Van Wynckle y Moralitos. Los rastrillazos de sangre pegajosa, y ya seca a trechos, cubren los rombos rojos y amarillos del piso. El Capitán Prío lo ha visto al apenas entrar, pero no sabe de quién se trata. El orfebre Segismundo, empujado al lado suyo, se lo dice a retazos, con miradas cargadas de compasión y orgullo, y ante la revelación, el Capitán Prío siente un revoltijo de las tripas que le afloja el esfínter; se arrebuja en la sábana, y mejor no se da por enterado.

Imposible para el Capitán Prío haberlo reconocido, con la cabeza desbaratada, y el cuerpo tan picoteado de balazos, como infectado de viruela negra. Y ni él ni el orfebre Segismundo serían capaces de saber que le han cortado los testículos, porque la sangre no deja descubrir la mutilación. La extraña masa sanguinolenta reposa dentro de un frasco lleno de alcohol que puede verse sobre el escritorio de la oficina de guardia cada vez que alguno de los agentes de seguridad abre la puerta para recibir órdenes.

La Caimana, impávida detrás de sus anteojos oscuros, y Rafa Parrales, que no cesa de temblar entre accesos de llanto, lo saben. El orfebre Segismundo, pese a que la sangre que todavía mana de su cabeza le enturbia la vista, los descubre al otro lado del vestíbulo con estupor, al grado que se atreve a dar un codazo al Capitán Prío, no menos estupefacto al ver a *Caradepiedra* Diómedes Baldelomar en el papel de férreo centinela de *La Caimana*, su madre amorosa que todavía hoy le daba el bocado con los dedos y recostaba la cabeza en sus piernas.

Los subían a la plataforma del camión donde estaba ya el cadáver de Rigoberto, los últimos prisioneros en salir del Club de Obreros, cuando llegó Moralitos procedente del hospital. Y claramente lo oyeron ordenar desde su asiento en el jeep, la subametralladora sobre la rodilla, que bajaran otra vez el cuerpo para cortarle los huevos porque era un gusto que el general había pedido; y quienes rodeaban el jeep se alegraron, guardias, espías y agentes de seguridad, si el General tenía aliento para pedir gustos, sus heridas no eran de muerte.

Y quién otro que *Caradepiedra* Diómedes Baldelomar para cumplir aquellas órdenes, andá, vos sos el hombre, le había dicho Moralitos llamándolo junto al jeep. Corrió a obedecer, dijo que prefería trabajar arriba, y no quiso dejar a sus dos prisioneros; los subió a la plataforma del camión, y desde la baranda pidió a alguien para que lo alumbrara con un foco en su tarea. Moralitos le ordenó entonces al sargento Domitilo Paniagua que se bajara del jeep, porque se lo había llevado al hospital convertido en su escolta improvisado, y fuera a ayudar con el foco.

Caradepiedra Diómedes Baldelomar desnudó del todo el cadáver tirado sobre la plataforma, y en cuclillas, el cigarrillo Valencia encendido en la boca, empezó la operación con la navaja que se sacó de la bolsa, seguro y meticuloso, el brazo moviéndose con hondos impulsos, pidiendo cada vez mejor luz al sargento Domitilo Paniagua y reclamándole porque el foco temblaba demasiado en su mano; y cuando terminó dobló la navaja, se la guardó tras limpiarla en las ropas desechadas de Rigoberto, se asomó para enseñarle a Moralitos y a los demás la colgadura sangrante que agitaba en la mano, y hubo risas y alaridos de júbilo. Pero también, de pronto, una voz de alarma porque alguien había saltado del camión y ahora corría calle abajo, alguien que no empuñaba en la mano un arma sino un foco de pilas, y en la esquina norte le dio el alto la patrulla que vigilaba la bocacalle, llegaba Moralitos corriendo también, gritando que no dispararan, pero ya sonaba la descarga cerrada que siguió estallando en ecos cuadras adelante, y el sargento Domitilo Paniagua se fue de bruces sobre el pavimento, el foco todavía encendido.

—¡Este hijueputa se corrió porque de seguro era cómplice! —gritó Moralitos lleno de furia—. ¡Otra vez, ni mierda vamos a poder averiguar!

Rafa Parrales había arrimado su cuerpo al de *La Caimana* para no caer, porque sentía doblársele las rodillas desde que *Caradepiedra* Diómedes Baldelomar empezó su trabajo con la navaja, pero ella lo había apartado con un violento movimiento de los codos; y cuando oyó después la descarga no sabía como sostenerse en pie, y menos cuando dejaron caer el cuerpo del sargento Domitilo Paniagua en la plataforma del camión, casi encima del cuerpo desnudo de Rigoberto. Y cuando subía las gradas del portal del cuartel, y bajaban el cadáver de Rigoberto nada más, tuvo que apretar los dientes y tragarse la buchada que le subía desde el estómago, temeroso de que lo golpearon si se vomitaba.

Los estallidos de llanto, las voces que suplican y los gritos de amenaza, groseros y rotundos, mandando callar, le llegan al Capitán Prío desde la plaza, mientras los jipones militares descargan frente al pórtico del edificio más prisioneros que entran en pijamas, en calzoncillos, o envueltos, como él, en las sábanas arrancadas de sus lechos, y uno, enfermo, que carga el botellón de suero.

De espaldas todos a las paredes, tienen prohibido moverse, o sentarse, y un oficial los apunta desde su posición al centro del vestíbulo con una ametralladora Lewis, en un lento giro, como si el arma fuera la plumilla de una ruleta a punto de detenerse. Y ahora que la plumilla señala a la Minerva Sarraceno que llora en silencio, mordiéndose los puños, el orfebre Segismundo reconoce a aquella que tanto reía detrás del mostrador del Baby Dolls cuando llegaba él en sus visitas furtivas, y siente el vago deseo de hacerle una reverencia, como es su costumbre.

Y hay dos que lucen, aunque despojados de toda ínfula, sus uniformes blancos de gala: el coronel Melisandro Maravilla, que trata de agarrarse en vano a la lisa pared como si tuviera enfrente un abismo, y el coronel Justo Pastor Gonzaga, que interroga a todos lados tras los gruesos lentes con sus ojos cegatos. Esos viejos socios de viejos negocios con Somoza, han sido detenidos por orden de uno de los dos muchachos, Luis *(El Bueno)*, transmitida por radio desde Managua. La mente de Van Wynckle es de puntadas precisas, como las de las hermanas que esta noche tienen mucho que zurcir y costuras de sobra que soltar; pero esos muchachos le sacan ventaja, para plena satisfacción de Moralitos, que se ofreció él mismo para capturar a su viejo enemigo, el Coronel Maravilla: si todo ocurrió en las narices del jefe militar de la plaza, y no impidió nada, tiene que ver con los hechos, razonó por el aparato de radio Luis *(El Bueno)*; y tiene que ver con los hechos, también, quien le disparó al asesino en la cabeza con intención de silenciarlo.

Van Wynckle no había tenido agallas para explicarle a Luis *(El Bueno)* que aquel tiro sobrancero a un muerto no había sido más que un acto de supremo servilismo. Pero vean si sus propios razonamientos no dejan de ser parecidos: sobre el escritorio tiene el ejemplar de *El Cronista* que Rafa Parrales le mostraba a Somoza al momento del atentado, y en el margen ha escrito: *exhibit number 2*, con una de las numerosas estilográficas que carga en el bolsillo de la camisa; y en su libreta ha anotado que luego lo oyeron llamar ¡poeta! al asesino, ya consumado el atentado, un obvio antecedente de confianza que habrá de ser tratado en el interrogatorio.

El revólver Smith & Wesson calibre 38 de cinco tiros, gatillo escondido y cañón corto, pavoneado de negro y cacha de conchanacar, ya saben que es el *exhibit number 1*. La bala de plomo que van a encontrar en el taller del orfebre Segismundo, entre desperdicios de papel de lija, también ya lo saben, el *exhibit number 3*. Y el *exhibit number 4* será la bala de plata, la única que falló el blanco: vean a las hermanas reírse pelando sus dientes careados.

Los técnicos de la OSN, recién entrenados por Van Wynckle buscan en estos momentos en el lugar de los hechos los casquillos, y los proyectiles —mientras no termine la operación de emergencia que al fin está llevando a cabo el doctor Apolidoro Arana en el hospital, no se sabrá cuántos quedaron en el cuerpo de Somoza— y encontrarán la bala de plata alojada en la pared, bajo el retrato gigante. Grave para el orfebre Segismundo cuando Van Wynckle haga la inevitable conexión con la humilde bala de plomo que van a hallar en el tarro de deshechos del taller, y más fatal aún cuando los técnicos descubran en la bala de plata la perforación y los restos de ferrocianuro de potasio.

Y ahora hacen su entrada los artistas del elenco de *Tovarich*, capturados cuando se dirigían a La Fuente Castalia a celebrar el éxito rotundo del estreno. Los traen de la plaza porque Van Wynckle, convencido por los argumentos de Moralitos de que esa representación fue parte del complot, los ha incluido en su libreta, delante el príncipe Fedor Sergeievich, la boca inflamada por un golpe que le ha abierto un portillo en los dientes, y apoyada en él, la mucama, de negro riguroso, con su cofia almidonada, lleno de lágrimas el rostro tan hermoso aunque orlado de una doble papada; Lucio Ranucci, la nariz de emperador romano más afilada que nunca, revuelto el cabello dorado y blanco el rostro como el mármol de Carrara, más blanco que el de Tirso el albino que nada ve, cegado por la anilina negra con que le simularon cejas; la princesita Natasha Petrovna, al lado de su madre la princesa Ninoshka Andreyevna, de trajes largos y tocadas con sus diademas de fantasía, y detrás de ellas, sonriendo como si las escoltara a un salón en fiesta, el doctor Baltasar Cisne.

Desde su modesta atalaya el Capitán Prío, que jura no volver a fumar nunca en su vida si sale de este percance, aunque ya quisiera que le ofrecieran un cigarrillo, contempla otra vez el cadáver de Rigoberto al terminar la procesión de artistas, y piensa de pronto en Erwin, no hay forma que no esté metido en la conjura. Y el orfebre Segismundo por su parte, al ver a la princesita Natasha Petrovna, piensa en Norberto. O lo tendrán en la plaza, o andarán tras él, o aún no saben que es parte del plan. Sin ninguna posibilidad de asomarse a la libreta de Van Wynckle, no puede estar enterado de que el jeep de Norberto ha sido traído al patio del cuartel con una grúa, y que ya buscan a su dueño. Y a Erwin, Capitán, por íntimo amigo del dueño del jeep.

Pero ahora, se llegó el momento estelar. Hay un rechinar de frenos, portazos, tumulto de pasos. Escoltada por una corona de ametralladoras aparece en el vestíbulo la Primera Dama, su vaporoso sobrepelliz de tul azul salpicado de sangre. No la traen prisionera, sería el colmo. Sólo viene a comunicarse por radio con sus dos muchachos en Managua. Alta, ajada, pero frondosa de carnes, tal como la ve entrar el Capitán Prío y no la quiere ver el orfebre Segismundo porque la vaharada de gozo que siente subir sobre su miedo, no lo denuncie.

—¡Firmes!

La voz de mando que da Moralitos estalla en el vestíbulo, y oficiales, soldados, agentes empistolados, obedecen con emoción y respeto, los oficiales la mano temblorosa en las viseras de los quepis; pero también es miedo, Capitán, miedo cerval de correr la suerte de esos dos en uniforme de gala que también se colocan en posición de firmes; y nadie osa mover un dedo entre los demás prisioneros, salvo Rafa Parrales que se adelanta esposado, enseñando sus dientes perfectos con una cara de véame aquí señora qué locura, pero un grave culatazo en la boca del estómago lo derriba contra la pared como un muñeco roto.

Taconea ella a paso marcial con sus zapatos de fiesta camino de la oficina de guardia, pero al pasar al lado del cadáver se detiene, todos los prisioneros la ven, no hay miradas para nada distinto, y lo escupe repetidas veces: hasta los oídos del orfebre Segismundo llega el ruido de la saliva al escurrirse entre sus dientes.

Van Wynckle le entrega ya el micrófono del aparato de radio RCA y Moralitos le alcanza una silleta metálica, pero ella va a hablar de pie, el Capitán Prío y el orfebre Segismundo podrán verla todo el tiempo a través del hueco de la puerta que no se cierra porque son muchos adentro. He aquí, entonces, el diálogo, que sin ningún estorbo, todos los prisioneros, al igual que ustedes, podrán escuchar:

Luis (El Bueno): (La voz, borrosa, gime entre bocanadas de estática). ¿Cómo está mi papá? ¿Cómo está mi papá? Cambio.
Ella: Perfectamente, perfectamente. Acaba de terminar la operación, operación. No van a darse el gusto de verlo morir, verlo morir estos hijueputas, hijueputas. (Y da énfasis a estas palabras destinadas, sin ninguna duda, a los prisioneros en el vestíbulo) ¿Y tu hermano? ¿hermano? Cambio.

Luis (El Bueno): Está como loco mamá, como loco. Quiere bombardear León con los aviones, con los aviones. Cambio. (La voz se acerca y se aleja de los oídos del Capitán Prío)

Ella: (Agarra firmemente el micrófono, lo acerca a su boca. Y grita, porque quiere dominar los soplos de estática entre los que se ha perdido la voz de Luis [El Bueno]). Que le ordeno que se calme, que se calme. Reúnan al Congreso Nacional, Nacional. Tenés que asumir la presidencia, presidencia. Cambio.

Luis (El Bueno): Todo en orden, a ese respecto todo en orden, mamá. Ya están llegando a Managua los diputados de los departamentos, departamentos. Urge que salgan los que están en León por la convención, convención. Cambio.

Ella: Copiado, copiado. Serán despachados en tren expreso, expreso. Poneme a tu hermano, a tu hermano. Cambio.

Luis (El Bueno): Aquí se lo paso, mamá, aquí se lo paso. Cambio.

Tacho (El Malo): (Estática prolongada). ¿Agarraron ya más cómplices del complot? ¿complot? Cambio. (Ha tardado en entrar la voz gangosa que al Capitán Prío no puede dejar de infundirle un gran temor, sobre todo cuando oye que solloza. Pareciera un niño malcriado que quiere consuelo, piensa el orfebre Segismundo. Otro día, años más tarde, va a cumplir su antojo de bombardear León; el Capitán Prío no puede ni sospechar esa noche que su propio establecimiento será consumido entonces por los incendios).

Ella: (Van Wynckle le alcanza la libreta para que lea). Están buscando a un Erwin, Erwin...en el cateo de su imprenta se halló un plano del atentado, atentado. Y a un Norberto, Norberto. Su jeep estaba parqueado frente al lugar para que huyera el asesino, asesino. Los van a agarrar, no se preocupen. (Moralitos asiente) Y Cordelio Selva, Selva que ya fue mandado para allá, para allá. Cambio.

Tacho (El Malo): Ya me lo trajeron. Dígale a Van Wynckle que yo personalmente lo estoy interrogando, con buen método. (Van Wynckle deja ver una leve sonrisa). Está duro, está duro. Cambio.

Ella: Correcto, correcto. Y vos, dejarse de locuras, de locuras, nada de aviones, de aviones. Alerten los cuarteles, los cuarteles. Decreten el estado de sitio, de sitio. Cambio.

Tacho (El Malo): (Otra vez tarda en dejarse oír, otra vez sólo las ráfagas de estática entran en el aparato de radio, como los ecos de un viento huracanado). Está bien mamá, está bien. Copiado, mamá, copiado. Cambio y fuera.

Al oír el nombre de Norberto la princesita Natasha Petrovna deja escapar un hondo sollozo que gracias a la prontitud de su madre en acallarlo con la mano, no va a dar a la libreta de Van Wynckle. El orfebre Segismundo, aturdido por las imprevistas revelaciones, hunde la cabeza como bajo el peso de una carga de piedras, y el Capitán Prío se persigna sin fin en sus adentros.

Sale la Primera Dama de la oficina de guardia, Van Wynckle y Moralitos tras sus pasos, y sus ojos se encuentran con los anteojos oscuros de *La Caimana*, dos parches ciegos que la hacen detenerse. Moralitos se siente en el deber de arrebatárselos de un manotazo, y ahora sí la miran aquellos ojitos de ratón bodeguero, alertas en temblor las cerdas hirsutas del bigote cultivadas a la fuerza con leche de higuera. No sabe cuánto le debe a aquel (aquella) prisionero (a) que se agarra con las manos esposadas los pantalones que tanto ambicionó. Le debe su velo de novia, Capitán. ¿Pero qué importancia puede tener eso ahora? Ya Van Wynckle estira el pescuezo y se arrima a su oído.

—¿Vos le guardaste la pistola al asesino? —le dice a *La Caimana*, y el asombro la hace mover la cabeza sin sosiego.

Y allí está otra vez Van Wynckle en su oreja.

—¡Un burdel! —exclama, llena de espanto.

Pero además de espanto hay desconcierto en ella. Arruga la nariz. Y el Capitán Prío siente llegar también el tufito a excremento porque *La Caimana* se ha desgraciado en los pantalones, algo que todavía teme le pueda pasar a él. *Caradepiedra* Diómedes Baldelomar se atreve a reír, pero Moralitos lo calla con un gruñido.

—¿Es hombre, o es mujer? —pregunta todavía la Primera Dama volviéndose a Van Wynckle, que tomado de sorpresa, se encoge de hombros.

Y más tarde, antes de remitirla a Managua con los demás prisioneros, hará que la metan dentro de una bartolina y que la desnuden en su presencia; y como se ha ensuciado, que la bañen a baldazos, y que le pongan unos pantalones militares. Ya en Managua, mecanografiará un informe con los resultados de la investigación. Y ahora que tantos años después el Capitán Prío puede leer ese informe, que no llegó a figurar en las actas del Consejo de Guerra, se sonríe. Tras muchas vueltas, Van Wynckle terminó declarándola mujer.

¿Y qué le dice la Primera Dama al coronel Maravilla, ahora que también se ha detenido frente a él en su camino a la puerta? No debe ser algo muy grato porque sus manos enjoyadas se mueven con violencia frente al rostro cetrino que se ve obligado a sonreír, impotente, negando con la cabeza calva. Al coronel Gonzaga, que se ha querido entremeter en la plática, no se ha dignado mirarlo. Y se los llevan al segundo piso, ya esposados, después que Van Wynckle le reclama en inglés a Moralitos porqué los tienen allí, con los demás. Todavía son oficiales activos.

—¿Y éste? —pregunta ahora la Primera Dama, mirando al triste príncipe Fedor Sergeievich. Y de nuevo está en su oído Van Wynckle, tras consultar la libreta.

—¡Ya te voy a enseñar lo que va a pasar el 21! —grita.

Y en un arrebato de furia sus uñas pintadas de ciclamen le arañan a rastrillazos las mejillas maquilladas, y la mucama de cofia blanca que quiere protegerlo sólo logra exacerbar aún más su furia y las uñas pendencieras se clavan en su garganta sin que nadie intervenga, nadie sino ella puede decidir cuándo es suficiente su desahogo.

Ahora el Capitán Prío la ve detenerse, recapacitar. La ve volver la mirada hacia el cadáver, tirado bajo la escalera de caracol. La ve mirar a Van Wynckle.

—¿Quiénes más de todos estos conocían al asesino? —le pregunta, jadeante.

El Capitán Prío, pese a las angustias del momento, no puede dejar de fijarse en los grandes zapatos de payaso de Van Wynckle que se acerca de nuevo al oído de la Primera Dama.

—¿Y qué están esperando para preguntarles? —dice entonces ella. Y volviendo tras de sus propios pasos, va a colocarse al lado del cadáver.

—Sólo véanlo, examínenlo, y regresen a su lugar. Nadie diga nada —ordena.

Van Wynckle frunce el entrecejo, disgustado por el procedimiento pero sin atreverse a opinar, y saca su libreta.

El doctor Baltasar Cisne, la princesa Ninoshka Andreyevna y la princesita Natasha Petrovna quieren pasar juntos pero ella no se los permite. No parece conocerlos, no hay parentela aquí.

—Parece que te pusiste corbata negra porque ya sabías lo que iba a pasar —le dice.

El va a protestar, pero *Caradepiedra* Diómedes Baldelomar lo empuja. Van Wynckle apunta en su libreta: corbata negra.

El Capitán Prío, cuidando de agarrar bien su sábana para no desnudarse al caminar, llega ahora frente al cadáver. Los balazos le parecieron antes viruela negra. Ahora, mordeduras de animales salvajes. El tiro en la cabeza lo había desfigurado, pero aquel era su bigote de Bienvenido Granda, aquellos eran sus labios carnosos. Y su pelo ensortijado. Todavía brillaba allí, a pesar de la sangre, la brillantina Glostora.

—Ahora, levanten la mano los que reconocen a este hombre —ordena ella cuando ya han pasado todos.

El Capitán Prío se atreve apenas, y el orfebre Segismundo duda al principio, pero alza las manos amarradas con su faja. Demasiadas manos se levantan, para asombro de Van Wynckle. Uno que no la levanta es Rafa Parrales.

—A ver, vos — le dice entonces la Primera Dama—. ¿No me vas a decir que no lo conocés?

—Es el poeta —responde él, y con las manos esposadas trata de limpiarse la nariz.

—Aquí todo mundo es poeta —dice la Primera Dama—. Su nombre es el que quiero.

—Rigoberto López Pérez —dice entonces él, casi inaudible.

—¿Amigo tuyo, verdad? Con razón estabas distrayendo a Tacho con el periódico —le dice entonces ella—. ¡Vos, una mierda que ni siquiera tufo tenías! ¡Mi familia te hizo oler!

Y se va por fin, su rudo taconeo perdiéndose en la acera, oculta tras su corte de guardaespaldas y oficiales uniformados, dejando atrás el llanto desconsolado de Rafa Parrales y los sollozos amargos de la princesita Natasha Petrovna que ahora acompaña libremente su madre, la princesa Ninoshka Andreyevna.

Y ya prepárense para presenciar el último de los acontecimientos en esta noche de estática, frenazos, órdenes militares, insultos, interrogatorios, quejidos, desgraciarse de miedo en los pantalones. Y carreras.

Pero antes, una pregunta de rigor: ¿vería la Primera Dama, mientras sostenía contra su boca airada el micrófono del aparato de radio, la masa sanguinolenta de los testículos de Rigoberto agitándose en el recipiente lleno de alcohol? Estaba frente a ella, sobre el escritorio. De negativo, a poco probable, sostiene el Capitán Prío. Si vio el vaso, bien pudo pensar que se trataba de un feto, la prueba de algún aborto clandestino; aquel era, a fin de cuentas, un cuartel de policía; y además, ya alguien dijo antes que ella no solía tomar en serio bromas semejantes del marido, al contrario del manso y leal coronel Lira. ¿Pero quién transmitió semejante orden, Capitán? ¿El coronel Lira? ¿Iba a hacerle caso Moralitos?

Mejor oigan: cuando el filo de la navaja de *Caradepiedra* Diómedes Baldelomar cortaba tejidos y ligamentos, el olor germinal del semen que saltaba entre la sangre había llegado hasta cierto olfato, y el dueño de ese olfato buscó el olor por las calles vigiladas a cada trecho, fue tras el rastro del camión que encontró al fin estacionado frente al cuartel, se asomó por encima de la baranda y sólo vio allí un cadáver, otro cadáver con un intenso lamparón de sangre en el estómago, la corbata retorcida apretándole el cuello como si lo hubieran ahorcado.

Aguardó. Ya está viejo, pero sabe que tiene que correr otra vez. Ahora respira hondo. Mira las ventanas iluminadas, y más alto todavía, al cielo de resplandores sucios y nubes deshilachadas. Marte, envuelto en su resplandor de sangre, se aleja otra vez entre las constelaciones en su camino de regreso a lo hondo del firmamento. Y mientras los prisioneros están siendo esposados en parejas para ser conducidos a Managua, el Capitán Prío, pese a su disgusto, mancornado con Rafa Parrales, el orfebre Segismundo con Lucio Ranucci, el príncipe Fedor Sergeievich con el doctor Baltasar Cisne y así por el estilo, nadie lo ve atravesar el vestíbulo en dirección a la oficina de guardia donde Van Wynckle todavía apunta en su libreta mientras escucha a Moralitos y hay un tráfico lejano de voces en el aparato de radio, nadie lo ve llegar a la puerta de la oficina pero sí salir a la carrera con el frasco entre las manos, Van Wynckle tras él dando voces de alarma, y oyen las estampidas de los disparos que se repiten de esquina en esquina cuando huye a galope por las largas cuadras de puertas cerradas hasta perderse, al fin, de vista, contra su pecho la medusa de los testículos, otra medusa como aquella otra de hace tiempo, que se mueve, despierta, animosa, al ritmo de su carrera, los rudos cascos golpeando contra el empedrado, los lomos sudorosos, hacia el prostíbulo desierto, hacia la fuente de noche y de olvido, hacia la nada.

Managua, 1985, 1993, 1997
Pollensa, Mallorca, octubre, 1997

Palabras postreras

Al amanecer del 22 de septiembre, Somoza fue trasladado al Hospital Militar de Managua en un helicóptero Sikorski. Al día siguiente, el Presidente Dwight D. Eisenhower envió un equipo de cirujanos del Walter Reed Army Hospital, encabezado por el Mayor General Leonard D. Heaton, en un avión Constellation de la U.S. Air Force. Su primera provisión fue llevarse al paciente, en el mismo avión, a la Zona del Canal de Panamá, donde fue internado en el Gorgas Hospital. Operado por segunda vez, sufrió un shock del cual ya no se recuperó. Falleció el 28 de septiembre a las cinco de la mañana. Fue despedido en la Albrook Air Base con veintiún cañonazos. Volvió a Managua en un C-54 de transporte militar.

Eisenhower, tras haber participado junto con su esposa Mammi en un desayuno ofrecido a veteranos inválidos de la guerra de Corea, compareció en el jardín este de la Casa Blanca para declarar que Estados Unidos había perdido a un amigo leal, víctima de las balas de un fanático comunista, *a loyal friend of the United States of America victim of the bastardly attack made upon him by a communist fanatic*, según transmitió por el teletipo la United Press (UP).

Los funerales de Estado, que duraron una semana, se celebraron bajo férreo estado de sitio. Somoza recibió honores de Príncipe de la Iglesia acordados por el Arzobispo de Managua, Monseñor Alejandro González y Robleto, y el Generalísimo Leónidas Trujillo envió una lujosa banda militar ataviada en uniformes oro y negro para tocar en el entierro.

Las cárceles del país se encontraban repletas. Se calcula que había cerca de cinco mil prisioneros, los más escogidos en las dependencias del Palacio Presidencial de la loma de Tiscapa.

Norberto se entregó el 11 de octubre. Ese mismo día apareció el cadáver de Manfredo Casaya (a) *El León de Nemea* en el camino que lleva al Fortín de Acosasco. Erwin fue capturado el 14 de octubre en la Isla de Juan Venado, cercana a León, en la costa del océano pacífico. Fueron metidos, junto con Cordelio Selva, en jaulas vecinas a las fieras del jardín zoológico de la Casa Presidencial (tigres, leones y panteras), donde turnaban también a otros prisioneros bajo sospechas graves, o cuando querían sacarles confesiones incriminatorias.

Conducían personalmente los interrogatorios Luis *(El Bueno)* y Anastasio *(El Malo)*, siempre José *(El Carretero)* ayudándolos con diligencia. Los procedimientos incluían, además de la vecindad con las fieras, inmersión en pozos, choques eléctricos, exposición a luces intensas, y prolongadas golpizas. Sartorius Van Wynckle y su naciente equipo de seguridad, auxiliaron todo el tiempo a los dos muchachos. Moralitos se trajo de León a *Caradepiedra* Diómedes Baldelomar, muy útil en aquellas faenas.

Luis *(El Bueno)* fue electo presidente en febrero de 1957 para cubrir el periodo de seis años (1957-1963), sin tiempo para cambiar las piezas de propaganda (carteritas de cerillos, llaveros, ceniceros, vasos de plástico) que tenían la efigie de su padre.

Anastasio *(El Malo)* ocupaba ya el cargo de Jefe-director de la Guardia Nacional. Y desde la muerte de su hermano Luis *(El Bueno)* en 1967 asumió todo el poder de la familia que sólo compartió al final con su propio hijo, Anastasio Somoza Portocarrero (El Chigüín), y con su hermanastro José (El Carretero), al que hizo General. Presidente dos veces, la primera entre 1967 y 1972, y la segunda entre 1974 y 1979.

Erwin, Norberto y Cordelio fueron condenados a treinta años de prisión por el Consejo de Guerra que aún funcionaba bajo los códigos y reglamentos de los Cuerpos de Marina de los Estados Unidos.

Rafael (Rafa) Parrales murió en marzo de 1957 a consecuencia de las graves torturas que habían descalabrado su sistema nervioso, y que le hicieron perder un ojo. El orfebre Segismundo Mestayer, fue condenado a veinte años, e indultado en 1963.

Filomela Aguirre (a) *La Caimana*, fue exonerada por el Consejo de Guerra. Se quedó a vivir en Managua, volvió a ser informante de la OSN, y estableció una fábrica de juegos pirotécnicos que heredó a su muerte en 1971 a Minerva Sarraceno, exonerada también.

Todos los miembros del elenco de *Tovarich* resultaron exonerados. Lucio Ranucci fue deportado a pie por la frontera con Costa Rica en diciembre de 1956. El Capitán Prío también fue exonerado.

El Coronel (GN) Melisandro Maravilla fue condenado a cinco años de prisión y sufrió baja deshonrosa. El Coronel (GN) Justo Pastor Gonzaga fue exonerado, y pasado a retiro.

El teniente Anastasio Morales *(Moralitos)* continuó su carrera en la Oficina de Seguridad (OSN).

En 1970 asesinó en la cárcel al reo sandinista David Tejada, y confesó haber lanzado su cadáver al cráter del volcán Masaya. En 1971, libre a pesar de la condena que le impuso un Consejo de Guerra, asesinó al médico militar que había certificado la muerte de Tejada por torturas. En prisión otra vez, huyó a Guatemala al producirse el terremoto que destruyó Managua en 1972, y abrió allá un restaurante de churrascos argentinos.

El 12 de mayo de 1960, Erwin, Norberto y Cordelio Selva fueron asesinados en las cárceles de La Aviación bajo el pretexto de un intento de fuga. El examen forense de los cadáveres demostró que los tres habían sido castrados en vida.

Caradepiedra Diómedes Baldelomar fue juzgado y condenado como uno de los autores materiales del asesinato del periodista Pedro Joaquín Chamorro, ocurrido el 10 de enero de 1978. Fue indultado en 1996 por valetudinario y regresó a su comarca de Lechecuagos.

Anastasio *(El Malo)* fue derrocado por la revolución sandinista y huyó hacia Miami el 17 de julio de 1979. Esa misma noche había hecho sacar de la cripta familiar en el cementerio de Managua los féretros de su padre y de su hermano Luis *(El Bueno)* para llevárselos consigo.

El 17 se septiembre de 1980 resultó muerto en Asunción, Paraguay, cuando el automóvil Mercedes Benz en que viajaba por la Avenida España fue atacado con fuego de bazookas y fusiles desde las ventanas de una residencia que los conspiradores argentinos habían alquilado, como ardid, a nombre del cantante Julio Iglesias.

Índice

Este libro se terminó
de imprimir en
Móstoles, Madrid,
en el mes de
diciembre de 2017

El escritor cubano Eliseo Alberto y el escritor nicaragüense Sergio Ramírez ganan el Premio Internacional Alfaguara de Novela, que se otorga por partida doble

Acta del Jurado:

El Jurado del **Premio Internacional Alfaguara de Novela 1998**, que debió decidir entre una decena de obras de calidad excepcional, encontró dos novelas sobresalientes, ambas con todos los méritos literarios para ser galardonadas.

Después de cinco días de difíciles deliberaciones, que culminaron el 19 de febrero a mediodía, el Jurado tomó por unanimidad la decisión inusual de otorgar dos primeros premios de igual importancia, dotados cada uno con la totalidad de la recompensa, es decir, 175.000 dólares.

El Jurado agradece a la editorial que haya aceptado esta singular recomendación.

Una vez abiertas las plicas, los dos primeros premios por orden alfabético de sus autores son:

CARACOL BEACH,
de Eliseo Alberto

MARGARITA, ESTÁ LINDA LA MAR,
de Sergio Ramírez

Firmado: Carlos Fuentes (Presidente), **Rosa Regás** (Secretaria), **Sealtiel Alatriste, Rafael Azcona, Juan Cruz, Tomás Eloy Martínez** y **Marcela Serrano.**

El Jurado hace públicas las siguientes consideraciones sobre las obras ganadoras:

Caracol Beach, de Eliseo Alberto: «Crea, con un lenguaje audaz, siempre sorprendente, un destino en el que el azar rompe a cada momento la lisura de lo cotidiano. Un conjunto de personajes absolutamente inocentes o absolutamente culpables enloquece ante el gris de la realidad y desemboca en una historia de violencia, injusticias y locuras que reinventa y actualiza las formas de la gran tragedia clásica, en una perfecta metáfora de este fin de siglo».

Margarita, está linda la mar, de Sergio Ramírez: «En 1907, Rubén Darío llega a León, Nicaragua, y escribe en el abanico de una niña de nueve años un poema inolvidable: "Margarita, está linda la mar". Medio siglo después, esa chiquilla y su hermana, convertidas en personajes esperpénticos, se ven envueltas en la trama de una conjura para matar al dictador Anastasio Somoza. Con esa historia, y con un lenguaje de constante belleza, Sergio Ramírez construye una novela en la que caben la poesía, la ciencia, las crueldades y los delirios de América en este siglo. Es una obra total, rebosante de pasión y de nobleza literaria».

El **Premio Internacional Alfaguara de Novela** se convocó en la Casa de América de Madrid el 22 de abril del pasado año, en la víspera de la celebración mundial del Día del Libro. El plazo de admisión de originales finalizó el 30 de noviembre de 1997. Al concurso se presentaron **602** novelas, procedentes de todo el ámbito de la lengua española, lo que Carlos Fuentes, presidente del jurado, nombró «el territorio literario de La Mancha».

El **Premio Internacional Alfaguara de Novela** está dotado con **175.000 dólares** y una escultura del artista español Martín Chirino. El libro se publica simultáneamente en todo el ámbito de la lengua española.